CLAUDIA VELASCO

La princesa del millón de dólares

Editado por Harlequin Ibérica.
Una división de HarperCollins Ibérica, S.A.
Núñez de Balboa, 56
28001 Madrid

© 2018 Claudia Velasco
© 2018 Harlequin Ibérica, una división de HarperCollins Ibérica, S.A.
La princesa del millón de dólares, n.º 170 - 1.11.18

Todos los derechos están reservados incluidos los de reproducción, total o parcial. Esta edición ha sido publicada con autorización de Harlequin Books S.A.
Esta es una obra de ficción. Nombres, caracteres, lugares, y situaciones son producto de la imaginación del autor o son utilizados ficticiamente, y cualquier parecido con personas, vivas o muertas, establecimientos de negocios (comerciales), hechos o situaciones son pura coincidencia.
® Harlequin, HQN y logotipo Harlequin son marcas registradas por Harlequin Enterprises Limited.
® y ™ son marcas registradas por Harlequin Enterprises Limited y sus filiales, utilizadas con licencia. Las marcas que lleven ® están registradas en la Oficina Española de Patentes y Marcas y en otros países.
Imagen de cubierta utilizada con permiso de Dreamstime.com.

I.S.B.N.: 978-84-9188-410-1
Depósito legal: M-29002-2018

CLAUDIA VELASCO

La princesa del millón de dólares

Editado por Harlequin Ibérica.
Una división de HarperCollins Ibérica, S.A.
Núñez de Balboa, 56
28001 Madrid

© 2018 Claudia Velasco
© 2018 Harlequin Ibérica, una división de HarperCollins Ibérica, S.A.
La princesa del millón de dólares, n.º 170 - 1.11.18

Todos los derechos están reservados incluidos los de reproducción, total o parcial. Esta edición ha sido publicada con autorización de Harlequin Books S.A.
Esta es una obra de ficción. Nombres, caracteres, lugares, y situaciones son producto de la imaginación del autor o son utilizados ficticiamente, y cualquier parecido con personas, vivas o muertas, establecimientos de negocios (comerciales), hechos o situaciones son pura coincidencia.
® Harlequin, HQN y logotipo Harlequin son marcas registradas por Harlequin Enterprises Limited.
® y ™ son marcas registradas por Harlequin Enterprises Limited y sus filiales, utilizadas con licencia. Las marcas que lleven ® están registradas en la Oficina Española de Patentes y Marcas y en otros países.
Imagen de cubierta utilizada con permiso de Dreamstime.com.

I.S.B.N.: 978-84-9188-410-1
Depósito legal: M-29002-2018

*Los amigos que tienes y cuya amistad ya has puesto
a prueba, engánchalos a tu alma con ganchos de acero*
William Shakespeare

Prólogo

Nueva York, Estados Unidos
6 de octubre de 1900

Puesta de largo, presentación en sociedad, baile de debutantes... su madre había decidido celebrar su «gran día», su puesta de largo, y la de su prima Susan, en casa, y aquello parecía un banquete nupcial.

Contempló durante unos segundos su imagen reflejada en el gran espejo que adornaba el rellano de la escalera, se estiró la preciosa falda de seda color marfil de su elegante vestido de noche, respiró hondo y bajó los escalones con toda la gracia y majestuosidad de la que fue capaz, teniendo en cuenta que se moría de vergüenza por ser una de las protagonistas de la noche y por tener que exponerse de esa forma delante de sus familiares, amigos y conocidos.

—¡La encantadora señorita Virginia Patricia O'Callaghan y su adorable prima, la señorita Susan Mary Rochester! —anunció con su potente voz el maestro de ceremonias y las dos se miraron algo asustadas, antes de bajar los últimos peldaños de la escalera y pisar el *hall* donde sus respectivos hermanos mayores las esperaban para ofrecerles caballerosamente el brazo.

—Anda y sonríe un poco, Gini —susurró Pat apretándole la mano—. Es una fiesta, no un funeral.

Ella forzó una sonrisa y se entregó al difícil arte de relacionarse con todo el mundo, como la mujer adulta y responsable que se suponía era a partir de esa noche, y caminó por los iluminados salones repartiendo venias, besos y sutiles apretones de mano, siempre escoltada por su hermano Pat y vigilada de cerca por su madre, que no le quitaba los ojos de encima.

Solo hacía cuatro días que había cumplido los dieciocho años y ya estaba allí celebrando su mayoría de edad de cara a su círculo social, poniendo su nombre en la lista de las jóvenes casaderas más cotizadas de la alta sociedad neoyorquina. Una vergüenza, a sus ojos, pero un trámite imprescindible, necesario, indispensable e ineludible a ojos de sus padres, sobre todo a ojos de Caroline, su madre, que había sido presentada en sociedad a los dieciséis años, y que a los dieciocho ya estaba casada y esperando su primer hijo.

Ella, por tanto, llevaba dos años de retraso, motivado por los modernos tiempos que corrían, protestaba Caroline O'Callaghan, así que en cuanto había sido posible se había programado la dichosa puesta de largo y se había invitado a los jóvenes caballeros más ilustres y destacados de los Estados Unidos para que la conocieran. Lo dicho: una vergüenza.

—¿Has visto a los chicos británicos que ha invitado sir William Ferry? —Susan se le pegó al oído muy emocionada y ella negó con la cabeza, intentando hacerse con un vaso de ponche del *buffet*—. Son guapísimos, tan elegantes. Mira, mira...

—¿Qué? —se giró y vio a cuatro tipos impecablemente trajeados que en ese momento saludaban con mucha ceremonia a los anfitriones—, ¿qué les pasa?

—Muero de amor —susurró Susan abanicándose.

—Son nobles. Condes, duques y esas idioteces varias —opinó su prima Tracy, poniéndole el ponche en la mano—. Aristócratas de medio pelo a la caza de fortunas americanas.

—¡Tracy! —la regañó Susan escandalizada.

—Es cierto, hermanita, ya sabéis de qué va esto.

—No todos los británicos que llegan a este país son unos cazafortunas, ¿sabes?

—A las pruebas me remito. Llegan en tromba, tiran el anzuelo y se vuelven a Inglaterra con una nueva esposa y la bolsa cargadita de dólares. ¿O tengo que recordarte a Jennie Jerome, Consuelo Vanderbilt o a la señorita Yznaga?

—No siempre...

—Casi siempre —Tracy, que era mayor que ellas y, sin embargo, seguía soltera para escándalo de toda su familia, agarró a Virginia del brazo y le indicó a los recién llegados—. ¿El rubio con las orejas grandes?, Andrew Rockwell, barón de Rockwell. ¿El pelirrojo con cara de sueño?, Gerard Davenport, hijo del conde de Preston, y el más apetecible, mirad qué estampa y qué ojazos —suspiró moviendo la cabeza—. Henry Chetwode-Talbot, primogénito del duque de Aylesbury, sobrino del honorable duque de Somerset.

—¿Y tú cómo sabes todo eso? —interrogó Susan.

—Llevo dos semanas coincidiendo con ellos en todas las fiestas, cenas y veladas musicales que se han celebrado últimamente en Nueva York. ¿No os lo había contado?

—¿Y el otro? —quiso saber Virginia, observando al cuarto visitante. Un hombre altísimo, de pelo castaño claro, muy atractivo, que se mantenía sutilmente en un segundo plano.

—Se llama Thomas Kavanagh, no tiene títulos, ni tierras. Es el mejor amigo de Chetwode-Talbot, y su abogado. Estudiaron juntos en Oxford, creo, y ese no busca novia, incluso puede que ya esté casado.

—¿Tú has hablado con ellos?

—Sí, Susan, no muerden. ¿Queréis comer algo?

Las dos asintieron y siguieron a Tracy hasta la zona de los canapés. Virginia se volvió un par de veces para mirar mejor a ese tal Henry Chetwode-Talbot, que no dejaba de charlar con sus padres, y a su amigo, de enormes ojos claros, que parecía observar toda la parafernalia que los rodeaba con distancia y bastante indiferencia, y luego los ignoró.

—Virginia... —de pronto oyó la voz de su padre, dejó de charlar con sus primas y se volvió hacia él para prestarle atención. Patrick O'Callaghan, muy solemne y algo tenso, la cogió de la mano indicándole al caballero alto y tan elegante que venía a su lado—. Hija, te presento a lord Chetwode-Talbot, de Londres.

—Encantada, señor Chetwode-Talbot —soltó por impulso e hizo una pequeña genuflexión.

—Lord Chetwode-Talbot —puntualizó su madre agarrándola del brazo, y el aludido les regaló una impresionante sonrisa.

—En América, señor Chetwode-Talbot me parece perfecto y... —les hizo una reverencia impecable y luego la miró a los ojos— si me llama Henry, me parecería incluso mejor.

—Oh, Henry, cómo es usted... —su madre bromeó coqueta y Virginia la miró un poco avergonzada—. ¿Cómo tienes tu carné de baile, Gini? Seguro que puedes hacerle un hueco a lord Henry...

—¡Mamá! —la miró con los ojos muy abiertos y ese hombre desconocido del que no sabía absolutamente nada intervino muy atento.

—Se lo ruego, señorita O'Callaghan, no se incomode por mí, me haría inmensamente feliz si me dedicara un solo baile en esta noche tan especial para usted y su familia, pero comprenderé perfectamente si no es posible.

—Me temo que ha llegado tarde, Chetwode-Talbot —su padre habló antes de que ella pudiera contestar y palmoteó la espalda del inglés con una sonrisa—. Ya sabe cómo son estas cosas, el dichoso carné de baile está lleno desde hace semanas. Venga conmigo, le invito a un escocés estupendo que me han traído esta mañana desde Edimburgo.

—Claro, señor... —Chetwode-Talbot se movió un poco desconcertado, pero antes de darle la espalda la miró y le regaló otra reverencia—. Espero volver a verla pronto.

—¡Santa madre de Dios! —exclamó Susan a su lado y su madre la miró indignada.

—¿Cómo puedes ignorar a semejante caballero, Virginia?

—¿Qué? Yo no he ignorado a nadie, lo he saludado y papá...

—Tu padre es otro irresponsable, pobre muchacho... Y un lord, el futuro duque de Aylesbury, sobrino de lord Somerset... un poquito de respeto, por el amor de Dios.

—Y se le ha tratado con respeto.

—Si un lord de Inglaterra te pide un baile, tú paras el mundo y se lo das.

—¿Ah sí? ¿Eso por qué? —cuadró los hombros y su madre entornó los ojos intentando disimular delante de sus invitados el enfado monumental que le estaba subiendo por el pecho.

—Porque es un noble caballero, un representante de la Corona...

—Afortunadamente, mamá —le dijo cogiendo a Susan de la mano—, los Estados Unidos de América, y por lo tanto nosotros, no rendimos pleitesía a la Corona británica desde 1776. Ahora, si nos disculpas...

Salió a grandes zancadas hacia la terraza, donde el baile había dado inicio, con su prima bien sujeta del brazo y las piernas temblorosas. No solía responder de forma tan directa a sus padres, pero esa noche no estaba para muchas florituras, mucho menos para soportar los caprichos de su madre. Si a ella le preocupaba tanto no ofender al futuro duque de Aylesbury, que bailara con él y la dejara en paz, faltaría más. El pobre individuo ni siquiera había solicitado nada, apenas había abierto la boca, así que no era para tanto.

—¡Maldita sea! —masculló por lo bajo y se acercó a sus hermanos moviendo la cabeza, ellos sonrieron de oreja a oreja y Robert la besó en la mejilla antes de invitarla a bailar.

Primera Parte

Capítulo 1

—Es obscenamente rica —comentó sir William Ferry, y observó a los dos jóvenes caballeros con paciencia—, su fideicomiso está valorado en veinte millones de dólares, ¡veinte millones de dólares! ¿Lo ha oído usted bien, milord?

—Cómo no oírlo, me lo viene repitiendo desde que pisé Nueva York —Henry Chetwode-Talbot se levantó y se acercó a la ventana para mirar a la gente normal y sencilla que llenaba las calles a esas horas. Todos con sus vidas, con sus historias, todos tan libres de las servidumbres y las responsabilidades que a él apenas lo dejaban respirar.

—¿Y cuándo podrá hacerse cargo de la herencia a pleno derecho? —intervino Thomas Kavanagh estirando las piernas—. ¿Ya lo tiene claro, Ferry?

—A los veinticinco años si no se casa, pero si se casa antes, el control del dinero pasa automáticamente a sus manos... —hizo una pausa muy teatral y también se puso de pie—, más bien a las manos de su esposo, ya me entiende.

—En fin... —Henry hizo amago de coger su chaqueta y Ferry lo detuvo.

—Ese fideicomiso se lo dejó su abuela materna, por ser la única chica del matrimonio formado por Patrick y Caroline O'Callaghan. La mujer adoraba a su única nieta y quiso favorecerla, pero además de esa fortuna le legó una mansión en Boston, otra en Savannah y bonos y participaciones varias. Eso solo por parte de su abuela materna, la honorable Hope Fermanagh, porque la señorita O'Callaghan también heredará de su padre y de toda la rama paterna de su familia, que son riquísimos.

—Bien, y...

—Es una suerte que usted haya venido a América a buscar esposa justamente ahora, milord, cuando dama tan notable ha cumplido la edad para casarse.

—¿Me consiguió los datos del local del que le hablé...? —preguntó Chetwode-Talbot ignorando el comentario cargado de mala intención. Ferry asintió sacando una tarjeta del interior de su chaqueta—. Mil gracias, sir Ferry. Nosotros deberíamos irnos.

—Es el mejor partido que le podía conseguir, milord. Tal como le prometí a su padre, lo he situado justo delante de la heredera más rica de América, ahora solo depende de usted.

—Y de ella —susurró Thomas preparado para seguir a su amigo.

—Eso desde luego —sonrió Ferry.

—Nosotros nos marchamos, muchas gracias por todo.

Abandonaron el despacho de ese hombre, un aristócrata inglés venido a menos que ejercía de abogado y asesor para todo de los británicos de buena familia que llegaban a los Estados Unidos, y Henry se detuvo para mirar bien los datos de ese local que estaba como loco por visitar. Thomas respiró hondo y se puso el sombrero.

—No me gusta este tipo, Harry, pero tiene razón. Virginia O'Callaghan es tu princesa del millón de dólares.

—Ya, ya..., ¿qué hacemos? ¿Alquilamos un coche o unos caballos? El dichoso local está en las afueras.

—Yo preferiría no ir.

—¡¿Qué?! ¿Quieres matarme de aburrimiento?

—Quiero que te comportes. Lo habías prometido y, sinceramente...

—¿Eres mi padre?

—Casi.

—Mierda, Tom, necesito tomar un par de copas con gente normal. No me seas aburrido.

—¿Qué piensas hacer con respecto a Virginia O'Callaghan? —buscó sus ojos y su amigo se encogió de hombros—. Si no te decides pronto...

—¿Otro se hará con el trofeo?

—Jamás llamaría trofeo a la señorita O'Callaghan, pero no seamos idiotas, seguro que tiene cientos de pretendientes y tú no dispones de mucho tiempo.

—Pobre muchacha, solo es una pieza de caza muy valiosa.

—No hables así de ella.

—¿Te gusta?

—¿A quién no?

—Cortéjala tú, cásate con ella, hazte rico y seguro que me ayudas a salvar mi patrimonio.

—No estés tan seguro.

—Tú no me abandonarías nunca, Tommy.

—Harry... —lo agarró del brazo y Henry Chetwode-Talbot bufó—, esa dama no está a mi alcance ni en sueños, lo sabes, tú eres nuestra mejor baza. Tu padre espera que hagas lo correcto, dime que lo harás y te dejo ir al dichoso local de las afueras.

—No estoy nada seguro de esto, amigo, igual una noche de juerga me aclara un poco las ideas.

—Ya llevas demasiadas noches de juerga y cada día te dispersas más.

—Como no eres tú el que se tiene que casar.

—Dios bendito.

—Pero tienes razón —interrumpió, encendiéndose un cigarrillo—, al menos esta tal Virginia no es uno de esos adefesios pegajosos de los que nos hablaron Pete y Jamie Carroll, ni ninguna de aquellas vacaburras que nos presentaron la semana pasada.

—No hables así de las mujeres, Henry, eres despreciable, en serio —cuadró los hombros y se largó.

Henry subió el tono y le soltó por encima del ruido de la calle:

—Está bien, iré a por ella.

Thomas Kavanagh ni se molestó en responder y se alejó de su amigo lo más rápido que pudo.

Llevaban veinte días en Nueva York y al parecer ya habían dado con la candidata perfecta.

El noveno duque de Aylesbury, padre de Henry, y uno de los hombres más respetados de la añeja aristocracia británica, había tenido que endeudarse para poder enviar a su único hijo a América con la intención de que encontrara una esposa inmensamente rica, y generosa, que los ayudara a salvar el maltrecho patrimonio familiar.

El ducado de Aylesbury, ubicado en Buckinghamshire, muy cerca de Oxford, había sido una de las propiedades más ricas y prósperas de Inglaterra, sin embargo, los malos tiempos, las malas cosechas, las malas decisiones, la mala suerte, los impuestos prohibitivos y un sinfín de desgracias habían empobrecido al duque y sus dominios, y llevaba diez años luchando contra los acreedores, los bancos y la ruina total para evitar morir como un indigente en las calles de Londres.

La situación era realmente grave, muy seria, aunque su hijo Henry ignorara el asunto y siguiera viviendo como un derrochador, dilapidando lo poco que le quedaba a su padre en juergas, vicios y mujeres, sin trabajar, aunque se había licenciado en Derecho, y haciendo oídos sordos a la desgracia. Y no es que Henry fuera una mala persona, simplemente actuaba como de costumbre, como lo habían educado, como un pequeño príncipe ajeno a la realidad y los problemas de la gente de a pie. Además era demasiado generoso y optimista, regalaba todo lo que tenía y creía que las cosas se iban a arreglar solas y que no había de qué preocuparse.

Así había entrado en su edad adulta, siendo adorado allí por donde iba, sin angustias ni preocupaciones. Hasta hacía dos años, cuando lord John sufrió una angina de pecho y Henry tuvo que correr a Aylesbury para cuidarlo y hacerse cargo del gobierno de su hogar. El momento más difícil e implacable de toda su vida.

En casa tuvo que aceptar que no tenían dinero, que estaban a punto de perderlo absolutamente todo y fue allí cuando empezaron a barajar la posibilidad de encontrar una alianza matrimonial lo suficientemente afortunada como para salvarlos del abismo. Era una opción, una que estaban siguiendo muchos herederos de las grandes familias británicas, muchos de los cuales estaban viajando hasta los Estados Unidos de América para elegir entre las ricas herederas locales a la mujer perfecta, a la esposa ideal, financieramente hablando, se entiende.

En 1874 lord Randolph Churchill, segundo hijo del séptimo duque de Marlborough, íntimo amigo de la familia Chetwode-Talbot, se había casado con la rica heredera neoyorquina Jennie Jerome, y había cambiado su vida. Desde entonces muchos aristócratas empezaron a volver del Nuevo Mundo con prometidas o esposas americanas, y hasta la prensa empezó a hablar de las princesas del millón de dólares, que llegaban al Reino Unido salvando títulos y propiedades con los bolsillos llenos de dinero, buena salud y una admiración exacerbada por las costumbres y el estilo de vida británicos. Una verdadera suerte a la que Henry Chetwode-Talbot no podía dar la espalda tan fácilmente.

Lord John se recuperó de su angina de pecho, pero su salud era delicada y, cuando oyó las novedades sobre el interés de su hijo por casarse con una buena herencia, lo organizó todo para mandarlo a Nueva York en busca de su propia princesa americana. Localizó a través de un conocido al abogado William Ferry, que estaba dispuesto a introducir a Henry en los mejores círculos de Manhattan a cambio de una buena comisión, y finalmente los había enviado al otro lado del mundo con una única tarea: volver con una esposa rica, a ser posible, la más rica del lugar.

Y eso estaban haciendo, buscando a la candidata perfecta. Él, que era amigo de Henry desde su más tierna infancia, porque su padre había sido el administrador de lord John desde tiempos inmemoriales, había accedido a acompañarlo por el cariño que tenía al duque, y porque ambos sabían que no podían dejar solo a Henry en ninguna parte. De ese modo, había dejado su bufete de abogados a cargo de sus socios y había partido detrás de su amigo con todos los documentos necesarios para cerrar un compromiso y organizar una boda legal y financieramente óptima. Ese era su papel en Nueva York y no pretendía desviarse del fin último del viaje porque Henry empezara a aburrirse o porque no le gustara ninguna de las candidatas que le presentaban.

Tenía veintiséis años, una delicadísima situación familiar y había que empezar a actuar con urgencia. No estaban para perder el tiempo y mucho menos tras haber dado con la mejor de las aspirantes, la señorita Virginia O'Callaghan, que además de ser tremendamente rica, era tremendamente guapa y, según contaban, muy culta e inteligente.

—¡Tom! —Henry llegó por su espalda y le tocó el hombro—. Venga, hombre, no me dejes solo en esta ciudad de locos.

—No estoy de humor, Harry.

—Hay que divertirse un poco, no todo va a ser andar a la busca y captura de alguna heredera tontorrona que quiera casarse conmigo.

—A eso hemos venido, ese es tu deber. Tu casa...

—Mi casa, mi patrimonio, mi título... madre mía, qué aburrido.

—La mayoría de tus iguales acuerda matrimonios de conveniencia. Ya sabes cómo funciona esto, así que deja ya de perder el tiempo y espabila. Lo vais a perder todo si no empiezas a tomarte esto en serio, Harry. No es un juego.

Capítulo 2

—¿Señorita O'Callaghan? —Blackburn, uno de sus abogados, buscó sus ojos martillando con los dedos en la mesa. Estaba a punto de perder los nervios, ella lo sabía, pero no estaba dispuesta a firmar todos esos papeles sin leerlos uno a uno y minuciosamente—. Su hermano...

—Si sigue hablando, señor Blackburn, me retrasa aún más.

—Es que llevamos mucho tiempo...

—¿Y no se le paga por horas?

—Eso es irrelevante, solo quiero que entienda que su hermano Sean ya repasó y leyó todos estos documentos.

—¿Irrelevante? Me cobra una fortuna por su trabajo, señor Blackburn, así que cállese, por favor, y déjeme leer tranquila.

—Está bien —el viejo abogado se levantó y la dejó sola con Dotty, su doncella, en medio de aquella sala de reuniones que olía terriblemente a tabaco.

—Esto es irrespirable —Dotty se puso de pie y abrió una ventana—. ¿A qué hora nos esperan en casa de su tía?

—Dentro de media hora —miró un reloj de pared y comprobó que ya eran las cinco y media de la tarde—. Ya casi estoy, si quieres baja y dile a Joseph que esté atento, que acerque el carruaje a la puerta.

–Como usted quiera.

–Gracias.

Terminó de leer aquellos informes y documentos legales que su abuela, y su padre, le habían enseñado a leer siempre con minuciosidad y atención, agarró la pluma y firmó lo que le pareció correcto. Dos, que hablaban de la venta de algunas propiedades en Savannah no la convencieron, así que los dejó encima de la mesa con una nota para sus abogados. Luego se puso de pie, se alisó la falda y salió a grandes zancadas hacia la calle, donde Joseph ya esperaba con el carruaje a punto.

Desde muy joven había participado en juntas de accionistas, asambleas empresariales o reuniones legales de enorme importancia. Su abuela Hope la había llevado de la mano a todas partes, siempre pendiente de educarla y «entrenarla» como la futura dueña de su enorme fortuna. Una fortuna construida gracias al trabajo duro y el sacrificio de dos generaciones de Fermanagh en los Estados Unidos. Su abuela se había empeñado en enseñarle su intrincado patrimonio familiar, en hacerla conocer cada industria o granja que explotaban y dirigían a lo largo y ancho del país, en que fuera consciente de que, aunque fuese rica y poderosa, había que trabajar y ser responsable. «La riqueza no se mantiene sola, Gini», decía su abuela, «hay que cuidarla, trabajarla y honrarla».

Y eso hacía, o procuraba hacerlo. Los negocios le gustaban, se sentía cómoda entre libros de contabilidad, notarios o empresarios, conocía la jerga comercial y llevaba un año estudiando leyes en casa con dos antiguos profesores de la universidad de Yale, amigos de sus padres, que habían accedido a instruirla en derecho mercantil y de patrimonio. No pretendía licenciarse en Derecho, pero sí pretendía aumentar sus conocimientos al respecto. Le encantaba estudiar y era imperioso formarse lo mejor posible, ser autosuficiente, tener su propio criterio, aunque contara con una ristra de asesores legales y administradores pisándole los talones continuamente.

–¡Gini! –exclamó su tía Martha, y le sujetó las manos mirándola de arriba abajo–. Estás preciosa, ¿esto es lo que te trajeron de París?

–Sí, ¿te gusta?

–Me encanta, pero pasa, estamos a punto de empezar.

–Siento el retraso, tía, pero tenía una reunión en...

–Déjalo, querida, te íbamos a esperar igualmente. Pasa, tu madre y las chicas te han guardado sitio.

–Mil gracias –entró saludando con la cabeza a sus amistades y buscó con los ojos su sitio en primera fila. Sus primas Susan y Tracy la llamaron con la mano y ella les sonrió, observando de repente como ese hombre se ponía de pie y le hacía una profunda reverencia.

–Señorita O'Callaghan –susurró con ese acento británico tan bonito y ella se puso roja hasta las orejas, miró a las chicas y luego a él, que estaba sentado justo a su lado en el salón.

–Buenas tardes. ¿Cómo está, señor...?

–Chetwode-Talbot –sonrió–, aunque mejor si me llama Henry.

–Claro, yo...

–Te hemos guardado este sitio, siéntate, Gini.

–Gracias –se desplomó en la silla buscando a su madre y luego sintió como el inglés se sentaba con cuidado a su vera, apoyando la mano en su precioso bastón con puño de plata y desprendiendo con el movimiento un agradable aroma a jabón de afeitar.

Por el improvisado programa de mano que las chicas habían hecho para sus invitados, supo que la gran atracción de la tarde era un cuarteto de cuerdas interpretando algunas serenatas de Mozart, por supuesto la número trece, su favorita. Pero, sinceramente, no oyó ninguna, más pendiente de los movimientos de su vecino de asiento, que parecía absorto con la música, aunque de vez en cuando le dirigiera unas intensas miradas de reojo y alguna que otra sonrisa.

–Gini toca muy bien el piano, tiene mucho talento –soltó su madre cuando al fin acabó aquello y todo el mundo se puso de pie para probar un refrigerio. Ella la miró y entornó los ojos–. No me mires así, hija, es la pura verdad. Estudia solfeo y piano desde los cinco años, Henry, se lo juro por Dios.

–Tampoco hay que jurarlo, madre, hay mucha gente que estudia piano.

–Espero poder disfrutar de su talento algún día, señorita O'Callaghan –apuntó Chetwode-Talbot muy educado y su madre asintió.

–Por supuesto, el sábado lo esperamos en casa para nuestra velada musical, es a favor del comedor de caridad de san Patricio y Gini nos deleitará con algunas piezas.

–Será un honor… –el noble sonrió y luego la miró a ella directamente a los ojos–. También me han dicho que es una amazona experta y que tiene una yeguada estupenda en las afueras, señorita O'Callaghan.

–Ya veo que conoce muchas cosas sobre mí, señor Chetwode-Talbot. ¿Qué me podría contar sobre usted?

–Henry, por favor.

–Solo si me llama Virginia.

–Por supuesto –hizo una reverencia y ella observó su traje oscuro, tan moderno y elegante, rematado por un pañuelo de seda al cuello. Era un tipo realmente elegante y muy atractivo ese Chetwode-Talbot, con el pelo negro y espeso muy bien cuidado, al igual que sus manos, fuertes y de dedos largos, sonrisa fácil y esos ojazos color azabache tan bonitos... –. No me gusta hablar de mí, Virginia. Si le soy sincero, no hay mucho que contar salvo que también me gusta la música, los caballos, los perros, el ajedrez, los libros y un poco menos el Derecho, después de soportar cuatro años de estudios en Oxford.

–¿Estudió Derecho en Oxford? –ese detalle la cautivó inmediatamente y él le sonrió.

–Sí, ¿por qué? ¿Le interesa el Derecho?

–Sí, estudio en casa... –de pronto miró a su alrededor y comprobó que los habían dejado solos, pero no le importó y siguió charlando con calma–. Solo materias sueltas, me interesa mucho, pero me interesa muchísimo más Oxford, mi gran sueño es conocerlo, al igual que Cambridge.

–Mejor Oxford –bromeó y ella asintió–. ¿No conoce Inglaterra?

–Fui hace seis años con mi abuela y mi madre, pero solo estuvimos en Londres.

–Qué lástima.

–Espero volver pronto y tal vez asistir a alguna clase en Oxford o en Cambridge.

–Será un placer gestionar ese deseo, Virginia, cuente conmigo para lo que sea.

–Muchísimas gracias.

–Mi casa familiar, Aylesbury House, el antiguo castillo de Aylesbury, se encuentra precisamente entre Londres y Oxford, en Buckinghamshire, sería un honor para mi padre y para mí invitarla a visitarnos.

–¿En serio? –sonrió como una cría y Henry devolvió la sonrisa muy animado.

—Por supuesto, espero que no lo olvide.

—Claro que no, yo...

—Gini... —su hermano Sean se acercó a ellos y miró al inglés con atención—. Henry, ¿qué tal lo estás pasando en Nueva York?

—Estupendamente, gracias. Es una ciudad muy acogedora.

—Me alegro. Hermanita —la sujetó por la cintura y la animó a caminar—, nos vamos, mamá ya está en el *hall*. Henry, me han dicho que te veremos el sábado en nuestra casa.

—Así es.

—Hasta el sábado, pues, buenas noches.

Virginia siguió a su hermano, se despidió de sus primas, sus tíos y sus amigos y luego se volvió para mirar por última vez a ese inglés tan interesante al que ya estaba deseando volver a ver. Él estaba al otro lado del enorme salón fumando un cigarro y charlando con ese amigo suyo tan discreto, el de los ojos claros, al que no había visto durante la velada musical y del que le llamó la atención lo alto que era. Por unos segundos siguió su charla con curiosidad, viendo la complicidad que compartían, hasta que el amigo desvió los ojos azules y la descubrió espiándolos. Ella dio un paso atrás y él estiró la mano para alertar a Henry Chetwode-Talbot, quien la miró y le regaló una elegante reverencia a modo de despedida. Virginia les sonrió, roja como un tomate, giró sobre sus talones y salió de allí a toda prisa.

Capítulo 3

Las princesas del millón de dólares, leyó una vez más. Escrutó con los ojos entornados la ilustración de ese prestigioso periódico inglés donde se hablaba de las ricas herederas estadounidenses que estaban salvando, según ellos, a gran parte de la empobrecida nobleza británica.

La viñeta mostraba a dos elegantes caballeros, con chistera y bastón, «cosechando» en medio del campo a unas señoritas que llevaban en sus manos unas sacas con el signo del dólar dibujado en el frontal. Era sencillo y vulgar, muy básico y, a la vez, muy ofensivo. Virginia suspiró y después de leer nuevamente el artículo que acompañaba a la caricatura, suspiró y abandonó el periódico en el revistero donde su madre guardaba todo tipo de publicaciones.

Su padre había montado en cólera leyendo aquello, que había llegado a sus manos a través de su club de caballeros, y había reiterado su intención de no dejar entrar en su círculo a ninguno de esos británicos cargados de títulos que pululaban últimamente por Nueva York.

–Más claro agua, esa gentuza viene a lo que viene y no los quiero cerca –había vociferado en la cena–. Morralla, eso es lo que son.

–No es cierto, Patrick –su madre dejó el tenedor en el plato y lo miró a los ojos–. La prensa inventa y miente para vender periódicos, no serás tan ingenuo como...

–¡¿Ingenuo yo?! ¿Quieres que hablemos con los Vanderbilt o los Jerome?

–¿Y qué tendrá que ver? Sus hijas ahora son duquesas o condesas y están encantados.

–Después de pagar una fortuna por los malditos títulos.

–¡Patrick! –Caroline O'Callaghan miró a su marido al borde del desmayo y él bufó–. No seas grosero, estamos en la mesa.

–Me da igual. La prensa lleva mucho tiempo hablando de esto, la ciudad se está llenando de esos lores de pacotilla que aparecen como setas y no me da la gana que se mezclen con nosotros.

–Son gente muy interesante.

–A ti, Caroline, como a las demás, cualquier tipejo con acento extranjero os parece interesante.

–¡Santa madre de Dios!

–Es igual, lo que quiero que te quede claro, querida, es que no toleraré a ninguno de esos ingleses en mi casa, ¿de acuerdo?

–No podemos, no...

–Además, yo soy irlandés, ¡qué coño! Todos esos invasores cuanto más lejos, mejor.

–¡Patrick! –se santiguó su madre y Virginia observó como él se levantaba a mitad de la cena para dejarlas solas. Sus hermanos mayores habían salido y no tenían invitados, así que de pronto el comedor se quedó muy silencioso.

–¿Quieres agua, mamá?

–Un día tu padre me mata a disgustos, te lo digo en serio, Gini.

—¿Para qué discutes con él? Ni siquiera conocemos a esa gente.

—¿Qué no? ¿Qué me dices de Henry Chetwode-Talbot? No conozco a hombre más educado y adorable, además...

—Tampoco es para tanto —recordó la presencia encantadora del inglés en la última velada musical en la que habían coincidido, y no pudo evitar sonrojarse un poco.

—Dicen que está muy interesado en ti.

—¿En mí? Por el amor de Dios —bajó la cabeza y tomó un sorbo de agua—. Qué estupidez.

—El sábado se os veía tan compenetrados.

—Estudió en Oxford y hablábamos de su universidad, nada más, mamá.

—Pero es tan guapo, elegante, cortés, un sueño de joven y está en edad de casarse. Su tío es el duque de Somerset, ¿sabes?

—Si te gusta tanto, ya sabes, a por él... —se levantó y su madre tiró la servilleta en la mesa.

—A veces eres tan insufrible como tu padre, hija.

A la mañana siguiente seguía un poco conmocionada por el comentario de que Henry Chetwode-Talbot estaba interesado por su persona. Era imposible que un hombre de mundo como aquel, la mirara con alguna predilección, pero lo cierto es que era muy amable con ella, muy atento, y la última vez que se habían visto solo le había prestado atención a ella, solo había hablado con ella y al despedirse le había besado la mano mirándola a los ojos.

Un escalofrío le recorrió la espalda de arriba abajo y se quedó quieta. Si ese caballero tan distinguido, culto y divertido, de verdad manifestaba algún interés oficial por ella, podía morir de la emoción. Era muy halagador tener un pretendiente semejante, que además estaba siendo perseguido por todas las solteras de Manhattan, pero también representaría un gran problema porque si su padre se enteraba de aquello, sería capaz de meterla en un convento.

–Señorita –oyó la voz de Dotty y se giró hacia ella con cara de pregunta–, la buscan.

–¿Quién? ¿El profesor Harrison?

–No, señorita, el señor... lord Aylesbury –se corrigió la doncella un poco incómoda–. Dice que no tiene invitación y yo le he dicho que no están sus padres.

–¿Lord Aylesbury? –por un segundo no logró situarlo, pero enseguida cayó en la cuenta y se puso roja hasta las orejas–. El señor Henry Chetwode-Talbot, me imagino.

–Ha dicho lord Aylesbury.

–Es la misma persona, dile que pase y trae té y unas pastas, Dotty, por favor.

–Pero no está su madre y...

–Dile que pase, Dotty, por favor –ordenó y se acercó al espejo del aparador para organizarse un poco el pelo. Lógicamente no era muy decoroso recibir a ese hombre sin invitación y estando sola en casa, pero le importó poco el protocolo y cuando lo oyó entrar en la salita se giró hacia él aparentando toda la seguridad del universo–. Lord Aylesbury, vaya sorpresa.

–Virginia –él le hizo una profunda reverencia y luego se enderezó sonriendo–, creí que ya me llamaba Henry.

–Claro, Henry. Vaya sorpresa, ¿en qué puedo ayudarle? Mis padres no están y...

–Lamento mucho no poder ver a sus padres, pero en realidad quería hablar con usted.

—Siéntese —le indicó una butaca con la mano y ella se le puso enfrente con la espalda recta y el corazón a mil. Iba vestido de azul oscuro, tan elegante, y con esos ojazos oscuros tan bonitos pendientes de ella—. Usted dirá.

—¿Interrumpo algo?

—No, en realidad estaba leyendo un poco.

—Porque puedo volver en otro momento, no quiero...

—No pasa nada, Henry, dígame de qué se trata.

—La próxima semana es el baile de mi embajada, el que se hace todos los otoños en Nueva York, y bueno, yo... —se calló al ver entrar a dos doncellas con el té y unas pastas, y Virginia esperó sin moverse a que siguiera hablando— quería invitarla formalmente a acompañarme.

—¿A mí? —miró de reojo como Dotty fruncía el ceño y se dirigió a ella con una sonrisa—. Dotty, querida, sirve el té, por favor.

—Sí, señorita.

—A usted, Virginia. Supongo que el protocolo me obliga a pedir primero la venia de sus padres, pero quería asegurarme de que a usted no le parece una idea muy desagradable.

—¿Desagradable?, no, por Dios, en absoluto y se lo agradezco, pero como usted dice, tendré que hablar primero con mis padres.

—¿Y si ellos acceden?

—Iré encantada. Muchas gracias.

—Estupendo, no la molesto más —se puso de pie y dejó la taza de té intacta sobre la mesita—. Veré a su padre a la hora del almuerzo en el club y se lo consultaré.

—Creo que sería mejor hablarlo primero con mi madre, mi padre...

—Comprendo, claro, por supuesto —miró a las doncellas

y luego cuadró los hombros–. Esta tarde coincidiremos en casa de los Dashwood ¿no? –Virginia asintió levantándose a su vez–. Hablaré con ella allí, si le parece bien.

–Sí, claro, como quiera.

–Estupendo, y gracias por recibirme –se acercó de dos zancadas, le agarró la mano y se la besó mirándola a los ojos. Virginia sintió como se estremecía de arriba abajo y cuando él, sin ningún pudor, le acarició fugazmente la muñeca con la yema de un dedo, casi se desmayó de la impresión–. Ahora debo irme, nos vemos esta tarde. Adiós.

–Adiós –susurró y se desplomó en el sofá observando como él abandonaba la salita con mucha energía.

–Su padre se enfadará mucho cuando sepa que ha dejado entrar a ese…

–Shhhh, Dotty, calla y manda llamar a la señora Phillips. Dile que necesitaré que me tenga acabado el vestido nuevo para dentro de una semana.

–¿Para qué tanta prisa, señorita?

–Por una vez obedece y haz lo que te mando, Dotty, por el amor de Dios.

La doncella la dejó sola y ella se puso de pie con el estómago lleno de mariposas. Era la primera vez en su vida que un hombre la invitaba oficialmente a acompañarlo a una fiesta y aquello era muy halagador, pero también muy desconcertante. Su padre no lo aprobaría, estaba segura. Sin embargo, daba igual, su madre se las arreglaría para conseguir su permiso, de eso no le cabía la menor duda.

Caminó por la salita estrujándose la falda, nerviosa como una niña pequeña la víspera de Navidad, con una mezcla de sentimientos tan extraña en el alma que se asustó. De repente le dio miedo la posibilidad remota, pero plausible, de que Henry Chetwode-Talbot de verdad sintiera predilección por ella y estuviera dispuesto a ir más allá.

¿Más allá? ¿Dónde?, se preguntó mirándose en un espejo. ¿A pedir su mano?

—¡Santa madre de Dios! —exclamó con el corazón saltándole en el pecho. Salió de la sala, buscó su chal y llamó a una de las doncellas para que la acompañara a dar un paseo.

Capítulo 4

—Tabaco, madera, aceros, una naviera, minas de plata y oro, construcción, industrias de todo tipo. Esta familia es realmente muy emprendedora –susurró Tom Kavanagh releyendo los informes que había podido reunir sobre los O'Callaghan. Miró a Henry y él movió la cabeza, un poco hastiado–. Como diría William Ferry, son obscenamente ricos.

—Vaya término más desafortunado, amigo.
—Tienes razón.
—¡Alabado sea Dios!
—Y todos trabajan en sus empresas, el padre, los cuatro hijos varones, Patrick, Robert, Sean y Kevin, y también la señorita Virginia. Ferry asegura que desde muy pequeña interviene en consejos de administración, en juntas de accionistas, en todo lo relacionado con su dinero. Vamos, que no es una rica ociosa de esas que ignoran su fortuna.

—Mientras eso no suponga un problema… –se ajustó el frac y lo miró a los ojos.
—¿Qué clase de problema?
—Espero que una vez casada deje su dinero en manos de su flamante marido.

—Tampoco es eso, con que sea generosa con su familia política es suficiente.

—¿Tú crees? No quiero una esposa fisgona o controladora.

—Primero tendrás que conseguir esa boda y ya veremos.

—Al menos la muchacha además de guapa es lista y muy divertida —bufó, dando el visto bueno a su impecable aspecto—. ¿Nos vamos?

—Estoy de acuerdo. Vamos —Kavanagh se puso de pie y agarró el sombrero—. ¿A qué hora hay que recogerla?

—A ninguna, irá con sus padres directamente a la fiesta. El señor O'Callaghan parece que no se fía de mí y accedió a que me acompañara, pero solo bajo su estricta supervisión.

—Corren rumores de que los ingleses no le caen demasiado bien.

—Es irlandés… —sentenció Henry con una sonrisa y apurando de un trago su vaso de whiskey— y los irlandeses sois muy desconfiados.

—Yo creo que solo vela por su hija, es lo normal.

—Eso seguro. Vamos, nos quedaremos un rato y luego nos marchamos a…

—A ninguna parte —de pronto Thomas Kavanagh vislumbró por el rabillo del ojo la caja fuerte de la habitación, que tenía la puerta entreabierta, y se acercó a ella antes de que su amigo pudiera reaccionar—. ¿Qué coño has hecho, Harry?

—No sé de qué me hablas.

—¿Has vendido algo? —agarró el cofre donde guardaban las pocas joyas que habían conseguido traer de Londres, lo abrió y contó sus tesoros—. ¿Dónde están los gemelos de tu abuelo?

—Eso no es asunto tuyo.

—¡¿Qué, no?! Claro que es asunto mío. ¿Los has vendido? —lo miró a los ojos y no le hizo falta oír nada más—. ¡Maldita sea, Henry!

—Son míos y puedo hacer lo que quiera con ellos.

—No malvenderlos para conseguir pagar tus malditos vicios. ¿Estás loco? Es lo único que tenemos, ¿quieres acabar durmiendo en la calle?

—Voy a casarme con la heredera más rica de este puñetero país, Tom, no me harán falta ninguna de esas malditas joyas.

—No tienes nada en firme, todo se puede desvanecer en un segundo.

—Yo sé de mujeres, amigo, y sé que la O'Callaghan ya es mía.

—Muy creído te lo tienes —Thomas movió la cabeza viendo como el futuro duque de Aylesbury cogía un paquetito envuelto en papel de seda y respiró hondo—. ¿Y eso?

—Un regalo para mi futura esposa. Vámonos de una vez o llegaremos tarde.

Y salieron a la calle donde los recibió una fina llovizna. Thomas se ajustó el sombrero y animó a Henry a cruzar el parque a pie. No pensaba pagar un carruaje para cubrir una distancia tan corta y aunque su amigo por supuesto protestó y blasfemó en arameo, no le hizo ningún caso y acabaron cruzando Washington Square a buen paso.

Era increíble lo que habían cambiado las cosas para lord Aylesbury, pensó mientras entraban en la residencia privada del embajador británico en Nueva York, con la ropa medio mojada. En condiciones normales, Henry Chetwode-Talbot jamás pisaba la calle, para él aquello era un pecado mortal, una costumbre propia de otras clases sociales, nunca prescindía del carruaje y de Clark, su cochero. Sin embargo, no estaban en Inglaterra y si tenían que andar a pie lo harían. Fin de la historia.

—¿Conoce a mi amigo Thomas Kavanagh, Virginia? —susurró Henry llamándolo con la mano, y Tom se acercó. Lo cierto es que llevaba casi un mes coincidiendo con la señorita O'Callaghan en diversas reuniones sociales, pero nunca los habían presentado, así que le hizo una venia y le besó la mano sin mirarla a la cara—. Más que un amigo es mi hermano, compañero de fatigas y de estudios, ¿sabe?

—¿Ah, sí? —preguntó Virginia O'Callaghan regalándole una hermosa sonrisa—. ¿De Oxford?

—Así es, el primero de su promoción. Tom es abogado.

—Qué interesante.

—Aunque nos conocemos desde niños, yo no tengo hermanos y Thomas ha estado siempre a mi lado.

—¿Y le gusta Nueva York, señor Kavanagh? —preguntó ella clavándole esos enormes ojos oscuros que tenía, y Thomas dio sin querer un paso atrás.

—Muchísimo, es una ciudad increíble y tan llena de actividad...

—Como Londres me imagino. ¿Vive usted en Londres o...?

—Sí, en Londres.

—Yo estuve hace años y...

—Londres es una ciudad maravillosa y llena de contrastes —interrumpió Henry—, pero a mí me gustaría que visitara Aylesbury, Virginia, y para animarla le he traído un regalito, espero que me lo acepte.

—¿Un regalo?

Tom percibió perfectamente como aquel detalle la

conmovía muchísimo y observó con atención como agarraba el paquete envuelto en papel de seda y se entretenía en abrirlo con muchísimo cuidado. Llevaba un vestido color lavanda muy recatado y el pelo oscuro y ondulado sujeto en un moño elaborado y de última moda que le confería un aire muy femenino, bueno, ella era muy femenina, determinó fijándose en su fina e inmaculada piel de porcelana. Era muy guapa y, además, parecía muy entusiasmada con Henry Chetwode-Talbot. Perfecto.

—¡Pero qué maravilla!

—¿Le gusta? —Henry le quitó el librito sobre Aylesbury House y abrió una página al azar—. Son ilustraciones pintadas por un artista inglés muy famoso, amigo de mi padre. Casi toda la propiedad está retratada y... —le guiñó un ojo— aunque es muy difícil reflejar la verdadera belleza de mi hogar, es un buen comienzo, tal vez así se anime a visitarnos.

—Es maravilloso —ella escrutó las pinturas y luego lo miró a los ojos—, pero es muy valioso, no sé si...

—Por favor, no me ofenda rechazándolo —le dijo Henry con una mano en el pecho—. Necesito que lo acepte y así, cuando lo hojee, podrá pensar en mí.

—Yo... —se puso roja hasta las orejas y en ese preciso instante uno de sus hermanos se acercó y la sujetó por los hombros, interrumpiendo de un plumazo el momento de intimidad que Henry había creado con mucha mano izquierda.

—¿Qué es eso, Gini? ¿Un libro de arte?

—Hola, Robert, sí, bueno, no, es sobre Aylesbury House, la propiedad de lord Aylesbury en Inglaterra.

—Qué curioso —Robert O'Callaghan, segundo hijo de Patrick y Caroline O'Callaghan, agarró el libro y lo miró por encima con el ceño fruncido.

—Es un regalo —intervino Henry muy amable y Tom miró en silencio, pero con mucha atención, a ese joven estadounidense al que seguramente ese tipo de libros le interesaban muy poco—, espero que no le importe.

—¿Un regalo? No sabía que te interesaran las viejas propiedades inglesas, hermanita.

—Por supuesto que me interesan y se trata de un trabajo extraordinario de... —leyó rápidamente el nombre del artista y luego miró a su hermano a los ojos— Richard Thomson, es una joya.

—Si tú lo dices.

—¡Robert!

—Si es tan valioso no es correcto que lo aceptes. Tome su libro lord... como sea —se lo devolvió a Henry y él se puso serio de golpe.

—Aylesbury o Chetwode-Talbot, y no es tan valioso como para no poder aceptarlo. Si lo fuera, en ningún momento se me ocurriría ofender a su hermana con...

—Ningún presente proveniente de un hombre es correcto para una señorita soltera, señor.

—Robert, por el amor de Dios —intervino Virginia, y él levantó las manos en son de paz. Ella lo miró furibunda y luego se dirigió a Aylesbury con una sonrisa—. No haga caso a mi hermano, Henry, mil gracias por el regalo y lo acepto encantada.

—Me honra, Virginia, y no quisiera, señor O'Callaghan, que...

—Es igual. Señores... —interrumpió el joven caballero, los miró indistintamente y luego agarró a su hermana del brazo— buenas noches, nosotros nos marchamos, mis padres nos esperan en la entrada.

—¿No se quedan al baile?

—No, tenemos otro compromiso. Buenas noches.

—Claro, buenas noches. Adiós, Virginia.

—Adiós —se despidió ella muy azorada y Tom comprobó que a su alrededor todo el mundo los observaba con demasiada atención.

—Vaya por Dios —susurró buscando los ojos de Henry—. No contábamos con esto.

—¿Con qué? —él sonrió a la gente mientras agarraba una copa de *champagne* de la bandeja de un camarero y cuadró los hombros.

—Con los hermanos.

—Pamplinas.

—¿Pamplinas? Es obvio que están ojo avizor, yo también lo estaría si mi hermana...

—Mi querido Thomas, los hermanos son lo de menos, lo importante es la madre y a esa... —se giró hacia la entrada de la casa y se despidió con la mano de la señora Caroline O'Callaghan, que le sonrió emocionada— la tengo gratamente impresionada.

—Dios bendito.

—No te preocupes, el negocio va viento en popa, relájate.

—Yo no estaría tan seguro.

Respiró hondo, se apartó de Henry y salió a una terraza para tomar el aire. Era lógico que esa gente no perdiera de vista a Virginia, que era una joven inexperta y el mejor partido de Nueva York, en su caso él haría lo mismo. Y encima estaban esas publicaciones de la prensa que ridiculizaban y ponían en entredicho a la nobleza británica. Asuntos como el matrimonio de Consuelo Vanderbilt con el duque de Marlborough, cinco años antes, aún eran foco de atención y se multiplicaban los rumores sobre los cazafortunas ingleses que llenaban los salones de la alta sociedad neoyorquina.

Cazafortunas como ellos, bueno, como Henry Chetwode-Talbot, que lógicamente no estaba en Manhattan para disfrutar de unas vacaciones. Su presencia allí empezaba a ser llamativa, se le antojó de pronto, y decidió presionarlo para que abordara la cuestión de frente y se declarara de una vez a Virginia O'Callaghan, si quería casarse con ella. Había que empezar a actuar con celeridad o podía ser la familia la que decidiera intervenir y abortar cualquier intento de compromiso.

Entró nuevamente al salón y buscó a su amigo con los ojos, pero no lo encontró por ninguna parte. Se acercó al embajador británico y le preguntó por él aparentando normalidad.

—¿Ha visto a Henry, sir Pauncefote?

—Se ha ido con un grupo de Liverpool a un club... —el honorable barón de Pauncefote se inclinó y le habló al oído—, uno de esos de mala reputación que tanto os gustan a los jóvenes.

—¿Ah, sí? —se le congeló el pulso pensando dónde acabaría esa noche el importe íntegro de la venta de los gemelos del abuelo de Henry, y forzó una sonrisa—. Está bien, muchas gracias. Ha sido una noche maravillosa, sir Pauncefote, pero debo irme.

—Thomas —el viejo caballero lo detuvo y lo apartó un poco del bullicio—. Patrick O'Callaghan me ha pedido referencias sobre Henry Chetwode-Talbot. Le he explicado que su padre es un gran amigo de su majestad, la reina Victoria, y que lo conozco de toda la vida, pero sobre Harry no pude decirle mucho más.

—Claro.

—Aprecio a los Chetwode-Talbot, pero no puedo poner las manos en el fuego por nadie, menos aún por Henry que... en fin, ya me entiendes.

—Por supuesto, sir Pauncefote, lo comprendo perfectamente.

—Muy bien. Gracias por venir.

–Gracias a usted. Adiós.

Salió a grandes zancadas a la calle y se lanzó a andar bajo la lluvia camino del hotel, sin importarle empaparse o ser atracado por unos malhechores en medio del parque. No se molestó en pensarlo porque un agujero enorme de preocupación se le instaló en el centro del pecho. Si las alarmas estaban saltando y todo su plan se iba al traste, matarían a lord John del disgusto, perderían Aylesbury y Henry acabaría arruinado y hundido.

Capítulo 5

–Comprometer a mi hija tan solo unas semanas después de su puesta de largo es... es... –Virginia oyó hablar a su madre con unas amigas en la salita y no entró, se apoyó en la pared del pasillo y guardó silencio–. No podía soñar con nada mejor.

–Y con un noble inglés –opinó su tía Martha–. Si Tracy o Susan tuvieran un pretendiente tan aristocrático, no dudaría en firmar las capitulaciones inmediatamente.

–¿Y qué opina Gini?

–Nada, sabéis que de estos temas no se puede hablar con ella.

–¿Y Patrick? –preguntó su tía, y Virginia oyó suspirar a su madre.

–Tu hermano es un cabezota intolerante, Martha, ese es el peor escollo.

–¿Pero ese joven ya ha hablado con vosotros? –quiso saber una de las amigas, y se hizo un silencio antes de que Caroline volviera a hablar.

–Bueno... algo hay...

Se echó a reír a carcajadas y Virginia sintió como se le paralizaba el corazón en el pecho. ¿Acaso Henry Chetwode-Talbot había hablado con sus padres y ella no sabía nada? ¿Habían sido capaces de ignorarla y charlar formalmente sobre su futuro sin consultar su opinión? ¿En serio?

Apretó con fuerza el librito sobre Aylesbury House, del que no se separaba desde que Henry se lo había regalado, y se encaminó a la puerta principal para salir a la calle antes de que la llamaran para tomar el té. Hacía una semana había visto por última vez a lord Chetwode-Talbot, en la residencia del embajador británico, y desde entonces apenas la dejaban salir. Sus hermanos, Sean y Kevin, que estaban solteros y aún vivían en casa, no querían ni oír hablar de su amiguito inglés, como lo llamaban ellos, e incluso Kevin, que estudiaba en Yale y pasaba poco tiempo en Nueva York, había decidido no volver a New Haven tras el fin de semana porque quería tenerla controlada, le dijo. ¿Controlada? Por el amor de Dios.

Lo cierto era que no podía dejar de pensar en Henry Chetwode-Talbot. Estaba como obnubilada por él, por su charla, sus modales, su acento, sus ojos oscuros, para qué negarlo. Pero eso no quería decir en absoluto que estuviera perdiendo la cabeza y decidiera casarse con él, apenas lo conocía y, aunque le había mandado dos cartas y varios ramos de rosas, eso no significaba nada. No pensaba tolerar que la trataran como a una cría estúpida, y si seguían en ese plan prepararía el equipaje y se largaría bien lejos de allí.

Llegó andando a la catedral de San Patricio, entró seguida por Dotty, se santiguó y caminó hacia los últimos bancos con el corazón latiéndole muy fuerte contra los oídos. Se arrodilló y rezó un Ave María antes de sentarse con el libro de Aylesbury House en el regazo, lo abrió al azar y tras admirar una vez más una pintura que retrataba sus grandes jardines, abrió la última carta de Henry donde le pedía verla a solas. En sus anteriores misivas se había limitado a contarle sus andanzas por Nueva York, sus compromisos sociales y a manifestarle su deseo de verla en persona en alguna fiesta o velada musical, pero en esa última nota había ido mucho más lejos y le había suplicado un encuentro clandestino: *Solo usted y yo, Virginia, necesito hablarle, por Dios se lo pido.*

—Virginia... —oyó su voz y saltó en el asiento. Él se acercó y se sentó a su lado, pero a una distancia prudente. Virginia miró a Dotty y le ordenó que se apartara un poco—. Ha venido.

—Le dije que vendría.

—Lo sé, pero también sé que es difícil salir de casa sin el consentimiento de los padres.

—Ya estoy aquí, ¿qué me quería decir?

—Yo... —estaba nervioso y se deslizó por el banco para acercarse más, hasta casi rozarle el vestido. Ella se mantuvo quieta y miró al frente—. Necesito hablar con sus padres para solicitar su permiso, me gustaría cortejarla formalmente, Virginia, y si me lo permite, pedir su mano lo antes posible.

—¡¿Qué?! —sin querer subió el tono de voz y lo miró a los ojos—. Apenas nos conocemos.

—¿Hay plazos para el amor?

—¿Amor?... Yo... —empezó a balbucear como una idiota y, cuando él le rozó los dedos con los suyos, se puso de pie de un salto.

—Mire, Virginia, este no es mi país, tengo que volver a Inglaterra, mi padre y mi vida me esperan allí, no dispongo de tiempo para alargar un romance o un noviazgo eternamente. La admiro, siento un enorme aprecio hacia usted, creo que podríamos ser muy felices juntos y no puedo... —se levantó y buscó sus ojos—. No soporto estar lejos de usted.

—Creo que lo he visto cuatro veces en toda mi vida.

—Mis padres se conocieron unos días antes de su boda y fueron muy felices.

—¿Cómo dice?

—Los sentimientos no entienden de fechas o plazos. Desde que la vi sentí algo muy fuerte en mi interior, no necesito un año más para saber que me he enamorado de usted.

—Madre mía... —no tenía ni idea de cómo manejar aquello y volvió a sentarse—. Mi padre no lo consentirá.

—Eso déjemelo a mí, Virginia, y a su madre. Hablé con ella formalmente hace dos días y me prometió todo su apoyo.

—No sé...

—¿No siente ni remotamente algo por mí? —se puso en cuclillas a su lado y le cogió las manos—. Mi corazón me dice que compartimos el mismo afecto, Virginia. Acépteme y hablaré enseguida con su padre.

—Yo...

—Se lo suplico de rodillas.

—Yo... —miró su cara perfecta, su ropa tan elegante, sus ojos enormes y tan brillantes y asintió, incapaz de contener el mar de emociones que empezaron a embargarla entera—. Puede pedir permiso a mis padres para cortejarme formalmente, pero no le prometo un compromiso inmediato, ni siquiera a medio plazo, Henry, necesito tiempo.

—Gracias —le cogió ambas manos, se las giró y le besó las muñecas durante varios segundos. Ella sintió un escalofrío por toda la espalda y se levantó—. No sabe lo feliz que me hace, Virginia.

—Debo irme.

—Por supuesto, y muchas gracias por venir.

Lo dejó atrás sabiendo que Dotty la seguía de cerca.

Jamás, en toda su vida, se había sentido así de superada, de colmada, tan llena de sensaciones, y salió a la calle con los ojos llenos de lágrimas y una gran sonrisa en la cara.

Henry Chetwode-Talbot quería cortejarla formalmente. Decía que se había enamorado de ella... que no podía vivir sin ella y eso... eso era demasiado grande como para fingir normalidad. Era una noticia hermosa y emocionante, grandiosa, y no podía esperar para comentarla con sus primas.

Se sujetó la falda del vestido decidida a ir a buscarlas, se giró para llamar a Dotty y entonces lo vio, a ese hombre tan silencioso y a la vez tan cortés que pocas veces se separaba de Henry. El señor Thomas Kavanagh la observaba desde lejos y sin moverse. Ella le hizo una venia y le sonrió, y él se sacó inmediatamente el sombrero para saludarla. Virginia le dijo adiós con la mano, agarró a Dotty del brazo y partió sin mirar atrás.

Capítulo 6

—¡Caroline! —Patrick O'Callaghan bramó, abriendo la puerta de su despacho, y tanto su mujer como su hija y las dos amigas que tomaban el té con ellas en la salita saltaron en sus asientos.

—¿Qué ocurre? —la señora O'Callaghan salió al pasillo con los ojos muy abiertos y se acercó a él levantando las manos—. ¿Por qué gritas, Patrick?

—¿Qué sabes tú de todo esto? —la hizo entrar, cerró la puerta y le señaló a Henry Chetwode-Talbot y a Thomas Kavanagh, que esperaban de pie junto a su escritorio—. Explícamelo, si me haces el favor.

—¿Henry?, ¿Thomas? No sabía que estaban aquí, caballeros.

—Acaban de llegar y han preguntado por mí —se apresuró a ilustrar Patrick O'Callaghan desplomándose en su butaca favorita—. No los esperaba, por supuesto.

—Yo..., disculpe, señora O'Callaghan —Henry se acercó y le besó la mano—. Hemos pecado de imprudentes, pero es que no puedo esperar más. Ayer hablé con la señorita Virginia y...

—Quiere cortejar a tu hija formalmente —lo interrumpió el dueño de la casa encendiendo un puro– y dice que tú lo apoyas.

–Es así, yo..., oh, Henry, Gini no me comentó nada.

–Lo que me preocupa no es eso, Caroline, es que a la par de pedir permiso para el dichoso cortejo, pide directamente la mano de Virginia. ¿Es eso normal?, ¿protocolario?, ¿adecuado?, ¿decoroso?

–Patrick, por el amor de Dios.

–¿Qué? No sabía nada de esto y, por supuesto, no pienso tolerarlo.

–Señor O'Callaghan...

–¿Cuántas veces ha visto a mi hija en su vida, Chetwode-Talbot?

–Las suficientes, señor, yo...

–¿Las suficientes? ¿Me toma por estúpido?

–En absoluto, si me quisiera oír, señor, por favor... –Henry, haciendo acopio de la escasa humildad de la que disponía, se puso delante de ese hombre tan intransigente y respiró hondo–. No estoy en mi país, dispongo de pocas semanas antes de tener que volver a Inglaterra, sé lo que siento por su hija, no tengo dudas, y no veo la necesidad de tener que ocultar por más tiempo mis intenciones para con ella.

–Oh, Henry... –repitió Caroline O'Callaghan muy emocionada, y se puso una mano en el pecho.

–¿O sea, que se quiere casar cuanto antes?

–Si Vir... si la señorita Virginia me acepta, por supuesto, enseguida.

–Dios bendito, Henry, es maravilloso... –la dama se acercó a él y le acarició el brazo–. Claro que aceptará.

–¿Sabes que si la ingenua de tu hija se casa con este caballero se la llevará a Inglaterra, querida? ¿Lo has pensado?

–Los hijos tienen que volar, Patrick, es ley de vida.

—¡Virgen santísima! —exclamó O'Callaghan y se puso de pie—. Eres peor que una debutante, Caroline. Afortunadamente yo estoy aquí para poner algo de cordura en el asunto y le digo a usted, señor Chetwode-Talbot, que no. Muy halagados, pero no a todas sus propuestas. Mi hija pequeña acaba de cumplir los dieciocho años, no ha salido de debajo de las faldas de su madre y no permitiré que se comprometa con usted, al que no conozco de nada, para que luego se la lleve a Gran Bretaña a vivir Dios sabe en qué condiciones.

—¡Patrick!

—Ahora, si me disculpan, caballeros, esperamos invitados, así que... —les indicó la puerta y miró a su mujer con los ojos entornados—. Ni una palabra más, Caroline, o tendremos un problema serio. Buenas tardes.

Henry y Thomas abandonaron el elegante despacho y se encontraron con Virginia de pie al final del pasillo. Los dos la saludaron con una venia muy educada y luego se dispusieron a salir rápidamente de la casa. Ambos sabían que O'Callaghan sería un hueso muy duro de roer, que les pondría problemas, pero no tantos, y menos que su esposa, que les había jurado apoyo incondicional, fuera tan incapaz de oponer resistencia y de mostrar algo de autoridad. Al final, la bella y risueña Caroline O'Callaghan solo era una mujer sumisa y sin la más mínima capacidad de maniobra. Lamentablemente, no servía para nada a su causa, así que estaban perdidos, o al menos eso parecía.

—¿Cuál es nuestro plan B, Tom?

—¿Cómo dices? —estaba lloviendo y le prestó atención en medio del ruido del agua, las carreras de los viandantes y el sonido de los cascos de los caballos contra la calle mojada—. ¿Plan B?

—La segunda opción —se detuvo y lo miró a los ojos—.

No pienso volver a enfrentarme a ese paleto ignorante, ¿quién demonios se cree que es? ¿No sabe con quién está tratando? Si su puñetera hijita se casara conmigo sería duquesa, ¿puede comprar el respeto y la dignidad de mi título con su puta fortuna?

—Claro que puede, Harry, de eso se trata —se pasó la mano por la cara y suspiró muy preocupado.

Estaba claro que O'Callaghan era una cima inexpugnable y tal vez ya fuera hora de pasar a otra cosa, porque el tiempo se les estaba agotando.

—Entonces que me trate con la dignidad y la deferencia que merezco, puñetas. En Inglaterra esto...

—No estamos en casa, Harry, aquí nadie te conoce, para esta gente tus títulos son pura entelequia, más propios de una obra de William Shakespeare que de la realidad, así que no pidas peras al olmo.

—A la mierda con ellos. Soy el primogénito del noveno duque de Aylesbury, sobrino del duque de Somerset, familia de la reina Victoria y no pienso tolerar...

—Está bien, un poco de calma —interrumpió haciendo memoria. Miró hacia el cielo y luego a su amigo, que tenía la mandíbula tensa y los ojos brillantes—. Nuestro plan B se llama Frances Richardson, tiene veinte años y tres hermanas. Cualquiera de ellas sería aceptable. Los Richardson no son tan ricos como los O'Callaghan, pero Frances tiene un fideicomiso de unos cinco millones de dólares a cobrar a los veintiún años o en el momento de su boda.

—Suficiente. Espera... ¿es esa pelirroja de belleza equina que nos presentaron en casa del embajador?

—Harry... —movió la cabeza, resignado.

—Me sacrificaré por Aylesbury. Además, esa será pan comido en un pis pas. Dame dos días y está hecho.

—Si tú lo dices. Vamos, nos merecemos una copa.

—La O'Callaghan es muy guapa, pero ni sus veinte millones de dólares pueden compensar el tener que lidiar con su padre.

—¡Señor! —oyeron la voz de una joven y se giraron para ver a una doncella de uniforme acercándose a ellos a la carrera—. Tome, señor Chetwode-Talbot, de la señora Caroline.

—Gracias —agarró la nota y la abrió con cuidado. La chiquilla les hizo una reverencia y se fue corriendo de vuelta a la casa de los O'Callaghan—. Perfecto, volvemos al juego, mi querido Tom.

—¿Qué? —agarró la nota y leyó en voz alta—: «No haga caso de mi marido, Henry, la primera palabra que sale de su boca siempre es un NO, pero no siempre es definitivo. Deje todo en mis manos, y en las de Virginia, que está dispuesta a luchar y a enfrentarse a su padre por su felicidad. Usted tranquilo. Un saludo, Caroline O'Callaghan».

—Esto hay que celebrarlo.

—No tan rápido, Harry.

—Si se ha implicado la chica, es que estamos en el camino correcto.

—Bueno...

—Ahora, sígueme. La casa de Georgia May White, la que está en el puerto, está de fiesta todas las noches. Vamos, vente conmigo, relájate un poco, Tom.

Capítulo 7

Una boda navideña, así la llamaba su madre. Cerró los ojos y dejó que Cindy, la peluquera, acabara con el complicado recogido. Se iba a casar y aquella era la primera victoria realmente importante que había ganado en su vida.

Tras la vergonzosa acogida que había dado su padre a Henry Chetwode-Talbot el día que acudió a pedir su mano y, a pesar de que jamás habló con él de un compromiso tan rápido, sino más bien todo lo contrario, a ella le subió por el pecho una furia tal al ver semejante injusticia, un enfado tan monumental, que de repente se vio defendiendo a gritos su noviazgo con el futuro duque de Aylesbury: Su derecho a ser feliz y un montón de reivindicaciones más en las que no había pensado hasta ese momento, pero que de pronto le parecieron muy coherentes.

Jamás había sentido tanta vergüenza como esa tarde, cuando vio salir del despacho de su padre a Henry, cabizbajo y tenso, tras recibir un rapapolvo innecesario y completamente inadecuado. El pobre había actuado con corrección y su padre había reaccionado de muy mala manera. Aún le costaría años perdonar esa actitud suya y, aunque al final, tras muchas discusiones y trasiegos, habían conseguido encauzar las cosas y llegar a un acuerdo, su relación paterno-filial jamás volvería a ser la misma y, desde luego, lo lamentaba muchísimo.

De ese modo, y con el apoyo incondicional de su madre, se puso en pie de guerra. Nunca había soñado con casarse antes de los veinte años, y menos con esas prisas y con un hombre al que apenas conocía, pero se levantó en armas de forma bastante irracional e indómita, y ya nadie pudo hacerla entrar en razón. En cuestión de horas decidió que amaba a Henry, que quería casarse con él y que quería viajar a Inglaterra para emprender una nueva y maravillosa vida a su lado. Se pasaba las horas muertas mirando el libro sobre Aylesbury y fantaseaba con su existencia allí, rodeada por la verde campiña, caminando entre sus muros, teniendo niños y criando una gran familia feliz junto al hombre más apuesto, cortés y educado que había conocido en toda su vida.

Henry Chetwode-Talbot era el elegido, no pensaba renunciar a él y, como solía hacer en todos los ámbitos de su vida, se volcó en esa idea en cuerpo y alma, resistiéndose a las reprimendas de sus hermanos, las preocupaciones de sus asesores y abogados y, especialmente, a los gritos y enfados de su padre, quien aseguraba a los cuatro vientos que ese matrimonio lo acabaría matando.

–Una dote de dos millones de dólares –le espetó una mañana que la llamó a su despacho–. Eso pide tu pretendiente por casarse contigo.

–¿Cómo dices? –su madre se adelantó y leyó el documento que le había entregado personalmente Thomas Kavanagh hacía unos minutos.

–¿Dos millones? –Virginia respiró hondo y cuadró los hombros–. Es lo justo, es lo que han pagado…

—¡Me da igual lo que hayan pagado los demás! ¿Por qué tengo que dar una dote a semejante sinvergüenza? ¿No lo ves, hija? ¿De verdad que no lo ves?

—¿Qué tengo que ver?

—No eres más que un buen partido al que sablear, una puñetera princesa del millón de dólares. ¿Estamos todos ciegos o qué?

—¡Calla, Patrick! Por Dios te lo pido —suplicó su madre, y se sentó en una silla—. Gini tiene razón, los Vanderbilt, los Jerome, los...

—Me da igual si esa gente quiso comprar un marido y un título para sus hijas, yo no pienso hacerlo— agarró el documento e hizo amago de romperlo, pero Caroline fue más rápida y se lo arrebató.

—Tú no, pero yo sí. Lo pagaré con mi dinero.

—No tienes suficiente dinero para pagar este atraco, Caroline.

—Le daré la mitad en participaciones y...

—Yo tengo dinero de sobra —intervino Virginia muy serena—, así que no te preocupes, papá.

—No dejaré que toques un solo centavo de tu fideicomiso.

—Eso ya lo veremos. Hablaré con mis abogados.

—Si estás tan loca como para querer casarte con ese vago impresentable, al menos hazlo gratis.

—Mi fideicomiso se hace efectivo el día de mi boda, seguro que muchos bancos me adelantarán dos millones de dólares sin problemas. Pagaré la dote, que es una costumbre ancestral, padre, entre las familias acomodadas, y luego haré con mi dinero lo que me venga en gana.

—Solo con chasquear los dedos te cerraré las puertas de todos los bancos de este país.

—Bueno, tú mismo. Haz lo que quieras.

—¡Virginia! —chilló su padre, pero ella ya estaba muy lejos de allí.

Por suerte o por desgracia, fue su madre la que asumió finalmente la dichosa dote, porque le parecía lo más correcto, y Thomas Kavanagh cobró en nombre de Henry un millón de dólares en acciones, participaciones y bonos, y otro millón en letras de cambio y pagarés. En el banco de Inglaterra una jugosa cuenta personal de Caroline O'Callaghan los esperaba para hacer efectivo el dinero cuando lo necesitaran. Y así se cerró el acuerdo, las capitulaciones y un documento de separación de bienes que sus abogados exigieron que Chetwode-Talbot firmara antes de entregarle un solo centavo y que él firmó con su caballerosidad habitual, sellando el incómodo asunto monetario en cuestión de minutos y dando paso, enseguida, a las carreras y la locura por conseguir organizar una boda en un tiempo récord.

Se habían visto por primera vez el seis de octubre y de pronto él se quería casar antes de las Navidades. En principio se habló de una preciosa boda en junio, como se esperaba de cualquier novia de la alta sociedad neoyorquina, pero el empeoramiento en el delicado estado de salud del padre del novio, el duque de Aylesbury, les hizo variar de inmediato los planes. Henry, al que ya se atrevía a llamar Harry, le suplicó de rodillas que le diera el «sí quiero» antes de tener que marcharse al Reino Unido, le juró que no quería viajar a casa sin ella y, por supuesto, la convenció. No tardó mucho en persuadirla de la necesidad de casarse enseguida, evitando tener que volver en junio a buscarla, y ella accedió completamente fascinada por su pasión y su sinceridad. Él era muy romántico y cariñoso y, además, ese día fue la primera vez que la besó y aquello lo cambió todo para siempre.

Desde que había decidido casarse con él y enfrentarse a su padre como una leona por su relación, se habían visto todos los días. Henry la visitaba en casa con la presencia de su madre, sus primas, sus tías o las amigas delante, y a pesar de estar continuamente rodeados de gente, se las arreglaba para rozarle la mano, dejarle una nota secreta o mirarla con sus preciosos ojos nublados de amor. Era maravilloso, pero jamás la había tocado. Hasta esa tarde, cuando llegó sin aviso para contarle las malas noticias sobre la salud de su padre y la necesidad imperiosa que tenía de casarse antes de que acabara el año.

Esa tarde se quedaron a solas en la salita y él, saltándose un millón de normas de conducta, superó la distancia que los separaba, la cogió por la cintura y la besó en la boca. Un beso casto pero sincero, cargado de pasión, tanta, que ella, a la que jamás habían besado, perdió el equilibrio y cayó casi sin aliento sobre uno de los sillones de la estancia, roja como un tomate y decidiendo que no quería dejar de besarlo en lo que le restara de vida.

Después de ese primer beso vinieron otros, siempre furtivos y a la carrera, e incluso él llegó a rozarle un pecho con el dorso de la mano, como sin querer, provocándole tantas sensaciones inexplicables que acabó confesándose casi a diario en San Patricio, eso sí, siempre con sacerdotes a los que apenas conocía.

Y se decidió precipitadamente la fecha de su boda: el sábado veintinueve de diciembre en la catedral de San Patricio.

En una ceremonia íntima, pero con la presencia del obispo de Nueva York, amigo personal de sus padres, se bendijo el compromiso, Henry le entregó un espectacular anillo de pedida que pertenecía a su familia desde hacía dos siglos y todo adquirió la oficialidad demandada por su entorno. Una oficialidad que a veces le provocaba vértigo, pero que, sobre todas las cosas, la hacía muy feliz.

En cuestión de días se arregló el vestido de novia de su madre para ella, un precioso traje de chantilly y seda salvaje que desde pequeña había soñado con llevar el día de su boda, y se preparó su equipaje y su valioso ajuar, que tanto su abuela como su madre le llevaban organizando desde los trece años, para que viajara a Inglaterra casi como una reina. Con séquito y todo, porque con ella se iban Dotty y Theresa, sus dos doncellas más queridas, para que la acompañaran en la travesía en barco y en la emocionante llegada a su nuevo hogar.

Si miraba hacia atrás, reconocía que solo un milagro, uno tras otro en realidad, habían logrado que llegaran al veintinueve de diciembre con todo bajo control y en perfecto estado de revista. Su madre, su tía Martha y sus primas habían trabajado incansablemente para obrar la magia necesaria y desde hacía cinco días la prensa no hablaba de otra cosa: El carísimo, impresionante, romántico y precipitado enlace matrimonial entre la distinguida señorita Virginia O'Callaghan de Manhattan con el honorable lord Henry Chetwode-Talbot de Aylesbury, Inglaterra. Un cuento de hadas que llenaba páginas de prensa, no siempre en el mejor tono ni con la mejor de las intenciones, pero que tenía a toda la ciudad realmente revolucionada.

–¡Gini!, cariño, estás preciosa –su madre entró en el dormitorio y la hizo regresar de sus ensoñaciones de golpe. La miró a través del espejo y ella le sonrió al verla llorar.

—No llores, mamá, por favor, no quiero hacerlo yo también.

—Estás tan guapa, ¿verdad, chicas?

—Sí —Tracy y Susan, sus damas de honor, también se enjugaron las lágrimas y se acercaron para ayudarla a bajar del banquito donde la había instalado la modista—. Es la hora, Henry debe de haber llegado ya a San Patricio.

—Bueno, pues... ¿dónde está papá, o finalmente me llevará Pat al altar?

—Lo hará tu padre, no seas tonta.

—¿Y cuándo le ponemos el velo? ¿Cuándo haya bajado las escaleras? —preguntó Tracy, y miró a las cuatro ayudantes de la señora Phillips, que sostenían el larguísimo velo elaborado íntegramente en encaje de chantilly.

—Sí, que baje y se lo ponemos en el *hall*, es lo más sencillo —respondió la modista mirando con sincera admiración a la joven novia—. Está preciosa, señorita Gini, nunca he vestido a una novia más hermosa.

—Muchas gracias, señora Phillips, todo el mérito es del vestido.

—¿Ya estamos? Es tarde... —su padre se asomó al pie de la escalera al ver que bajaban y observó el velo con atención—. ¿Cuánto mide eso? ¿Podrá entrar en el coche?

—Doce metros, Patrick, y sí que entrará.

—¿Doce metros? Vaya por Dios, tan exagerado como estas rosas. ¿Quién ha mandado tantos arreglos florales? Habrá que donarlos al cementerio.

—Las ha mandado el novio, tío Patrick —contestó Susan mientras a Virginia le ajustaban el velo alrededor de la diadema de diamantes, propiedad de la duquesa de Aylesbury desde hacía seis generaciones, que Henry le había pedido que llevara en la ceremonia–. Las empezó a mandar ayer por la tarde, ¿no es romántico?

–Un despilfarro, eso es lo que es.

–Papá... –Virginia lo miró a los ojos y le ofreció la mano–, no seas cascarrabias y disfruta un poco. ¿Nos vamos?

–Hay dos fotógrafos de prensa en la puerta.

–Y unos veinte en la iglesia –aclaró Caroline O'Callaghan echando un último vistazo a su hija–. Yo me voy con Sean y Kevin, me esperan fuera, vosotras detrás de la novia y...

–Y nosotros en el coche principal. No te preocupes, mamá, y gracias por todo.

La vio partir limpiándose las lágrimas y se aferró a su padre para salir a la calle donde la esperaban todos los empleados de la casa, algunos vecinos, viandantes curiosos y la prensa. Les sonrió saludándolos con la mano y se subió al precioso carruaje con las piernas algo temblorosas. No había dormido apenas, estaba muy cansada por culpa de las últimas semanas de locos que habían tenido y encima empezaba a sentir mariposas en el estómago. Unos nervios implacables que empezaron a hacerla temblar de pura emoción. Ya no había marcha atrás. Hacía cuatro meses era una joven libre y despreocupada de Nueva York, no había oído hablar jamás de Henry Chetwode-Talbot y, sin embargo, ahora iba camino de la catedral de San Patricio para casarse con él prácticamente a ciegas.

Y eso no era todo, también se iba a Inglaterra con él. En solo seis horas iban a coger juntos un trasatlántico para pasar su noche de bodas en altamar, en un camarote de lujo donde empezarían a disfrutar de su luna de miel como marido y mujer. Demasiado importante como para no sentir algo de miedo y un abismo gigantesco abriéndose en su interior.

–¿Lista? –su padre le apretó la mano y ella observó a través de la ventanilla como cientos de personas aplaudían coreando su nombre. Toda la catedral estaba rodeada de gente y por un segundo sintió el impulso de salir huyendo, pero obviamente no lo hizo, respiró hondo y miró a su padre a los ojos–. Si quieres, damos la vuelta, anulo este circo y nos vamos de vacaciones a París.

–Gracias, papá, pero, no. No pienso dejar a mi prometido plantado en el altar.

–¿Segura?

–Más que en toda mi vida.

–Vamos, pues.

Su padre bajó del carruaje y enseguida aparecieron la señora Phillips, Tracy y Susan para ayudarla a salir del vehículo y para organizarle el vestido. Saludó a los presentes con la mano mientras le alisaban la falda y le recogían en velo, y de pronto sintió mucho frío. Normal, estaban en diciembre, pensó muy emocionada. Miró al frente, observó la entrada de San Patricio adornada con innumerables rosas blancas y tragó saliva.

Harry, su futuro marido, la estaba esperando en el altar, y aquello ya no se podía retrasar más. Agarró a su padre del brazo y entró caminando como una princesa de cuento en la enorme iglesia, sintiéndose la mujer más afortunada y feliz del universo.

Capítulo 8

Thomas Kavanagh salió del camarote del capitán, tras dejar en su caja fuerte los objetos más valiosos con los que viajaban: la diadema de los Aylesbury, algunas joyas de Virginia, bonos, participaciones y mucho dinero en efectivo. Encendió un cigarrillo pensando en la necesidad imperiosa de contratar unos guardaespaldas de confianza para desembarcar en Londres y dar los primeros pasos por la ciudad. Seguramente, el mismo capitán Sheeran podía recomendarle a alguno de sus hombres para realizar la tarea, y estaba dispuesto pagarles bien.

Alcanzó la cubierta de primera clase y aspiró el aire helado de la noche. Pocos barcos partían al atardecer, pero habían tenido la inmensa fortuna de que la compañía *White Star Line* había decidido probar suerte con un nuevo horario de salida, a las cinco de la tarde, y habían abandonado Nueva York en el RMS Oceanic, el buque más grande y lujoso que surcaba los mares, con puntualidad británica y con el tiempo justo para ver la caída de la noche sobre la ciudad. Una experiencia muy agradable, salvo por el hecho de que la flamante novia, la señorita O'Callaghan, ahora lady Chetwode-Talbot, parecía abatida y no había dejado de llorar, a la par que sus doncellas, durante al menos una hora.

Henry se había mostrado completamente ajeno a las penas de su esposa y había desaparecido de su vista casi enseguida, camino del bar, o de Dios sabía dónde, dejando claro que no estaba en disposición de consolar a nadie y mucho menos después del duro día que habían tenido.

La multitudinaria boda en San Patricio había salido perfecta. El dinero era capaz de comprarlo todo, incluso un enlace matrimonial de cuento de hadas, con la prensa haciendo fotos y cientos de invitados llegados de todas partes, a pesar de la precipitación con la que se había organizado el evento. La catedral de San Patricio se llenó hasta reventar y después, en el banquete nupcial, no cabía un alfiler. Pat, el hermano mayor de Virginia, le dijo que creía haber certificado cuatrocientos invitados sentados en las primorosas mesas preparadas para el almuerzo. Una cifra desquiciante teniendo en cuenta que habían decidido hacer una celebración íntima y familiar.

Con todo ese revuelo, los novios, una Virginia preciosa y radiante, y un Henry ausente y tenso, apenas probaron bocado y se pasaron su banquete nupcial estrechando manos, repartiendo saludos y haciéndose fotografías hasta que llegó el momento de despedirse y partir al puerto con los más íntimos para iniciar su viaje hacia Inglaterra.

Caroline, la madre de la novia, aseguraba que la travesía les serviría también de luna de miel, aunque viajaran con dos doncellas y él, que no se podía separar de Henry y que necesitaba llegar a Londres con la misma urgencia para comprobar el estado de salud del duque. Todo el mundo pareció comprenderlo y, en un arranque de fantasía, Henry comentó a sus suegros que una vez en Europa, y tras ver a su padre, se llevaría a Virginia a una gira por Francia e Italia. Un viaje de bodas como Dios manda, dijo con todo desparpajo, aunque él sabía, fehacientemente, que ese tipo de viajes lo aburrían soberanamente.

Thomas se apoyó en la barandilla y miró el mar negro que los rodeaba. La noche estaba despejada y helaba, pero no quiso moverse y cerró los ojos sintiendo el aire frío en la cara. Estaba casi tan agotado como los novios, el último mes había sido una verdadera locura, pero la satisfacción y la sensación del trabajo bien hecho compensaba cualquier esfuerzo. Tres meses y medio después de llegar a los Estados Unidos regresaban a Gran Bretaña con sus propósitos conseguidos y eso no tenía precio.

Los O'Callaghan habían abonado los dos millones de la dote casi sin rechistar. Supo por el embajador Pauncefote que el padre de la novia se había negado radicalmente a pagarles semejante cantidad de dinero y que finalmente había sido Caroline O'Callaghan, que, apoyada por su hija, había demostrado ser una mujer muy obstinada, la que había sacado de su fortuna personal el dinero. Oficialmente él no supo nada de eso, a ellos solo los llamaron al despacho de un notario e hicieron la transacción, firmaron el acuerdo, las capitulaciones y la dichosa separación de bienes, sin conocer los detalles de todo el proceso, y lo agradecía.

A los diez minutos de firmar el compromiso varios banqueros se acercaron a su hotel ofreciendo créditos y préstamos de todo tipo, además de acciones y valores diversos en los que invertir, pero se negó en redondo a dar ningún paso en esa dirección. Con las acciones y participaciones que se llevaban como parte de la dote,

Henry Chetwode-Talbot se había convertido de la noche a la mañana en un hombre rico, y los beneficios de aquello le permitirían vivir tranquilo el resto de su vida, sin contar con el otro millón de dólares en dinero contante y sonante que se había embolsado.

Aparte de ese inmenso caudal de dólares, estaba la fortuna personal de su esposa, el famoso fideicomiso de veinte millones que esa misma tarde, antes de salir de casa de sus padres, Virginia había pasado a administrar tras un par de firmas con sus abogados. Su boda la había transformado de la noche a la mañana en una de las mujeres más ricas de su país y con solo dieciocho años. Un colchón económico que también sumaba al bienestar y el futuro económico de Henry, lord John y Aylesbury, por supuesto.

Ahora solo esperaba que su amigo supiera comportarse como un buen marido, al menos uno medianamente adecuado, y cumpliera con Virginia como se merecía. Ella no era más que una cría, una que había crecido entre algodones y rodeada de cariño, y tenía que cuidarla bien. Él se ocuparía también de eso, aunque en un principio pensara alejarse de los dos lo suficiente como para que pudieran hacer su vida, consolidar su matrimonio y empezar a conocerse mejor, no perdería de vista a Harry. Henry Chetwode-Talbot era un tipo excelente, no conocía a nadie más valioso, y sabía que podía llegar a ser un marido perfecto y amantísimo. Podía, si no se distraía y empezaba a dispersarse.

—¿Señor Kavanagh? —una educada voz británica le habló por la espalda y él se giró hacia ella comprobando que se trataba de un oficial del barco—. ¿Es usted Thomas Kavanagh, señor? ¿El abogado de lord Chetwode-Talbot?

—Sí, ¿qué ocurre, oficial?

—Se trata de lord Henry, señor. Está en el bar principal y bueno... ¿Puede acompañarme, por favor?

—Claro, por supuesto, ¿qué hora es?

—Las doce de la noche, señor.

—Gracias —siguió a ese hombre temiéndose lo peor y entraron en el bar medio vacío donde Henry, completamente borracho, se había acostado sobre la mesa de billar.

—No quiere marcharse, señor, y a estas horas...

—Lo comprendo, deme unos minutos —se acercó a la mesa y agarró a Henry de un brazo—. Baja de ahí ahora mismo, Harry, o te bajaré yo por las malas.

—¿Tú y cuántos más?

—¡Vamos! —sin ningún esfuerzo lo agarró por las axilas y lo puso en el suelo comprobando que no se podía tener en pie—. ¿Pero qué coño estás haciendo? ¿Qué te has tomado? ¿El primer día?

—¡Joder! Déjame en paz, Tom, estoy celebrando mi puñetera boda.

—¿Tu puñetera boda?

—Sí, he conseguido a una maldita princesa del millón de dólares y eso hay que celebrarlo. *¡Champagne* para todo el mundo, joder!

—Vamos —se lo llevó a rastras a cubierta y lo sentó en una tumbona—. No hables así de tu mujer, Harry, y menos en público, no tienes ningún derecho a hablar así de ella.

—¿Derecho? Tengo todo el puto derecho. Ella habrá pagado una fortuna para que ahora la llamen lady, pero yo he pagado su maldita dote con mi libertad, ¿sabes?

—Has cumplido con tu deber, deja ya de comportarte como un crío o te partiré la cara. Me tienes harto.

—Pégame y mátate de una maldita vez, Tom, no tengo nada que perder. Tírame por la borda y di que ha sido un accidente.

—Calla ya, chalado —se sentó a su lado y, como siempre, desde que no eran más que unos niños, buscó sus ojos y le puso una mano en el hombro—. No puedes beber así, lo prometiste, ahora tienes que cumplir como un buen marido. Ella no tiene culpa de nada.

—No debió casarse conmigo.

—Pero ya lo ha hecho y gracias a eso vas a poder salvar tu condado, vuestro patrimonio y...

—¿Y tú que sacas con todo esto, Tom? ¿Por qué sigues ayudándome?

—Porque eres como mi hermano, aprecio a tu padre, te quiero a ti, aunque seas un crápula, y porque debo de ser medio idiota.

—Madre mía —se echó a reír a carcajadas y Tom se relajó—, en eso llevas algo de razón, amigo.

—¿Has visto a Virginia?

—Sí.

—¿Y cómo ha ido? —a pesar de la confianza y de los años de amistad, no se atrevió a preguntar más directamente por su «noche de bodas», pero Harry lo miró y asintió, comprendiendo perfectamente a qué se refería—. ¿Ella está bien?

—Durmiendo, cuando fui a verla estaba llorando y sus doncellas le dieron algo para los nervios. Ahora resulta que echa mucho de menos Nueva York y a su familia. ¡Por Dios! si acaba de salir de allí. Intenté quedarme en su cuarto, pero era como estar con una mocosa de diez años, así que la dejé sola y me volví al bar.

—¿No ha pasado nada?

—No.

—¿Sabes que tienes que consumar el matrimonio para que sea legal, no?

—¡Claro que lo sé, joder!, ni que fuera memo.

—Muy bien, y tampoco estaría mal que mostraras algo

de compasión y aprendieras a consolar a tu esposa, solo tiene dieciocho años.

—Bla, bla, bla... ¿nos vamos a tomar la última a mi camarote?

—Nos vamos a tu camarote, pero no a tomar la última, sino a dormir la borrachera, que estás hecho un desastre.

Capítulo 9

Se arrebujó en esa inmensa manta de piel natural y miró al horizonte viendo solo agua y más agua por delante. Llevaban cinco días de travesía y no había dejado de nevar. Hacía mucho frío, pero le encantó abandonar al fin el camarote para sentarse allí, en una de esas tumbonas de cubierta, para tomar aire puro y revitalizarse, que el frío solía servir para eso.

Su maravilloso camarote de primera clase tenía, además de salón y comedor, una cubierta privada para pasear, pero estaba harta de estar sola allí, hablando únicamente con Dotty y Theresa, así que había decidido abrigarse y salir al mundo, que ya era hora de volver a la realidad y asumir que sí, iba camino de Inglaterra dejando muy atrás a su querida familia, a sus padres y hermanos, a sus primos, sus tíos, sus amistades, a toda esa gente que la quería, a la que ella adoraba y que habían representado hasta ese momento su mundo entero.

Ahora su mundo era otro, su vida había empezado de cero y su nuevo universo debía llenarlo con Henry, su marido. O eso se suponía que debía ocurrir, porque en realidad apenas lo había visto desde la boda y él seguía instalado en un camarote contiguo al suyo sin aparecer apenas delante de sus ojos.

Uno de los grandes misterios de su matrimonio, el de las relaciones íntimas, seguía sin consumarse. A ella su madre le había explicado, dos días antes de la boda, que debía honrar y complacer a su marido, que el contacto carnal era sagrado para una esposa católica, cuyo deber conyugal de tener hijos era un deber santificado por la iglesia, así que debía cumplir con Henry. Cumplir con Henry, esas habían sido sus palabras y desde entonces ella no pensaba en otra cosa, con una mezcla de emoción y terror, pero sobre todo con mucha curiosidad por saber qué iba a sentir cuando su flamante esposo decidiera exigir el dichoso débito conyugal.

Gracias a las amigas y a las primas, especialmente gracias a Tracy, había oído mil historias sobre el sexo. Las chicas modernas de Nueva York hablaban de eso en las meriendas y en las fiestas, y ella creía manejar muchos datos al respecto, pero en realidad no sabía nada y esperaba, sinceramente, que fuera su marido el que la guiara y la ayudara a descubrir el amor carnal. Sin embargo, Harry no parecía estar muy por la labor y ese detalle la llenaba de una profunda vergüenza.

Por supuesto, no había comentado con Dotty o con Theresa lo que estaba pasando, mucho menos con Henry, al que no podría en la vida hablar sobre un tema tan delicado e íntimo. Su pudor se lo impediría, así que solo esperaba en silencio, un poco inquieta, a que él diera de una vez por todas el primer paso, como se suponía que debía hacer, y empezara a visitarla en su dormitorio, donde hacía cuatro noches lo esperaba perfumada y envuelta en seda para amarlo con la mejor disposición posible.

Su noche de bodas la había pasado llorando como una idiota porque en cuanto el barco zarpó y empezó a alejarse del puerto y de su familia, una angustia le aprisionó el pecho de tal forma que no pudo controlarse ni sujetar los sollozos. Henry llegó a su camarote tras la cena y al verla tan mal se despidió de ella y la dejó en manos de sus doncellas, que le dieron valeriana, la abrigaron y la metieron en la cama.

Ni se le ocurrió reclamar su presencia o pedirle un abrazo y cuando el segundo día se presentó nuevamente tras la cena, bastante bebido, y las chicas los dejaron a solas, a ella no le quedó más remedio que esperar a que hiciera algo, que intentara tocarla o besarla, cosa que trató de hacer, sí, aunque enseguida cayó redondo en la cama y se durmió de inmediato, roncando y oliendo a alcohol.

La desilusión fue gigantesca, pero no quiso empeorar las cosas llamando a Dotty o a Thomas Kavanagh para que se lo llevaran a su camarote, así que se las arregló para sacarle los zapatos, la chaqueta y acomodarlo en el enorme lecho nupcial. Una hora después se quedó dormida leyendo en un sofá.

Por la mañana despertó muy pronto, se aseó, se vistió y se sentó a desayunar en el saloncito, simulando estar muy tranquila, hasta que su flamante marido se levantó y apareció, para sorpresa del servicio, en mangas de camisa, descalzo y completamente despeinado a dar los buenos días. Una imagen lamentable para el siempre impecable lord Chetwode-Talbot, que dio un paso hacia ella, le besó la cabeza y desapareció camino de su camarote.

Obviamente, no abrió la boca y se concentró en terminar su té como si tal cosa, con los ojos de Dotty fijos sobre ella, muy digna y pensando, en el fondo de su corazón, que Henry tal vez creía haber consumado el matrimonio y que por esa razón había despertado en su cama. Estaba tan bebido la víspera que esa posibilidad era perfectamente plausible. Muchas veces había oído hablar de que la bebida en abundancia, además de ser un pecado, podía provocar alucinaciones o borrar la memoria y ese podía ser el caso, ¿por qué no? Pero... ¿y si lo era? ¿Cómo podría sacarlo de su error?

–Lady Chetwode-Talbot, qué agradable sorpresa, ¿cómo está?

–Señor Kavanagh, ¿cómo está usted? –levantó los ojos y se encontró con los celestes del amigo de Henry, que paseaba por cubierta muy abrigado y con el sombrero puesto.

–¿No hace mucho frío para estar aquí fuera?

–Me encanta el frío.

–Entonces encajará bien en Inglaterra.

–Eso espero –le indicó la tumbona a su lado y le sonrió–. ¿No me acompaña un rato?

–Si no molesto, será un placer.

–Por supuesto que no molesta. ¿También le gusta el frío?

–La verdad es que sí, aunque una cálida mañana de verano se agradece siempre. Ojalá estuviéramos viajando en julio o agosto y no en pleno invierno.

–Bueno... –miró hacia el mar y comprobó que había dejado de nevar– al menos está siendo una travesía tranquila.

–Eso sí, ojalá se mantenga.

–¿Y ha visto a Henry?

–¿Usted no?

–No, lo veo poco, la verdad.

–Está muy preocupado por la salud de su padre y bastante cansado por las últimas semanas. En fin... –Thomas miró su preciosa cara y trató de buscar alguna excusa aceptable, pero ella le sonrió y desvió el tema.

—¿Se conocen desde hace mucho tiempo?

—¿Henry y yo? De toda la vida. Mi padre fue administrador del ducado de Aylesbury durante veinticinco años.

—¿Ya no lo es?

—Falleció hace algún tiempo.

—Lo siento mucho.

—Gracias.

—¿O sea, que usted ha vivido en Aylesbury House?

—Sí, hasta que Harry y yo nos fuimos a la universidad.

—Vaya.

—Le encantará, es un lugar impresionante, Virginia.

—También me gustaría pasar unos días en Londres, tengo alguna familia lejana allí y quisiera ver a mi abogado.

—¿Ya tiene abogado en Londres?

—Sí, también allí.

—¿También allí? —sonrió ante el comentario.

—Sí, parece que me persiguen, he crecido rodeada de abogados. Todos mis hermanos son abogados. Bueno, Kevin aún está estudiando la carrera.

—Y su marido y yo también lo somos.

—Claro, también. ¿Y ahora usted vive en Londres o en Aylesbury?

—En Londres, en Belgravia, en…

—¿Belgravia? Lo conozco, precioso barrio, es muy elegante.

—Sí, es muy bonito y muy central.

—¿Vive solo o con…? —de repente lo miró con sus ojazos negros y él se quedó quieto—. Lo siento, señor Kavanagh, lamento ser tan curiosa.

—No lamente nada. Vivo solo, en un apartamento para solteros regentado por una casera muy estricta.

—Fascinante –de pronto se imaginó una casa como la que aparecía en *Las aventuras de Sherlock Holmes,* ese libro tan de moda escrito por un tal Arthur Conan Doyle, y sonrió–. Debe de ser una suerte vivir en el centro de Londres.

—Los Chetwode-Talbot tienen una casa en Westminster, cerca del parlamento. Está un poco descuidada porque el duque y Henry pasan poco por ahí, pero si quiere, y la acondiciona un poco, puede residir perfectamente en ella.

—No lo sabía. Bueno... sé muy pocas cosas de los Chetwode-Talbot.

—Ya irá conociéndolo todo, milady.

—Llámeme Virginia, si no le importa.

—Solo si usted me llama Thomas.

—Trato hecho –volvió a perder la vista en el horizonte y él se puso de pie–. ¿Ya me deja sola?

—No quiero importunar más. ¿Cena con nosotros esta noche?

—¿Yo? ¿Dónde?

—En el salón principal. El capitán y todo el mundo están deseando saludarla.

—¿En serio? –también se levantó y se estiró un poco sin dejar la manta de piel–. Creo que sí, es buena idea. Llevo cinco días medio encerrada y...

—Estupendo, le recordaré a Henry que la recoja a las siete en punto, ¿le parece?

—Perfecto. Gracias, Thomas.

—De nada. ¿La acompaño a su camarote?

—No, gracias, no se preocupe, voy a dar un paseíto y no quiero entretenerlo. Lo veo esta noche.

Se envolvió en la manta y se lanzó a caminar en sentido contrario al de Thomas Kavanagh. Aquel buque era inmenso, albergaba a casi mil setecientos pasajeros, cuatrocientos solo en primera clase y, sin embargo, no había nadie fuera, ni un alma en cubierta. Solo divisó a algún miembro de la tripulación paseando por allí y se preguntó dónde estaría su marido y qué pensaría de la idea de Thomas de invitarla a cenar en el comedor principal.

Seguramente se alegraría, o no, pero en realidad no le importó. Entró en uno de los pasillos y se fue muy animada hacia su camarote, repasando mentalmente todos los vestidos de noche que había llevado para el viaje y decidiendo cuál sería el más adecuado para su primera cena con el capitán.

Capítulo 10

–Peter Howard, maldito gañán –masculló Thomas por lo bajo y se lanzó hacia él con muy malas intenciones. Lo agarró por la pechera y lo sacó hacia la cubierta arrastrándolo por el pasillo.

Howard, que era un aristócrata de medio pelo al que conocía demasiado bien, ni se molestó en oponer resistencia, entre otras razones porque su maltrecho estado de salud se lo impedía. Así que a Thomas no le costó nada ponerlo contra una pared para increparlo mirándolo a los ojos.

–Oye, Kavanagh, un poco de calma, hombre, que mides el doble que yo.

–¿Qué coño estás haciendo, Peter? ¿Quieres que te denuncie al capitán.

–¿Al capitán? ¿Por qué?

–Ya lo sabes muy bien –dio con el puño justo al lado de su cabeza y él saltó, gimiendo como una niñita–. ¿No te advertí que no te acercaras a Henry?

–Yo no me acerco a Henry, él se acerca a mí, socio, a ver si te enteras de una vez.

–Se acerca porque está más enfermo que tú, estúpido hijo de puta.

—Le doy lo que necesita y ahora tiene dinero, mucho dinero, así que...

—Cabrón —le dio un puñetazo en el estómago y el muy cobarde cayó de rodillas al suelo—. Como vuelvas a venderle tu mierda, te parto las piernas y te tiro por la borda, ¿queda claro?

—Si no soy yo, hay otros veinte como yo que venden mercancía en este barco, Tom, ya se las arreglará tu amiguito para conseguir su dosis.

—Eso ya lo veremos. De momento... —lo puso de pie de muy mala manera y en ese preciso instante la voz de un oficial le llegó por la espalda.

—¿Algún problema por aquí, señores? ¿Sir Howard? ¿Señor Kavanagh?

—Nada, oficial. Mi amigo y yo... —masculló Peter forzando una sonrisa, pero Thomas respiró hondo y miró al oficial de frente.

—Sí que hay un problema, señor Shaw. Este individuo vende opio en su barco, de hecho, no dudaría en asegurar que su camarote se ha convertido en un fumadero visitado constantemente por alguno de sus ilustres pasajeros.

—¿Cómo dice?

—Lo que oye y quiero poner una denuncia ante el capitán.

—¡Thomas! —exclamó Howard riendo de forma escandalosa—. Está de broma. Shaw, ¿no creerá usted que yo...?

—Le ruego que me acompañe, sir Howard, me gustaría hablar con usted en privado.

—No es ilegal consumir opio, no que yo sepa, y menos en altamar.

—Eso me gustaría consultarlo con el capitán Sheeran.

—No será ilegal que te mates fumando drogas, Peter,

pero sí será que comercies con ellas en un buque de la *White Star Line* –puntualizó Tom mirando su cara de espanto–, así que discútelo con el capitán.

Se quedó quieto observando como el oficial se lo llevaba dentro del barco y miró al cielo moviendo la cabeza. Desde el tercer día, y ya llevaban casi quince de travesía, supo que Henry se las estaba arreglando para conseguir opio a bordo. En Nueva York se le había escapado alguna vez para visitar los tugurios más sucios de la ciudad buscando su droga, pero en realidad, y siendo justos, había conseguido mantenerlo lejos de toda esa porquería durante muchos meses.

Lo que jamás imaginó era que el peligro lo encontrarían también en ese trasatlántico tan lujoso. Aquello no se le había pasado por la cabeza y se había relajado un poco, hasta que se lo encontró medio desvanecido en su camarote, a dos pasos del de su esposa, alucinando y mascullando estupideces.

Desde entonces andaba ojo avizor buscando al proveedor, y le había costado encontrarlo porque se escondía como una rata dentro de las cuatro paredes de su camarote, pero al fin ese día había salido y él lo había cogido de inmediato: Peter Howard, el mismo que abastecía de opio y otras drogas a la alta sociedad londinense desde su piso de Bloomsbury.

Muy mala suerte había sido coincidir con él en el RMS Oceanic, muy mala sombra cayera sobre ese capullo, aunque claro, la verdadera mala fortuna la habían tenido el día que su mejor amigo, su hermano, el brillante y divertido Henry Chetwode-Talbot había probado por primera vez el opio en Oxford.

Por aquel entonces, hacía casi ocho años, todo el mundo probaba las drogas en la universidad. El famoso cóctel Brompton, una combinación de heroína, morfina, cocaína, fenotiacina, alcohol y agua de cloroformo, que se utilizaba en los hospitales ingleses, llegaba al campus de la mano de los hijos de algunos ilustres médicos británicos y circulaba entre los estudiantes como la panacea. Era el gran misterio y el gran entretenimiento del momento y Henry, que a sus dieciocho años formaba parte del equipo de remo de Oxford, empezó a coquetear con la novedad por pura curiosidad, aunque dos años después ya no pudiera prescindir de aquello.

Entonces medio abandonó los estudios, dejó el deporte y se pasaba las horas muertas en fumaderos de opio de los que su padre lo sacaba a rastras. Caía inconsciente y varias veces pensaron que estaba muerto, pero no era así, a los dos días se recuperaba, juraba que no volvería a probar las drogas y se mantenía limpio un par de semanas, hasta que nuevamente entraba en el circuito y se dejaba llevar hasta lo más profundo de los infiernos. Una verdadera tragedia.

Cuando acabaron la carrera se instalaron en Londres y el problema empeoró. Lord John empezó a perder su fortuna y le cerró el grifo económico, pero Henry se las arreglaba para conseguir su veneno en cualquier parte. A los veinticuatro años lo sacaron de un tugurio del East End casi en coma, medio desnudo y sin un céntimo encima, y solo gracias a un antiguo sirviente de la familia, que lo pilló tirado en una cuneta, lo reconoció y se lo llevó a su casa. La Providencia evitó que muriera como un indigente en la calle. Fue en ese momento cuando consiguieron trasladarlo a Aylesbury House, donde lo encerraron e iniciaron un proceso de desintoxicación bastante duro, supervisado por un buen amigo de la familia, el doctor Hammersmith, quien, tras un mes de mucho trajín y agonía, consiguió limpiar a Henry de su adicción y darle una segunda oportunidad.

Nada más acabado ese proceso el duque enfermó, fueron completamente conscientes de los serios problemas económicos de la familia, y se iniciaron las primeras conversaciones sobre la necesidad de un matrimonio para Henry. Un Henry bastante más centrado y responsable, más saludable, con planes y proyectos de autonomía, aunque fuera él, su mejor amigo, el que tuviera que vigilarlo de cerca para que se mantuviera limpio.

Siempre había sido así y lo seguiría siendo. Harry era como su hermano, y el duque era su segundo padre. Ambos eran las personas más desinteresadas, bondadosas y generosas que había conocido en toda su vida y, a pesar de los desvaríos del joven lord Chetwode-Talbot, de su tendencia al egoísmo o de su desinterés total por el resto del universo, sabía que daría su vida por él, por su familia, y que sin dudarlo pondría su dinero, su patrimonio y todo lo que llevara encima en sus manos. Harry y lord John se merecían su amistad y su lealtad eterna, la misma que su propio padre les había profesado toda una vida.

Ahora solo hacía falta que su joven esposa llegara a verlo de la misma forma, llegara a quererlo de verdad y a comprender sus debilidades. Rogaba a Dios porque Virginia lograra descubrir al verdadero Henry, aunque para eso, claro estaba, era necesario que él dejara de hacer el idiota, se comportara como un buen marido y se concentrara en su luna de miel. Algo que no estaba haciendo con mucho entusiasmo.

–¡Tom! –Henry, que llevaba del brazo a su preciosa mujer, lo hizo salir de golpe de sus pensamientos–. ¿Vienes a cenar con nosotros?

–Por supuesto –miró a Virginia y le hizo una venia–. Está usted radiante esta noche, milady.

–¿Cuándo os vais a tutear? –comentó Harry moviendo la cabeza–. Sois casi familia, por el amor de Dios.

—¿Y después de la cena una partida de póker? —preguntó Virginia muy seria y los dos la miraron.
—¿Sabes jugar al póker, querida?
—Soy de Nueva York y tengo cuatro hermanos, claro que sé jugar al póker.
—¿En serio? —insistió Henry y ella movió la cabeza.
—Claro que sí, pero solo si nos apostamos algo.
—Eso está hecho.

Capítulo 11

Londres, Inglaterra
Febrero de 1901

Miró el destartalado palacio con un poco de angustia, pero enseguida se animó ante la posibilidad de invertir parte de su tiempo libre en rehabilitarlo.

Aylesbury House de Londres, que era la residencia oficial de su familia política en la capital británica, estaba ubicada en el exclusivo barrio de Westminster, muy cerca de Buckingham Palace, las Casas del Parlamento y del río Támesis. Tenía cuatro plantas, un ático enorme, una zona de servicio gigantesca en el sótano y un pequeño invernadero abandonado en un patio trasero. Por supuesto, no tenía un gran jardín delantero ni esos lujos que se podían dar en los Estados Unidos, pero era amplia, muy bonita y sólida, y con un poco de atención la convertiría nuevamente en una residencia acogedora y cálida.

Caminó por la planta baja comprobando que podía mantener allí un recibidor, una sala de estar, un comedor y un pequeño despacho y se volvió hacia Dotty, que miraba todo con cara de asco y muy aburrida. Desde que habían pisado Londres, hacía cinco días, la doncella no hacía más que quejarse y protestar, así que la reprendió con la mirada y luego se dirigió al señor Flannagan, el arquitecto de interiores que le habían recomendado para iniciar la reforma.

—Creo que tiene potencial —le comentó mientras él tomaba notas seguido por un ayudante.

—Por supuesto, milady, es una propiedad magnífica.

—Ya que vamos a meternos en faena, cambiaremos toda la fontanería de la casa, actualizaremos las tuberías y sanearemos los aseos, la cocina, el sistema de alcantarillado y, por supuesto, sustituiremos la iluminación de gas, que es muy peligrosa, por un sistema eléctrico. Eso lo primero, después seguiremos con las paredes, la pintura, la carpintería...

—¿Electricidad, milady?

—Sí, pronto nos reuniremos con un ingeniero norteamericano, amigo de mi padre, que estará en Inglaterra hasta final de año y que se ocupará de todo eso personalmente. No se preocupe.

—¿Y lord Chetwode-Talbot...?

—Lord Chetwode-Talbot me ha dado carta blanca, señor Flannagan. Este palacio será mi proyecto personal y quiero dejarlo perfecto, no me importa lo que pueda costar. ¿Podrá hacerlo?

—Por supuesto, milady.

—¿Cuándo pueden empezar?

—A finales de marzo, imagino. Tenemos que revisar los planos y proyectar la obra con calma si queremos levantar la casa casi hasta los cimientos.

—Estamos a ocho de febrero, si inicia la obra antes de que acabe el mes habrá una gratificación extra.

—Muy bien —el hombre miró a su ayudante y luego a ella—, déjeme mover unos hilos y la aviso.

–Gracias. ¿De dónde es usted, señor Flannagan?

–De Kerry, milady, en Irlanda.

–¿En serio? Mi abuelo paterno también era de Kerry, Patrick O'Callaghan se llamaba, yo soy irlandesa por parte de padre y de madre, aunque nacida en Nueva York.

–Qué interesante –el hombre la miró muy sorprendido por la cercanía y llaneza de su trato y le sonrió–. ¿Y sus abuelos maternos de dónde eran, milady?

–Mis bisabuelos maternos eran de Dublín. Por parte de padre soy la segunda generación nacida en los Estados Unidos, y por parte de madre la tercera. Mi padre se considera más irlandés que Tara.

–Eso es bueno, milady, hay que honrar los orígenes.

–Estoy de acuerdo –miró al techo y se arrebujó en su abrigo de piel–. Entonces, ¿intentará empezar la obra cuanto antes?

–Haré todo lo posible.

–Estupendo. Mi marido y yo nos vamos a Aylesbury pasado mañana, si pudiera confirmármelo antes, por favor, le podría dar un adelanto para los primeros gastos.

–¿Pasado mañana? Yo...

–No dejes para mañana lo que puedas hacer hoy –le sonrió y llamó a Dotty con la mano–. Puede avisarme en el hotel, un sí o un no me valen, así que espero noticias suyas, señor Flannagan.

–Adiós, milady.

Lo dejó con los papeles y el ayudante en el recibidor y salió con Dotty a buscar su carruaje. Ya le habían advertido que en Inglaterra las cosas tenían su propio ritmo, su propio protocolo, uno que distaba bastante del estilo resolutorio y dinámico de Nueva York, pero le daba igual, ella tenía su propia forma de ver la vida, era estadounidense y no pensaba cambiar para acomodarse a las largas esperas o a la parafernalia local. De eso nada, estaba decidida a adaptarse, claro, pero una cosa era adaptarse y otra muy distinta era rendirse a las malas costumbres británicas.

Llegó al carruaje y, enseguida, Clark, el cochero, saltó a la acera para abrirle la puerta. Ella le sonrió y se subió seguida por Dotty. Hacía un frío de muerte esa mañana, así que buscó la manta de viaje que guardaban en un compartimento lateral y la abrió para las dos, agarrando del brazo a la doncella e instalándose tranquilamente a mirar a través de la ventana el colorido y agitado paisaje urbano de Londres, donde el tráfico de vehículos y personas era incluso más desquiciante que en el centro de Manhattan.

Por un momento pensó en su ciudad y un pinchazo de añoranza y pena le empezó a llenar el alma. Sin embargo, respiró hondo y trató de espantar la nostalgia recordando que pronto estarían en Aylesbury House, la casa del campo, junto a su suegro y rodeados de la paz e intimidad necesaria para asentar su matrimonio, si eso era posible, y si Henry, que desde que habían llegado a Londres prácticamente había desaparecido, se centraba un poco y le prestaba más atención.

Los treinta y dos días que habían compartido en el barco habían sido muy peculiares. De todo menos románticos, pero muy especiales. En un principio apenas le dirigía la palabra, pero tras la primera cena con el capitán en el comedor principal, él empezó a charlar más con ella, a pasar un poco más de tiempo a su lado e incluso, en público, se mostraba muy atento y cariñoso, la llamaba querida, le acariciaba la mano, la miraba a los ojos y le sonreía constantemente.

Era el marido perfecto, tan guapo y atractivo, siempre tan elegante y cortés, hasta que llegaba el momento de dormir. Entonces la besaba en la frente y desaparecía de su camarote hasta el día siguiente, a la hora de la cena, cuando acudía raudo y puntual a ofrecerle su brazo para llevarla al comedor.

Más de un mes de matrimonio y seguían sin compartir ningún tipo de intimidad. La única vez que lo había intentado habían sido un par de besos torpes y apasionados, cuando se había dormido en su cama sin tocarla, y desde entonces nada.

Henry Chetwode-Talbot podía representar la quintaesencia del caballero inglés atractivo y galante, pero en realidad, eso pensaba ella, no sabía tratar a una mujer virgen e inexperta como la suya. No tenía ni idea de cómo comportarse con ella y por eso la evitaba, la rechazaba y ella, que no tenía ninguna destreza en esas lides, no sabía qué hacer, no tenía con quién hablarlo y se estaba empezando a preocupar.

Tenía dieciocho años y en los Estados Unidos había dejado una ristra de admiradores. La gente opinaba que era muy guapa, ella no se sentía descontenta con su aspecto y bajo ningún concepto podía pensar que era repulsiva para los hombres, mucho menos para Henry, que se había enamorado de ella, o eso decía, así que estaba completamente desorientada y, por supuesto, el pudor y la vergüenza le impedían quejarse o charlarlo con él. Obviamente, no podía reclamarle nada, no iba a hacerlo, antes muerta que suplicarle que la tocara y, aunque lo deseaba y seguía soñando con una noche de bodas, estaba aprendiendo a ignorar el tema, a echárselo a la espalda con la mayor dignidad posible, esperando a que fueran el tiempo y la naturaleza los que acabaran convirtiéndolos en marido y mujer de pleno derecho.

Y en medio de esa turbación, a cambio de aquella enorme y desconcertante carencia, él le había regalado su amistad. En altamar empezaron a conocerse mejor, hablaban bastante y tras las cenas rodeados de gente, se quedaban hasta tarde jugando al póker con Tom o al ajedrez los dos solos. Era muy divertido y la hacía reír, le contaba mil cosas sobre Londres u Oxford, y le aseguraba que acabaría amando Aylesbury, su verdadero hogar.

Un hogar que podría reformar a su manera, le dijo, transformar a su gusto, lo mismo que su palacete de Londres, donde podrían pasar La Temporada[1] cargados de compromisos, rodeados de amigos y donde, le prometió, podrían ser muy felices.

–Ser muy felices– susurró, observando como la nieve empezaba a caer nuevamente sobre Londres. Se asomó mejor a la ventana y vio que ya estaban en Piccadilly Circus, su destino, el precioso Grand Hotel, donde Harry había reservado cuatro habitaciones con servicio, valet y mayordomo. Todo un lujo que él parecía disfrutar especialmente, aunque pasara muy poco tiempo por allí.

–¡Virginia! –oyó la voz de Thomas Kavanagh y se giró hacia él con una enorme sonrisa.

–¡Tom! Dichosos los ojos que te ven.

–Lo sé, perdona, tenía mil cosas que hacer y también quería dejaros un poco de intimidad –se acercó y le ofreció el brazo–. Llegas justo a tiempo, tu abogado y el

---

[1] La Temporada (*The Season*), es el término por el que se ha referido históricamente al período anual en que los miembros de la alta sociedad británica, sobre todo durante el siglo XIX, se quedaban en Londres o viajaban hasta allí para asistir a una serie de fiestas, bailes de debutantes, cenas de gala y grandes eventos de caridad, donde se relacionaban y se dejaban ver con sus mejores galas. La Temporada empezaba poco después de Navidad y se extendía hasta mediados de junio.

director de tu banco te esperan en el *hall*, nos han dejado un salón para la reunión.

—Creí que iríamos a su despacho.

—No, déjalos, han venido ellos, que para eso les pagas.

—¿Y Henry? ¿Sabes dónde está?

—No... —se detuvo y la miró a los ojos—. ¿No está arriba? Creí que...

—Anoche salió y no vino a dormir. Hilton, el valet, me comentó que seguramente había dormido en su club.

—¿En su club?

—El club de caballeros de Kensington.

—Claro —se calló sabiendo, fehacientemente, que Henry jamás pisaba el club y le sonrió tranquilizador—. Seguro que se entretuvo y luego la nevada... En fin, no hace falta que venga, para eso estoy yo aquí, que soy su representante legal.

—Si tú lo dices...

—Por supuesto, vamos y cuéntame: ¿qué te está pareciendo Londres?

Capítulo 12

Miró a Henry y volvió a acercarle a la boca el espejito que el doctor Taylor le había dejado para que comprobara si seguía respirando. Y lo seguía haciendo, milagrosamente.

Se estiró dentro del carruaje y se tapó hasta el cuello con la enorme manta de viaje que le había dejado Clark. Gracias a Dios, el fiel cochero estaba con Henry en Londres cuando lo habían echado a patadas de un fumadero de opio de Covent Garden y lo había rescatado a tiempo, unos minutos antes de que muriera congelado, había dicho Taylor, porque lo habían abandonado sobre la nieve, en aquel callejón inmundo donde podría haber muerto igualmente por el frío que por el navajazo de algún delincuente de la zona.

Lord Chetwode-Talbot era famoso ya en el West y el East End por sus juergas interminables, su capacidad ilimitada para soportar horas y horas fumando opio y otras drogas, y por el dinero que era capaz de gastarse en una sola noche.

Antaño, solo unos meses antes, estaba en la ruina, pero su sonada boda con una multimillonaria americana era la noticia de la temporada. Toda Inglaterra sabía que volvía a manejar muchísimo dinero gracias a su mujer y lo invitaban a todas partes, se organizaban timbas para él y, por supuesto, los fumaderos de opio lo recibían con alfombra roja en la puerta.

Una época dorada para Henry, que se había entregado al descontrol demasiado rápido, nada más pisar suelo patrio y dejar a Virginia en el Grand Hotel, donde ella pasó cinco días sola, acompañada únicamente por sus doncellas. Mientras su flamante marido quemaba la ciudad con sus amigotes de siempre, obviando el sagrado vínculo del matrimonio y su responsabilidad hacia ella.

Thomas se arrepentía muchísimo de haberlos dejado solos, pero tratándose de una pareja de recién casados le pareció lo más adecuado, y había retomado su vida en Londres con normalidad. Hasta el quinto día, cuando el abogado de Virginia y los responsables de su banco lo citaron para acordar algunas gestiones que la joven quería firmar, y que le desvelaron las primeras andanzas de Henry por la ciudad.

Mientras ella repartía dinero en una cuenta conjunta para gastos del matrimonio, otra para la reforma de la casa familiar de Londres y otra para obras de caridad y actividades benéficas varias, Henry se gastaba todo su efectivo en vicios. La travesía en barco lo había afectado bastante, sobre todo tras la desaparición del fumadero organizado por Peter Howard a bordo, así que al pisar Inglaterra se había desatado en una juerga constante a espaldas de Virginia y por supuesto de él, que era el que lo vigilaba y lo mantenía sano, o al menos medianamente cuerdo.

Aquella realidad casi lo mató del disgusto y esa misma tarde lo había arrancado a empujones de uno de sus antros favoritos, lo había metido en una bañera de agua fría y lo había devuelto a su mujer sobrio y sonriente para que cumpliera con algunos compromisos sociales. Dos días aguantó como un verdadero caballero y al tercero, Thomas los mandó a Aylesbury, al campo, donde su acceso al opio y a otras sustancias era prácticamente imposible. Allí podría centrarse en sus aficiones habituales: los caballos, sus perros y la caza, o dedicar las horas a su preciosa mujercita, mientras, de paso, cuidaba de su padre.

Un plan perfecto, salvo por el hecho de que Henry tenía otras intenciones y después de una semana de estancia monacal en casa, había cogido su carruaje y a Clark y había regresado a Londres a escondidas para seguir disfrutando de su dinero fresco.

Hasta esa misma mañana, quince días después de haberse despedido del matrimonio en la puerta del Grand Hotel, no había vuelto a tener noticias de ellos, menos aún de Henry, y cuando Clark apareció con él inconsciente en su piso de Belgravia, solo le quedó llamar al médico y atenderlo hasta que se repusiera un poco, para poder meterlo en un carruaje de vuelta a Aylesbury.

Y eso estaban haciendo, llevarlo a su casa, esperando que allí quisiera someterse a un nuevo tratamiento con el doctor Hammersmith, algo que dudaba, porque si una cosa había aprendido en esos años siendo testigo de las adicciones de Henry, es que él disfrutaba con ellas, le gustaba matarse poco a poco con el opio, completamente enajenado y feliz. Esa era la pura verdad y ante eso ningún tratamiento podía hacer nada.

—¡¿Qué haces?! —pilló a Virginia arrastrando leña de un rincón para llevarla a la chimenea de su salita de estar y ella lo miró con una sonrisa encantadora. Estaba un poco despeinada y dejó los troncos para enderezarse y mirarlo a la cara.

—¡Thomas! ¡Qué agradable sorpresa!

—Pero... ¡¿qué estás haciendo?! –se acercó y movió él mismo la leña.

—Le pedí a Williams que pusiera más leña en la chimenea y me dijo que ese no era trabajo para un mayordomo, que era tarea para un mozo como Robertson, que iba a buscarlo. ¿Te lo puedes creer? Así que le dije que se olvidara, que ya lo hacía yo... es increíble.

—Lo siento –removió las ascuas y organizó los troncos–. Aquí las cosas se hacen así y hay que asumirlas.

—No estoy de acuerdo, pero, en fin. ¿Qué estás haciendo aquí? Me alegro mucho de verte.

—¿Y lord John?

—Lo he mandado a la cama. El pobre se levanta para comer conmigo o para tomar el té, pero con este frío me parece que no es muy buena idea que ande por aquí, paseando por esos pasillos tan desangelados. Quiero poner un sistema de calefacción en toda la casa, ¿sabes? Al menos en el ala que utiliza la familia, incluidos esos corredores interminables, las escaleras...

—Me parece una gran idea, llevan siglos congelándose en invierno.

—Lo haremos, ya he mandado llamar a un contratista local y también voy a alfombrar gran parte de la casa. Es imprescindible con este clima.

—Es bueno que tengas tantas ideas.

—Si no, me aburro. ¿Qué sabes de Henry?

—A eso he venido. Lo he acompañado y así paso el fin de semana con vosotros, si no te importa.

—Por supuesto que no me importa, al contrario –se sentó en una butaca y cogió su labor–. ¿O sea, que Henry ha vuelto?

—Sí, ha vuelto y ha subido a saludar a su padre, luego se iba a la cama, está agotado, yo dormí todo el viaje –miró sus preciosos ojos negros un poco desconcertados y se sentó cerca de ella–. Esta noche no creo que baje a cenar, pero yo me apunto a acompañarte.

–Estupendo, muchas gracias, avisaré a…

–Milady… –Williams, el mayordomo, apareció como por ensalmo en la salita, miró a Thomas Kavanagh y le hizo una venia discreta–. Señor. ¿Necesitan algo?

–Sí, Williams, gracias. Por favor, ponga un cubierto para el señor Kavanagh, cenaremos los dos aquí y, por supuesto, que preparen un cuarto para él. Que lo caldeen bien, se quedará con nosotros todo el fin de semana.

–Por supuesto, milady. Le aviso que lord Henry ya está en su habitación durmiendo –miró a Thomas y le hizo otra venia–. Dijo que necesitaba descansar.

–Muy bien, gracias, Williams –observó como salía y luego miró a Tom moviendo la cabeza–. Qué extraño que no pudiera pasar a saludarme.

–Estaba roto… –por un momento no pudo sostenerle la mirada, desvió la vista hacia la chimenea y calibró la posibilidad de hablar con ella y contarle la verdad. No se merecía que la engañara respecto a los problemas de salud de su marido, pero no la conocía lo suficiente como para saber si sería capaz de soportarlos, así que suspiró y forzó una sonrisa–. ¿Y qué tal tus primeros días por aquí? ¿Qué has hecho?

–Bueno, de todo. Harry me ha estado enseñando la propiedad, hemos salido a montar casi todos los días, he visitado el pueblo, la iglesia y, cuando él marchó a Londres, me quedé revisando la maravillosa biblioteca… ¿Has visto lo inmensa que es? –lo miró a los ojos–. Tiene muchísimas primeras ediciones, hay libros muy valiosos aquí. En fin…, con Harry fuera, lord John ha pasado mucho tiempo conmigo y hemos estado charlando de todo un poco, aunque especialmente de vosotros dos.

–¿Ah, sí?

—Sí, de cuando erais pequeños. También me ha contado muchas cosas de tus padres, dice que son los mejores amigos que ha tenido nunca, que cuando perdió a lady Rose ellos lo salvaron del abismo y que por esa razón sois su verdadera familia.

—Lord John es un hombre estupendo.

—Me dijo que erais de Dublín.

—Sí, se conocieron allí. Mi padre empezaba como contable en un despacho de abogados que llevaba los asuntos del duque en Irlanda y, al poco de tratarse, congeniaron muy bien. Lord John le ofreció administrar su patrimonio aquí y nos mudamos todos a Aylesbury.

—¿Qué edad tenías?

—Dos años, la misma edad de Henry. Cuatro años después de aquello falleció la duquesa.

—¿O sea, que eres irlandés como yo?

—Bueno, sí... —soltó una carcajada y ella lo miró con los ojos muy abiertos—. Lo siento, es que me hace mucha gracia que los estadounidenses de origen irlandés reivindiquéis tanto vuestras raíces.

—Yo tengo sangre irlandesa por los cuatro costados.

—Enhorabuena.

—Muy gracioso.

—Así que somos paisanos, ¿qué te parece? ¿De dónde eran tus antepasados?

—Por parte de padre, de Kerry, por parte de madre, de Dublín. ¿Y dónde vive tu madre?

—Volvió a Dublín tras el fallecimiento de mi padre hace seis años. Lord John le regaló una casa allí y le fijó una asignación económica. Fue muy generoso, también con nosotros, con mi hermana Missy y conmigo.

—Se nota que adora a tu hermana.

—Para nosotros ha sido un segundo padre. A mí me pagó los estudios en Eton, en Oxford y mi alojamiento en el Chirst Church College. Disfruté de los mismos privilegios de los que gozaba Henry en la universidad, así que... –guardó silencio y suspiró–. Es un gran hombre, solo puedo decirte eso.

–Es un caballero extraordinario y muy simpático.

–Harry es como él, aunque a veces no lo parezca –bromeó y Virginia movió la cabeza–. En serio, se parecen muchísimo.

–Escucha... –dejó la labor y respiró hondo–, también me ha hablado de los problemas económicos del ducado, de las preocupaciones que tiene, de los impuestos y... en fin, Thomas, ya se lo he dicho yo, pero me gustaría que también se lo recalcaras tú, sé la confianza ciega que tiene en ti y...

–¿Qué?

–Me ocuparé... –carraspeó y se corrigió de inmediato–. Quiero que entienda que Henry y yo nos ocuparemos del ducado, que ni el patrimonio, ni esta casa, ni nada de nada corre ya ningún peligro. No quiero que se preocupe más, quiero que esté tranquilo y que viva sus últimos días en paz. Un hombre con su delicado estado de salud no debería pasar por estos desvelos. En serio, dime qué puedo hacer para resolver estos problemas lo antes posible y yo...

–Ya lo has hecho, Virginia, no te preocupes –de pronto se sintió muy orgulloso de ella y se emocionó casi hasta las lágrimas, aunque se recompuso rápido y le clavó los ojos con una sonrisa–. Tu dote, una parte de ella, ha cubierto deudas, impuestos y gastos pendientes. Solo con las acciones y participaciones que formaban parte de ella se ha abierto una línea de crédito permanente para la administración del ducado y todavía queda muchísimo dinero para que lord John se olvide de todos sus desvelos.

—¿Seguro?

—Absolutamente.

—Es que como Henry jamás me había hablado de estos problemas, me ha sorprendido muchísimo y la verdad...

—Tranquila —la interrumpió y se puso de pie—. Todo está en orden, lo solucionamos nada más pisar Londres.

—Otra cosa.

—¿Cuál?

—Lord John dice que lleva años soñando con que te hagas cargo de la administración del ducado.

—Ya la llevamos desde mi despacho de abogados.

—Pero en exclusiva y contigo aquí.

—Eso no será posible, me temo.

—¿Por qué? Podríamos pagarte un sueldo muy tentador.

—Me gusta mi vida y mi trabajo en la capital, milady, así que ni hablar.

—Ya veremos.

—¿Qué? —se echó a reír y ella con él.

—Si algo he aprendido de mi padre, mi apreciado señor Kavanagh, es la importancia de tener a los mejores cerca, así que ya veremos si a la larga no te convenzo de venirte con nosotros. Y ahora... —también se puso de pie—, ¿una partidita de póker antes de la cena?

Capítulo 13

Observó a Henry y se asustó. Tenía unas ojeras enormes, la piel blanca como la cera y estaba cada día más delgado. Se acercó y se sentó a su lado. Él la miró de reojo y le sonrió, estiró la mano y le cogió los dedos con suavidad.

–¿Qué tal, Gini?
–Si no me llamas Gini mucho mejor.
–Es el diminutivo de tu nombre, no seas quejica.
–Es como me llamaban de pequeña, prefiero Virginia.
–Tu familia te sigue llamando Gini.
–Está bien, es igual. ¿Cómo te encuentras?
–¿Yo? Bien, ¿tengo mal aspecto?
–Sí.
–Oh, Dios, esa sinceridad de las colonias acabará conmigo.
–Es verdad. Me gustaría llamar a un médico, Harry. Desde que Tom te trajo...
–No me trajo, vino conmigo.
–Está bien.

Suspiró y miró al cielo. Estaban a finales de marzo, ya casi en abril, y el día había despertado despejado y muy soleado. Era muy agradable sentir el calor del sol en la cara y cerró los ojos sin soltar la mano de Henry, que desde que había vuelto de Londres una semana antes acompañado por Thomas, apenas se dejaba ver. Se pasaba las horas en su cuarto a solas, durmiendo y comiendo poco, así que pillarlo en el jardín y tan relajado era un verdadero regalo.

Su adorable suegro le había aconsejado dejarlo tranquilo, y eso estaba haciendo. No subía a verlo y se conformaba con saber que al menos aceptaba las atenciones de Williams, que se ocupaba de prepararle una bañera caliente, subirle ropa limpia o llevarle la comida, aunque esta última apenas la probara.

Lo miró de soslayo y comprobó que también había cerrado los ojos. Por un momento quiso acercarse y besarlo, pero no se atrevió y se limitó a permanecer en silencio, mirando el vasto jardín que precedía su enorme hogar, Aylesbury House. Esa preciosa casa estilo Tudor que había sido construida sobre los cimientos del primigenio castillo medieval y reformada en el siglo XVIII por el prestigioso arquitecto Henry Holland. Una mansión colosal, gigantesca para ella, enclavada en el centro de trece mil acres de terreno, unas cinco mil trescientas hectáreas, y que contaba con tres plantas, varios salones de diversos tamaños, una biblioteca digna de una universidad, salón de baile, salas de estar, de dibujo y juegos, galería de arte, unos catorce dormitorios, una buhardilla enorme a la que llamaban la zona de los niños, cientos de pasillos, largas escaleras de mármol y madera, una capilla primorosa y antiquísima que Holland no había tocado y, por supuesto, un área para el servicio, en el subterráneo, casi tan grande como las llamadas plantas nobles.

Allí abajo había dos cocinas, despensa y un almacén, lavadero, zona de plancha, salas de estar y varios dormitorios, no solo para el personal de la casa, sino también para los sirvientes que solían llegar a Aylesbury acompañando a sus ilustres invitados. Aquello era otro mundo, uno en el que no podía entrar, se lo advirtió Henry nada más pisar la casa, y aunque se había empeñado en bajar a conocerlo personalmente, él la había llevado a la carrera y apenas le había permitido echar un vistacito rápido.

El mayordomo, Williams, y el ama de llaves, la señora Wilkes, tenían unas dependencias privadas anexas a la casa y el resto del personal: doncellas, mozos, cocineras, lavanderas o pajes, vivían en esos dormitorios dobles que servían de alojamiento a la servidumbre desde tiempos inmemoriales, todo en perfecto orden y armonía, o eso aseguraban su suegro y su marido, que no prestaban demasiada atención al respecto.

Por supuesto, Dotty y Theresa se habían negado en redondo a instalarse allí porque les parecía arcaico y oscuro, así que le había tocado buscar un dormitorio en la segunda planta para ellas, con más luz y comodidades, una osadía que había levantado ampollas entre el resto del personal de la casa. Una decisión arriesgada que Henry aprobó con autoridad delante de Williams y la señora Wilkes, que eran los responsables directos del servicio doméstico, pero no de sus dos doncellas personales. Eso les dijo con esa firmeza que empleaba a veces y a ellos no les quedó más remedio que ceder y aceptar sus órdenes, aunque ella sabía que no se lo perdonarían en la vida.

Afortunadamente, las chicas volverían a los Estados Unidos pronto, tal vez en verano con su madre, cuando Caroline había prometido visitar Aylesbury House, y eso acabaría con las tensiones absurdas surgidas por su presencia allí. No quería incomodar a nadie, ni ofender la autoridad de nadie, y sabía que Dotty y Theresa no eran sencillas de llevar, ni las más obedientes y sumisas de las empleadas. Más bien todo lo contrario, y de vez en cuando protagonizaban conflictos absurdos que acababan con ella pidiendo disculpas a Williams o a la señora Wilkes. Un verdadero tormento.

Aspiró el aroma a flores y recordó de pronto su llegada allí hacía cuarenta y cinco días. Todos los empleados, casi veinte personas vestidas impecablemente de uniforme, los esperaban en fila detrás del duque, sin mover una sola pestaña hasta que Henry la presentó uno a uno personalmente. Ella estrechó manos, intentando memorizar nombres, y finalmente recibió como regalo de bienvenida un precioso ramo de rosas. Había sido muy emocionante y no lo olvidaría jamás. Aquella gente era eficiente y muy educada, la trataba con una delicadeza extrema y, lo más valioso de todo, era evidente que adoraban sinceramente a Henry y a su padre.

—¿Quieres salir a montar? —Henry interrumpió sus pensamientos y ella lo miró.

—Creo que deberías descansar.

—Estoy bien. Venga, vente conmigo a dar un paseo a caballo. ¿O prefieres caminar?

—Me gustaría andar un poco.

—Vamos, pues —la agarró de la mano y bajaron las escaleras hacia el jardín—. ¿Todavía echas mucho de menos Nueva York?

—Solo a la familia. ¿Por qué?

—No sé, a veces me siento culpable de tenerte aquí, lejos del mundanal ruido.

—Me gusta todo esto, es precioso.

—Tom y mi padre dicen que tienes grandes planes para la casa.

—Sí, estoy dándole muchas vueltas. Tu padre me ha dicho que haga lo que quiera y creo que se me dará bien planificar una reforma, así que…

–Me parece perfecto, Virginia. Haz lo que quieras, esta es tu casa.
–Gracias.
–No hay nada que agradecer.
–La de Londres estará lista para el verano.
–Estupendo.
–Tal vez podamos pasar unas semanas allí.
–Te dije que nos quedaríamos en Londres unos días para disfrutar de La Temporada. Tienes que conocer a mucha gente todavía, incluido nuestro nuevo rey. Al parecer, a Eduardo VII le divierten muchísimo los estadounidenses.
–Según sé, La Temporada ya está en marcha.
–Acaba más o menos a mediados de junio, aún tenemos algo de margen para pasarlo bien.
–¿Has estado en algún baile o evento últimamente?
–¿Cuándo?
–¿Cuándo fuiste a Londres?
–Me temo que no, no iba a ir sin ti.
–¿Ah, no?
–Por supuesto que no, todo el mundo quiere conocerte, no podía presentarme en ningún sitio sin mi adorable y flamante esposa.
–Claro.

Susurró con una congoja extraña en el pecho, lo miró de reojo y siguió paseando sin hablar. Dudaba mucho que le importara ir sin ella a sus compromisos sociales. Era obvio que su vida seguía siendo la de siempre, la de un hombre soltero que iba y venía a casa según le apetecía, sin dar explicaciones o consultar la opinión de nadie, mucho menos la de una esposa con la que compartía muy pocas cosas importantes. A la que seguía, para su desesperada impotencia, sin poner un dedo encima.

Capítulo 14

—¡Santa madre de Dios! —exclamó Thomas Kavanagh soltando un silbido y luego miró a su alrededor—. Que me disculpe tu marido, pero estás, estás...

—Gracias, Tom, tú también estás muy elegante —observó su propio reflejo en uno de los enormes ventanales de Buckingham Palace y se dio otra vez un notable alto. No obstante, seguía nerviosa e insegura como una colegiala.

Era su primer baile en la famosa Temporada londinense y se había pasado horas y horas arreglándose para intentar estar a la altura.

—Preciosa, Virginia. Muy guapa, seguramente todas las damas presentes estarán copiando mentalmente tu vestido neoyorquino.

—¿Se nota mucho que es de Nueva York? —se le subió el corazón a la garganta y se miró la falda beige de seda salvaje con un poco de recelo.

—Claro, y por eso es perfecto, más moderno y chic que cualquier otro hecho en Inglaterra.

—Eres muy amable, Thomas, pero no quiero llamar la atención.

—Ya la llamas. Estás preciosa y eres la más elegante

de las invitadas. Te doy mi palabra de honor. ¿Dónde está tu marido?

—Ha ido a buscar un par de copas de *champagne*.

—¿Ya has saludado al rey?

—Sí, fue muy amable, aunque, si te soy sincera, me hubiese encantado poder conocer a la reina Victoria.

—Era una mujer muy interesante.

—También he conocido a lord Henry, el tío de Harry.

—¿El duque de Somerset ha venido?

—Sí, que agradable es, ¿verdad? Me dijo que era el padrino de Harry y que deberíamos ir a visitarlos a Somerset, que en verano es precioso.

—Lo es... —miró hacia el enorme salón tan bien iluminado donde los jóvenes solteros bailaban y las damas casadas observaban el espectáculo con enorme interés, y luego volvió a fijar los ojos en Virginia, que lucía extraordinariamente hermosa con ese traje de noche en tonos pastel, beige principalmente, ribeteado en el corpiño con perlas y encaje de Irlanda. Su piel suave e inmaculada asomaba a través del escote discreto, pero muy sensual, y su pelo oscuro y ondulado iba perfectamente peinado en un moño alto, sencillo, pero muy femenino. De pronto se pilló espiando su cuello largo y perfecto y reculó, carraspeando incómodo—. En cuanto vuelva tu marido me voy a buscar a lord Somerset, tengo que consultarle un asunto importante.

—Claro...

—¿Cuándo llega tu madre?

—Pasado mañana.

—Estarás emocionada.

—Sí, además viene con mis primas y mi hermano Kevin, que quiere pasar unos meses en Oxford.

—Vaya, qué bien, esa es una gran noticia.

—Lo es, sí... —ella observó con fascinación a esa gente tan elegante y enjoyada, en su gran mayoría nobles con títulos, y luego buscó a Henry con los ojos, pero no lo localizó–. ¿Hay muchas antiguas pretendientes de Harry hoy aquí?

–¿Cómo dices?

–Ya me has oído, Tom, no voy a escandalizarme por saber quién pretendía casarse con mi marido.

–Henry Chetwode-Talbot ha levantado suspiros y provocado desvanecimientos entre las féminas desde que cumplió los catorce años, pero, que yo sepa, no pretendió a nadie antes que a ti.

–No digo que él pretendiera, hablo de las que soñaban con casarse con él.

–A ver... –entornó los ojos mirando a las chicas jóvenes y negó con la cabeza–. No veo a ninguna, yo creo que sus mayores aspirantes ya están casadas y no han venido.

–Hay muchas mujeres casadas, mira bien.

–Lady Guillermina FitzRoy, duquesa de Grafton –le indicó con la cabeza a una rubia muy exuberante que lucía disimuladamente su tercer embarazo–, o lady Claire Hervey, futura marquesa de Bristol, la dos quisieron, pero no lo consiguieron.

–Parece que lo perseguían las rubias.

–Y se casó con una morena, ya ves... –sonrió pensando que a Harry jamás le habían interesado las aburridas damas de su círculo social, donde a él, además, se le consideraba un pésimo partido por la ruina económica de su familia, y recordó fugazmente a su hermana Missy, el gran amor platónico de Henry Chetwode-Talbot, a la que había perseguido toda su adolescencia sin ningún resultado.

–Querida... –Henry apareció de repente a su lado con dos copas de *champagne* y le puso una en la mano–.

Siento el retraso, me entretuve con el lord Chambelán. ¿Qué tal, Tom? Has aparecido.

—Esta es una salida de trabajo, tengo que hablar con varios clientes.

—Siempre trabajando. Hombre, relájate un poco. Elizabeth Westing acaba de preguntarme por ti.

—Entonces me largo antes de que me encuentre.

—¿Elizabeth Westing? –preguntó Virginia y él frunció el ceño.

—Una dama que no me interesa ver. Os dejo, me voy a buscar a tu tío. Adiós.

—Adiós. Toma un sorbo de *champagne*, Gini.

—No me gusta beber, pero gracias.

—Eh... –detuvo su gesto de intentar abandonar la copa encima de una chimenea y la miró a los ojos–. Hay que aprender a beber, y una dama más que nadie. Cultura etílica se llama, así que vamos, un sorbito.

—¿Una dama más que nadie? ¿Por qué, si puede saberse?

—Porque una dama debe guardar siempre la compostura; compostura que suele perderse con alguna copa de más.

—Mejor no beber nada y así no corres ningún riesgo.

—Pero te pierdes uno de los grandes placeres de la vida.

—No estoy de acuerdo.

—¿Qué sabrás tú si no has bebido nunca?

—¡Harry!

—Venga, hazlo por mí –la miró con sus preciosos y enormes ojos oscuros e hizo un puchero, ella se echó a reír a carcajadas y luego tomó un sorbo de su copa–. Muy bien, así me gusta, complaciendo a tu marido– le agarró la mano y se la besó.

—Eres como un niño pequeño.

–Un niño pequeño que te enseñará a desenvolverte en sociedad.

–Ah, muy bien, mil gracias, milord. Como acabo de venir de las colonias –pronunció la palabra con un distinguido acento británico–, debo de ser un poco salvaje, lo sé.

–Y a mí me gustas así. Preciosa –se acercó y le besó el cuello, ella sintió un escalofrío por toda la espalda y un calor instantáneo subiéndole por las piernas, y solo atinó a sujetarlo por la solapa del frac.

–Milord –la voz de un hombre interrumpió el gesto tan íntimo y Henry la abandonó para mirar al recién llegado, un jovenzuelo muy elegante que les hizo una profunda reverencia–. Lo siento, milord, pero me dijeron que me andaba buscando.

–Sí, Jonathan, gracias. ¿Conoces a mi esposa, lady Virginia? Gini, te presento a Jonathan Price.

–Mucho gusto, milady, es un auténtico placer.

–Igualmente, señor Price.

–Cariño, tengo que hablar un segundo con Jon, ¿me esperas aquí o...? –la agarró de la mano y la hizo andar hacia un grupo de señoras–. Mi tía Alexandra está aquí mismo, espérame con ella, ¿de acuerdo?

–¿Piensas tardar mucho?

–No, quince minutos y luego nos marchamos. Esto ya cansa un poco.

–De acuerdo.

Él desapareció con ese tal Price y ella lo esperó un cuarto de hora charlando con aquellas damas que la bombardearon a preguntas en cuanto se les puso delante. Querían saber mil detalles de su pedida de mano, de su boda, de sus padres, de Nueva York, de su viaje hasta Inglaterra, de todo lo que a ellas les sonaba novedoso e interesante. Hasta que Henry reapareció con una enorme sonrisa, la agarró de la mano y se despidió con su encanto habitual de todo el grupo.

Les desearon mil parabienes antes de dejarlos partir, pero finalmente consiguieron salir de la fiesta y, una vez en la calle, él se acercó, la sujetó por la nuca y la besó. Un beso húmedo y largo, uno que apenas había vislumbrado en Nueva York o en el barco, y que casi la hizo perder el sentido.

Su lengua enérgica y caliente, suave y deliciosa, le acarició todos los rincones de la boca, mientras sus manos le recorrían el cuerpo con ansiedad. Ella intentó responder lo mejor que supo, y se subió al carruaje rumbo del Gran Hotel, dejando que él le besara los pechos y le acariciara el vientre y los muslos con una pasión tal que empezó a jadear de la pura emoción. Cuando llegaron a su suite, él, que era el más apuesto y dulce de los hombres, le dijo que esperara un minuto, que tenía que hacer algo antes de ir a su dormitorio.

Estaban a mediados de junio, hacía casi seis meses que estaban casados y era la primera vez que la besaba de esa forma, así que empezó a temblar de arriba abajo, sin atinar a nada, sin saber si desnudarse o quedarse quieta, si debía ponerse un camisón o si era mejor esperar a que él la desnudara. Las preguntas se le agolpaban en la cabeza y cuando Dotty apareció para ayudarla a desvestirse la mandó a la cama, se sentó en la suya y empezó a deshacerse el moño. Se sacó la pequeña diadema de brillantes que lo sujetaba y deslizó las horquillas una a una hasta que Henry apareció abriendo la puerta sin llamar.

Seguía vestido, pero sin la chaqueta, y en cuanto dio un paso hacia ella notó que algo iba mal. Estaba otra vez muy pálido y los ojos le brillaban como si tuviese fiebre. Trastabilló antes de llegar a la cama y cuando se le echó literalmente encima respiraba con algo de dificultad. Ella quiso hablar, pero no la dejó y comenzó a besarla con desesperación, agarró el delicado borde de su escote y tiró de él desgarrando medio vestido, le atrapó los pechos con la boca, lamiéndolos con bastante rudeza hasta que de pronto se quedó totalmente quieto.

–¿Henry? ¿Estás bien? –le sujetó la cara y vio que tenía los ojos entrecerrados y parecía dormir con un sueño pesado e implacable–. ¿Harry?, por el amor de Dios, ¿qué te ocurre? ¡Harry!

No despertó. Tuvo que hacer un enorme esfuerzo para quitárselo de encima y, cuando consiguió ponerlo boca arriba, comprobó que seguía respirando. Estaba vivo y bien, pero inconsciente, y no supo qué hacer. Se bajó de la cama, se puso un camisón y cuando fue a recoger su vestido roto vio que Henry sujetaba con fuerza algo en su mano izquierda.

Le costó quitárselo, pero finalmente lo hizo y entonces se encontró con un frasquito metálico que no había visto antes. Tenía un tapón de corcho y parecía de esos que llevaban algunos médicos en sus maletines.

Lo examinó un rato, lo olfateó y le olió a medicina, a algún producto químico, así que supuso que se trataba de algún medicamento que estaba tomando y que le provocaba ese sueño súbito y extraño.

Lo miró durante un rato, luego a él tendido sobre la colcha y sintió como se le partía el corazón en mil pedazos. Se sentó en el suelo y se echó a llorar con un dolor profundo que la rompía por la mitad.

Capítulo 15

Uno de julio. Era el sexagésimo sexto cumpleaños del duque y no podía perdérselo. Estiró las piernas con dificultad dentro del carruaje y sacó los documentos que pretendía leer durante el viaje. Lo ideal habría sido ir a caballo hasta Aylesbury, pero finalmente había decidido alquilar un vehículo y aprovechar el tiempo leyendo unos contratos que quería enseñar a Virginia.

Ella le había pedido ayuda para revisar unas propuestas de inversión que le habían hecho y él, encantado, las había repasado y ya tenía un informe y los contratos medio redactados. Solo hacía falta hablarlo tranquilamente y firmar, si ella estaba conforme, claro, que para eso solía tener las ideas bastante claras.

Virginia. Pensar en ella le hizo detener la lectura y levantar la cabeza para admirar el cielo azul que se vislumbraba a través de su ventanilla. Era una joven increíble, lista, inquieta, con muchas capacidades y con iniciativa, la mujer perfecta para Henry, la compañera perfecta para cualquier hombre.

Tragó saliva y pensó en lo hermosa que era. Una joven radiante, luminosa, tan llena de vida, tan... americana. Irradiaba energía y salud, caminaba con decisión y se desenvolvía con llaneza y sin medias tintas. Era directa y miraba de frente, muy discreta y femenina, sí, como correspondía a cualquier dama de su clase, pero con una seguridad innata, natural, que había visto muy pocas veces en otras de sus iguales, y aquello lo tenía completamente fascinado.

Cuando la había conocido le había parecido preciosa, solo una chica muy guapa, pero conocerla, contar con su amistad y confianza, le habían hecho valorarla muchísimo más. Virginia O'Callaghan de Manhattan, Nueva York, era todo un descubrimiento y daba gracias a Dios a diario por habérsela puesto en su camino, por conseguir que Henry se casara con ella y por todas las bendiciones que ella había traído a sus vidas. Especialmente por ser lo suficientemente inteligente y generosa como para comprender enseguida la delicada situación familiar por la que habían estado pasando, y por intentar subsanarla.

Ella se había puesto manos a la obra de inmediato, sin pasar por encima de su suegro o su marido, pero había tomado las riendas de Aylesbury House con bastante firmeza. Williams ya se había quejado un par de veces, muy sutilmente, de las imparables iniciativas de lady Chetwode-Talbot, que tenía prisa para todo y tomaba decisiones a un ritmo desquiciante, poniendo la casa patas arriba en un pis pas y antes de que él o la señora Wilkes pudieran reaccionar. Asunto que los tenía un poco desconcertados, sobre todo teniendo en cuenta que allí las cosas se hacían de forma inamovible desde hacía siglos.

Afortunadamente, Henry había detenido las protestas con una mirada penetrante y un «Mi esposa es estadounidense, Williams, es su carácter y tanto mi padre como yo la apoyamos totalmente». Fin de la historia.

Para eso Harry era un maestro, por su sangre corrían la autoridad y la mano izquierda necesarias para lidiar con sus subalternos, y en el caso de Virginia lo tenía muy claro: ella era su mujer, la futura duquesa de Aylesbury, habían salvado el ducado gracias a ella y podía hacer lo que le viniera en gana.

Y eso estaba haciendo. A los dieciocho años y con solo seis meses en Inglaterra, estaba revisando, reorganizando y reestructurando de arriba abajo Aylesbury House, cuidaba a las mil maravillas de lord John y parecía muy interesada en mejorar la vida de todo el mundo, incluidos, por supuesto, la de sus inquilinos, sus empleados y el personal de servicio.

—¡Aylesbury House, señor! —gritó el cochero y él se sentó mejor en la butaca, ordenando sus papeles. El viaje se le había pasado volando y se apeó en la puerta principal de la casa, donde un impecable Williams lo esperaba junto a una doncella.

—Gracias por el viaje, señor Potter, ha sido estupendo. Ya nos veremos —se despidió del cochero y miró al mayordomo—. Buenas tardes, ¿llego a tiempo para el té, Williams?

—Me temo que no, señor, pero le prepararemos un refrigerio, la cena se sirve dentro de tres horas.

—Muchas gracias. ¿Dónde están todos?

—En el jardín de las rosas, señor, jugando al tenis.

—¿Al tenis?

Entregó su equipaje y bordeó la casa hasta el llamado jardín de las rosas, donde había una explanada amplia de césped que solía utilizarse para las cenas o meriendas campestres. Se quitó el sombrero y se acercó viendo enseguida la pista de tenis que habían improvisado allí y donde cuatro jugadores estaban disputando un divertido torneo. Virginia, sus primas Tracy y Susan y su hermano Kevin jugaban muy animados mientras a la sombra, sentados en amplias butacas de jardín, el duque y su consuegra, la joven y atractiva señora Caroline O'Callaghan, los observaban muy entretenidos.

—¡Tom! —gritó Virginia en cuanto lo vio llegar, y pararon la partida para ir a saludarlo—. Qué bien que has venido pronto. ¿Qué tal el viaje?

—Todo perfecto, pero no paréis por mí. Encantado de veros.... —saludó a todo el mundo y se sentó junto a lord John—. Feliz cumpleaños, milord.

—Gracias, hijo. Me alegro de que hayas podido venir.

—No me lo iba a perder por nada del mundo —respiró hondo y observó como los jugadores volvían a sus puestos—. Qué buen día hace, ¿dónde está Harry?

—Arriba, se sentía un poco indispuesto —apuntó la señora O'Callaghan—. Y no me extraña, está tan delgado.

—¿Indispuesto? —se puso tenso y la miró a los ojos.

—Otra vez —susurró lord John moviendo la cabeza—. Le propusimos llamar al médico, pero no quiso.

—Ahora subo a verlo.

—A ver si a ti te hace algún caso, este hijo mío es una calamidad.

—Gini dice que le pasa mucho, lo de sus indisposiciones, me refiero. ¿No habría que consultar a un especialista? —Caroline miró a su consuegro y luego a Tom con cara de pregunta—. Es muy joven para estar enfermo tan a menudo.

—No es tan a menudo —respondió Thomas con una sonrisa, y se puso de pie—. Come poco y duerme menos, eso es todo. Voy a subir a verlo. Si me disculpáis.

—Llevamos casi dos semanas en Inglaterra y apenas lo hemos visto.

—¿Y qué les parece Aylesbury, Caroline? —preguntó para desviar el tema y ella sonrió de oreja a oreja.

—Maravilloso, un sueño, no paro de decírselo a lord John y a mi hija, es como un cuento de hadas, no me extraña que Gini se sienta tan a gusto aquí.

—Estupendo. Me voy a ver a Harry.

Les hizo una venia y entró a la casa a grandes zancadas, pasó por el comedor principal donde un pequeño ejército de empleados estaba preparando la gran mesa para la cena y subió los peldaños de la escalera de dos en dos con el corazón en la garganta. Si el idiota de Henry había vuelto a las andadas, y delante de su familia política, lo cortaría por la mitad.

Llegó a su dormitorio y entró sin llamar. Todas las cortinas estaban echadas, así que no vio nada. Caminó con seguridad hacia los ventanales y descorrió las pesadas cortinas de terciopelo sin mucho esfuerzo. Enseguida entró el sol a raudales y oyó a su amigo quejarse desde la cama.

—Arriba, colega, son casi las cinco de la tarde.

—¡Calla, Thomas!, ¡joder!

—¡Arriba! —se acercó y lo destapó. Estaba completamente vestido y justo a su lado, sobre las sábanas inmaculadas, vio un frasquito que le resultó demasiado familiar—. ¡¿Qué coño es esto?!

—No... —hizo amago de esconderlo, pero él fue más rápido y se lo arrebató de un tirón.

—¿El cóctel Brompton? ¿Otra vez? ¿En serio?

—Déjame en paz, Tom. Sal de mi cuarto ahora mismo.

—¿O qué? —le dio una patada a la enorme cama con dosel y esta crujió entera—. ¿Vas a echarme? Échame a la calle a ver si eres capaz, estúpido capullo irresponsable.

—¡Tom! —se sentó en la cama y levantó una mano en son de paz—. No me encuentro bien, vete, por favor.

—¡No! —lo agarró de un brazo y lo puso de pie a duras penas—. ¿Quién te ha vendido esta mierda?

—Nadie.

—¡¿Quién?! ¡Joder! O me lo dices o llamo a toda tu familia para que te vean así.

—Jonathan Price.

—¿El hijo del médico de la corte?

Henry asintió y se agarró al dosel para no caerse al suelo.

—¿Y dónde te lo vendió? ¿Ha venido a Aylesbury? ¿Está aquí?

—No, en Londres, en la última fiesta de La Temporada.

—¿Delante de Virginia?

—Obviamente, no. Fui discreto, ¿sabes?

—¿Discreto? Tu mujer te ha visto ya no sé cuántas veces hecho un andrajo, «indispuesto», dice ella. ¿Crees que pasará mucho tiempo antes de que comprenda que se ha casado con un drogadicto?

—¿Se lo vas a decir tú? Anda, baja y díselo de una puñetera vez. Seguro que lo entiende, ella me quiere.

—¿Ah sí? ¿Y tú a ella?

—Por supuesto que sí.

—Y se lo demuestras muy bien, claro —echó un vistazo en derredor y se fue a uno de sus escondites favoritos. Un escondrijo detrás del retrato de su madre que presidía el dormitorio y que siempre le había servido de almacén. Apartó el cuadro de lady Rose y sacó la caja de madera con sus tesoros.

—No te atrevas, Tom. ¡Thomas! —se lanzó como un loco contra él, pero Thomas lo esquivo sin ningún esfuerzo. Siempre había sido más alto y más fuerte que Henry y encima la droga lo tenía convertido en un harapo, así que se apartó y observó con calma como acababa hecho un ovillo sobre un sofá. Agarró la docena de frasquitos de metal que contenían el maldito cóctel

Brompton y se los metió en el bolsillo–. Tom, por Dios te lo pido, no te los lleves, me han costado una fortuna y no puedo, no puedo vivir sin eso. Me matas si me los quitas. Hermano, por favor.

–No voy a dejar que te mates a fuerza de toda esta mierda, Harry. Te lo he dicho un millón de veces, y mucho menos ahora que tienes una esposa. Una buena esposa que no se merece esto.

–Puedo controlarlo, solo es una recaída, un mal momento, enseguida estaré bien. Antes de ir a Nueva York e incluso allí, estuve limpio muchos meses, lo sabes.

–¡Williams! –abrió la puerta y se asomó al pasillo, vio a una doncella y le pidió que llamara al mayordomo.

–No, Tom, escucha, yo...

–Señor –el fiel mayordomo, que conocía a Henry desde que había nacido y que siempre lo había ayudado con una discreción exquisita, se personó en dos minutos en la habitación y entró cerrando la puerta a su espalda–, ¿qué necesita?

–Lamentablemente, lord Henry necesita ayuda otra vez. Lo primero es destruir todo esto –le entregó los frascos con la droga y él se los guardó en su bolsillo sin mirarlos–. También hay que mandar llamar al doctor Hammersmith. No hace falta que venga precisamente esta noche, pero es importante que se acerque lo antes posible.

–Muy bien. ¿Una bañera de agua caliente, señor? –miró de soslayo a Henry y Thomas asintió.

–Por favor, Williams, y muchas gracias por todo.

A las siete en punto, y vestido de punta en blanco con su frac, Henry Chetwode-Talbot entró en el comedor principal fresco y completamente despejado. Les había costado casi dos horas espabilarlo a fuerza de baños calientes y fríos, pero finalmente, con la ayuda de Williams, habían logrado devolverlo a la vida y él, que en el fondo no era más que un crío asustado y vulnerable, se había rendido a la evidencia, había obedecido y había accedido a bajar a cenar con la familia para celebrar como era debido el cumpleaños de su padre.

Era increíble verlo junto a las señoras, todas ellas muy elegantes, desplegando su encanto habitual, con su célebre sonrisa intacta y pendiente de su mujer, que lo miraba con los ojos nublados de amor. Virginia estaba preciosa esa noche y cuando llegaron los postres y le entregaron los regalos al duque, fue lord John el que quiso brindar por su bellísima nuera, que era lo mejor que le había pasado a Aylesbury en siglos.

—Nuestra querida Gini llegó a Inglaterra de la mano de mi hijo y nos ha traído luz y alegría a todos —dijo el duque emocionado—. Es una bendición para esta casa, para esta familia y día a día doy gracias a Dios por ella.

—Lord John... —susurró ella con los ojos llenos de lágrimas.

—Ahora solo hace falta que nos hagan abuelos —comentó Caroline O'Callaghan con su copa en alto—. Así que brindemos también por eso, porque muy pronto esta enorme y preciosa casa se llene de niños sanos.

—¡Amén! —exclamó lord John, y Thomas se fijó en Virginia, a la que de pronto se le habían ido todos los colores de la cara.

Capítulo 16

—Las mujeres Fermanagh y las O'Callaghan siempre han sido muy fértiles, incluso las Brennan y las McGowan. Mi abuela Mary tuvo dieciséis hijos, mi madre ocho, tu abuela Erin nueve...

—La tía Bree también nueve —opinó Susan y Virginia la miró de reojo—. Lili y Faith ya van por los cuatro.

—¿Es acaso una competencia? —quiso saber Tracy con retintín—. Porque si es así empezaré a preocuparme.

—Casi siete meses de matrimonio y ningún embarazo, perdona si me inquieto, hija.

—No sé qué decirte, mamá.

Respondió mirando por la ventana del carruaje. Era temprano aún y ya estaban entrando en Londres, gracias a Dios, porque estaba deseando dejarlas en Mayfair con sus cosas y perderlas de vista un rato.

No es que no se sintiera feliz de tener a la familia en casa, todo lo contrario, había sido una alegría enorme recibirlas en Aylesbury House, disfrutar con Kevin y con ellas de unos días maravillosos. Sin embargo, desde el cumpleaños de lord John, hacía ya dos semanas, su madre no paraba de hablar de embarazos, niños, pañales, niñeras y de hacer preguntas sobre Henry, al que notaba muy desmejorado y con el que compartían muy poco tiempo, porque él apenas se dejaba ver.

Suspiró, viendo como Clark, el cochero, hacía malabares para cruzar el desquiciante tráfico de la ciudad y se limitó a no pronunciar palabra. No tenía explicaciones para su madre, no podía contarle que era imposible que concibiera hijos si Harry no intimaba con ella, porque la pura verdad era que aún no había tenido su noche de bodas, y que seguía siendo virgen casi siete meses después de su precipitada boda en Nueva York.

—Yo preferiría ir a ver al guapo de Thomas que quedarme almorzando con tus amigas, tía Caroline —comentó Tracy y ella la miró con los ojos muy abiertos.

—De eso nada, tienes que saludar a las Livingstone, Tracy, son amigas nuestras desde hace siglos.

—Vuelvo con Gini en un par de horas.

—No, se lo prometí a vuestra madre.

—Pues qué pereza.

—Deberías dejar en paz al señor Kavanagh, hermana, no puedes casarte con él.

—Ay, madre mía, esta muchacha está cada día más tonta.

—No me insultes, solo digo la verdad.

—¿Ah, sí? ¿Y por qué no podría casarme con él, Susan? Es muy apuesto, sano, trabajador, abogado y tiene los ojos celestes más bonitos que he visto en toda mi vida.

—Porque es pobre —soltó Susan con total desparpajo y las tres la miraron con los ojos entornados.

—Lo dicho: cada día más tonta.

—Calla, Tracy —ordenó Caroline O'Callaghan y luego fijó la vista en su otra sobrina—. Lo que acabas de decir es una vulgaridad, Susan, espero que no se te ocurra repetirla en público porque, si lo haces, te cruzaré la cara de un bofetón.

—¡Tía Caroline!

—Ya me has oído.

Finalmente las dejó en Mayfair, en la mansión de las Livingstone, y se comprometió a volver a por ellas a la hora del té. Con la excusa de tener que discutir algunos temas relacionados con las reformas de las casas de los Aylesbury y otros asuntos pendientes con sus abogados, se zafó de las tres y se fue directamente a Little George Street, donde estaba el despacho de abogados de Thomas Kavanagh.

No le había avisado de que se iba a pasar a charlar con él, no le había dado tiempo, así que cruzó los dedos esperando encontrarlo en la oficina. Necesitaba hablar cuanto antes con él, y a solas, y esa escapada a Londres le había puesto la oportunidad al alcance de la mano.

—¿El señor Kavanagh? —preguntó a un chico joven que atendía la recepción del bufete, y él la miró quitándose las gafas.

—Claro, señora, ¿quién digo que lo busca?

—Virginia Chetwode-Talbot, por favor.

—Por supuesto, milady, un momento, por favor.

—Gracias... —se dio la vuelta para observar la sala de espera austera y algo oscura de aquella oficina y enseguida oyó la voz de Thomas a su espalda.

—¿Virginia? —se acercó y la miró con los ojos muy abiertos—. Pensé que se trataba de una broma, ¿cómo estás?

—Perdona que viniera sin avisar, Tom, pero es importante.

—Por supuesto, pasa, tú no tienes que avisar. Roger —se dirigió al chico mientras la hacía entrar en su despacho—, que nadie nos interrumpa, ¿de acuerdo?

—Claro, señor.

—¿Qué haces en Londres?

—Mi madre y mis primas tenían un compromiso aquí y las he traído. El sábado volvemos a Aylesbury.

—¿Y dónde os alojáis?

—En el Grand Hotel. Parece mentira, pero aún no nos terminan la casa de Westminster, es una verdadera pesadilla. En Nueva York la hubiesen acabado en un par de meses como mucho.

—Lo sé —observó lo elegante que iba vestida, completamente de lila, y se apoyó en el respaldo de su butaca—. ¿Y Kevin?

—En Oxford, se fue hace un par de días.

—Muy bien. Dime, ¿qué ocurre?

—Henry se marchó hace cuatro días de casa, no sé nada de él desde el pasado domingo por la noche. Cenó con la familia, se fue a la cama y por la mañana ya no estaba. Williams me jura que no lo vio partir, pero...

—Madre mía —se pasó la mano por la cara e intentó mantener la calma.

—Después del cumpleaños de lord John estuvo un par de días bien. Vamos, se comportó como un ser humano normal —dijo eso con un poco de angustia y tragó saliva antes de volver a hablar—, pero luego regresaron las ausencias, solo bajaba para cenar, apenas ha cruzado una palabra con mi familia y al final, pues... se escapó en plena noche.

—Mira, Virginia, yo...

—¿Qué le pasa a Henry, Thomas?

—¿Cómo dices?

—Necesito que alguien me diga la verdad. El doctor Hammersmith no quiso hablar conmigo, tampoco Williams, mucho menos lord John, así que no me ha quedado más remedio que venir a verte. Tú eres quien mejor lo conoce y, además, creo que somos amigos. Tom, por favor, dime qué está pasando.

—¿Alcanzó a verlo Hammersmith?

—Lo visitó después del cumpleaños, pero se marchó enseguida. Según Dotty, mi doncella, Harry discutió acaloradamente con él y lo echó de la casa. Casi no pude saludarlo y, por supuesto, se negó a contarme nada.

—Virginia...

—Te lo suplico, dime qué le pasa a mi marido, tengo derecho a saberlo.

—Ya sabes que come fatal, se cuida poco y...

—¡No me digas que es porque se alimenta mal! No soy estúpida —se puso de pie, se quitó el sombrero y luego cuadró los hombros—. Lo siento, estoy nerviosa y preocupada. Solo necesito entender qué le pasa a Harry.

—¿Sabes lo que son los opiáceos?

—No —volvió a su silla y lo miró a los ojos.

—Son unas sustancias que se extraen del opio. El opio es una mezcla compleja que se saca de las semillas de la planta adormidera. En teoría son para uso médico, para evitar el dolor de los enfermos, también como tranquilizantes... en fin, se considera una droga narcótica y analgésica —se levantó y se metió las manos en los bolsillos—. La morfina, la codeína o la tebaína derivan del opio, ¿has oído hablar de ellas?

—De la morfina, sí —contestó cada vez más confusa.

—Pues, lamentablemente, Henry es adicto a todas ellas, especialmente al opio en bruto, que se fuma en unos locales diseñados especialmente para eso.

—¿Adicto al opio?

—Al opio y a otras cosas más fuertes. Es un drogadicto dependiente, llevamos años luchando con sus vicios. Su padre, Williams, el doctor Hammersmith o yo, hemos hecho lo inimaginable para ayudarlo, pero a veces recae.

—¿Drogadicto dependiente? ¿Qué significa eso?

—Que no puede prescindir de esas sustancias opiáceas, que se siente morir cuando no las consume y que por eso hace lo que sea para conseguirlas.

—¿Se siente morir? ¿Cómo? —entornó los ojos pensando en el comportamiento de Harry y asintió—. ¿De ahí sus dolores musculares?, ¿su cansancio pertinaz?, ¿sus ausencias?, ¿el sueño súbito que lo ataca a veces?

—Sí, aunque ese sueño súbito, como tú lo llamas, esa semiinconsciencia es más bien fruto del consumo de esas drogas, no de su privación. De hecho, es uno de los síntomas básicos del consumo de opio.

—Ahora me explico muchas cosas... ¿Y desde cuándo es un drogadicto dependiente?

—Desde la universidad.

—Entonces... —se puso de pie otra vez y sacó el pañuelo porque empezó a sentir como las lágrimas le mojaban la cara—, ¿cuándo fue a Nueva York ya era un adicto?

—Sí.

—¿Y por qué nadie me lo dijo?

—Porque llevaba mucho tiempo sin probar nada, estaba curado, rehabilitado, y creíamos que seguiría así para siempre.

—Pero recayó.

—No creí que se repetiría. Tú, la boda, su nueva vida... todo parecía apuntar a que de verdad estaba iniciando una nueva fase.

—¡Jesús!

—Lo siento mucho, Virginia. Te lo juro por Dios, pensé que ya estaba sano del todo y ahora...

—¿Y se puede curar de verdad?

—Lo ha conseguido tres veces.

—¿Cómo puedo ayudarlo?

—Hammersmith es el único que ha conseguido sacarlo del pozo, pero si no le quiere hacer caso...

—A mí tendrá que hacerme caso. ¿Dónde puede estar? ¿En un fumadero de esos? –agarró el bolso y se acercó a la puerta.

—No lo sé, imagino que sí. ¿Qué pretendes hacer?

—Ir a buscarlo, sacarlo a rastras y llevármelo a casa.

—No, espera. Tú quieta ahí, yo iré a buscarlo.

—De acuerdo, ve tú, pero yo te acompaño.

—Esos lugares no son sitios para ti, Virginia, ve al hotel y yo te lo llevo hasta allí. Además, no sé dónde puede estar exactamente, así que puedo tardar todo el día en localizarlo.

—No me importa, yo voy contigo y, si no quieres llevarme, iré sola.

Capítulo 17

—Espera aquí, ¿entendido?

Le clavó la mirada y ella asintió. Estaba asustada, lógicamente, y muy preocupada por todo lo que le había soltado en su despacho, pero se mantenía firme y sin claudicar, estaba decidida a llevarse a Henry a casa y ya no había nada más que hablar.

Virginia era la persona más obstinada que había conocido en toda su vida y más le valía no perder el tiempo intentando hacerla cambiar de opinión.

Después de despedir a su cochero con instrucciones para que fuera a recoger a su madre y a sus primas a la hora prevista, alquilaron un carruaje y se dirigieron directamente al West End. Su instinto le decía que Henry había decidido volver a uno de sus antros favoritos, uno muy caro enclavado en Leicester Square, y allí se plantaron. Sin embargo, tras una inspección minuciosa del local, llevada a cabo por él mientras ella esperaba en el carruaje, pudo comprobar que no estaba y que no había aparecido por la zona.

Lo mismo les ocurrió en otros dos fumaderos de opio; nadie parecía haberse encontrado con lord Chetwode-Talbot. Hasta que en el último sitio uno de los encargados, uno de esos que era capaz de vender a su madre por unas pocas libras, les habló de un nuevo recinto, uno mucho más exclusivo, que se encontraba a un tiro de piedra de Picadilly Street, y allí sí habían tenido suerte.

En cuanto logró entrar, tras pagar una pequeña fortuna como depósito, pilló a Henry semiinconsciente y con la pipa en la mano, recostado sobre una otomana de terciopelo. Estaba en uno de esos salones mal ventilados y atestados de gente, hombres y mujeres, viejos y jóvenes, que mostraban un aspecto lamentable. Creyó reconocer a una dama de la corte y a dos o tres lores del parlamento tirados por allí, pero no se paró a confirmarlo porque la voz de Virginia lo hizo saltar en su sitio.

—¡Virgen santísima! —exclamó ella llevándose el pañuelo a la nariz.

—¿Qué haces aquí, Virginia? Te dije que esperaras fuera.

—Quería verlo con mis propios ojos. Dios bendito, es horrible.

—Lo sé, vamos... —dio una zancada, agarró a Henry sin ningún esfuerzo y trató de ponerlo en pie—. ¡Harry, vamos, soy yo, abre los ojos!

—Lleva cuatro días sin parar, le costará reanimarlo, milord —susurró uno de los chinos que regentaban el local y Virginia lo miró indignada.

—¿Y cómo es posible que tolere eso, señor? Es una vergüenza, podría matar a esta gente con su veneno.

—Es un negocio, milady.

—Ya veremos cuánto tardo en cerrarle su sucio negocio.

—¿Ah, sí?

—Será insolente, mugroso...

—¡Virginia! —gritó Thomas y le hizo un severo gesto

para que lo siguiera a la calle–. Sal fuera, no estamos aquí para juzgar a nadie.

–¿Cómo qué no? En Nueva York tardaría un segundo en conseguir que un juez clausurara esta inmundicia. ¿Has visto cómo huele? ¿Has visto cómo...?

–Eso lo discutiremos después, ahora solo importa Harry, ¿eh? Sígueme –salieron a la calle, donde les esperaba el coche alquilado, e insistió en que su amigo apoyara los pies en el suelo, pero él no podía ni levantar la cabeza.

–¡Henry! –Virginia se le puso delante y le dio una tremenda bofetada. Harry medio sonrió y entreabrió los ojos–. Soy yo, Virginia, reacciona o no respondo, ¿me oyes? ¡Despierta de una vez!

–Gini, preciosa.

–¿Preciosa? ¿Te has visto? Voy a matarte, en serio... –se echó a llorar y se le abrazo al pecho. Tom miró al cielo y suspiró–. ¿Cómo puedes hacerte esto? ¿Cómo puedes hacérnoslo a los dos?

–Gini...

–Está bien, llevémoslo al hotel –decidió Thomas.

–No, directo a Aylesbury, no pienso dejarlo en Londres ni un minuto más.

–¿Y qué hacemos con tu madre y...?

–Clark se ocupará, les dejaré una nota en el hotel. Esto es una emergencia. ¿Crees que puedo alquilar un coche de confianza para que nos lleve a casa?

–Por supuesto, vamos.

Llegaron a Aylesbury bien entrada la madrugada. Williams salió a recibirlos y les ayudó a bajar del carruaje a Henry, que seguía semiinconsciente y mascullando todo tipo de incoherencias. A Thomas, su larga experiencia con él le decía que había consumido muchísimo más de lo habitual, que había superado con creces su cuota normal, y eso empezó a preocuparlo en serio. Puso un pie en la casa y pidió al mayordomo que mandara a un mozo a primera hora a Oxford para buscar al doctor Hammersmith.

–No sé si querrá volver, señor... –respondió Williams muy sorprendido de ver a lady Chetwode-Talbot intentando atender a su marido–. La última vez fue muy violento y se marchó bastante ofendido.

–Que le digan que estoy aquí.

–Y yo, yo también estoy aquí –comentó Virginia viendo como metían a Henry en la cama–. Que le digan que estoy al corriente y que no voy a permitir que mi esposo rechace su ayuda. Me ocuparé personalmente de que siga su tratamiento al pie de la letra.

–Muy bien, milady.

–Gracias, Williams. Tom –lo miró mientras se quitaba el sombrero y los guantes–, come algo y vete a la cama, yo me quedo con Harry.

–De eso nada, estarás agotada. Ha sido un día larguísimo, me quedo yo y mañana...

–Es mi marido, Thomas, «en la salud y la enfermedad», ¿recuerdas? Yo me quedo con él. Buenas noches y muchas gracias por todo, eres el mejor amigo que uno puede desear.

Capítulo 18

Se deslizó dentro de la bañera de agua caliente y soltó un suspiro de placer. Le dolían todos los músculos del cuerpo y no recordaba haber estado, en toda su vida, tan cansada. Cerró los ojos y trató de relajarse.

Llevaban casi dos semanas con Henry de vuelta en casa, supervisado por el doctor Hammersmith, y estaba siendo muy duro. Los primeros días habían sido horrorosos, jamás podría olvidar sus gritos, sus súplicas y sus quejas, pero afortunadamente poco a poco estaba volviendo a su ser y ya empezaban a ver la luz al final del túnel.

El primer día que recobró la conciencia empezó el drama. Lo primero que hizo fue poner su cuarto patas arriba buscando su dosis, sin ningún resultado, claro, porque Thomas y Williams habían vaciado todos sus escondites. Pero en su desesperación rompió cuadros, cajones, cofres y armarios, gritaba como un demente amenazando a todo el mundo y cuando ella se le puso enfrente, él arremetió con todas sus fuerzas contra su persona.

–No te metas en esto, Virginia –le espetó–, no tiene nada que ver contigo.

—Claro que tiene que ver conmigo, y no pienso dejar que te mates delante de mis ojos.

—¡Fuera de mi cuarto!

—¡No!

—¡Fuera de mi casa! No eres nadie para inmiscuirte en mi vida, ¡fuera! ¡Maldita sea!

—Soy tu mujer y no...

—¿Mi mujer? Tú no eres una mierda, no eres nada, no eres...

—Insúltame todo lo que quieras, pero no voy a ceder, no voy a permitir...

—¿Permitir? ¿Quién coño te ha dado vela en este entierro?

—Voy a llamar al doctor Hammersmith, cálmate un poco.

—¿Sabes quién eres tú, Virginia O'Callaghan? ¿Sabes qué eres para mí? —la increpó y ella se detuvo antes de salir del dormitorio, se giró y lo miró a los ojos—. No eres más que una puta princesa del millón de dólares, ¿todavía no te enteras? Solo iba a por tu maldito fideicomiso, por tu sucio dinero americano, ¿queda claro? No eres nada para mí, no significas nada para mí, así que... ¡vete y déjame en paz!

—Queda muy claro —le respondió con un dolor lacerante cruzándole el pecho por la mitad.

Cuadró los hombros y salió al pasillo decidida a largarse inmediatamente de allí. Lo amaba y quería lo mejor para él, se había casado enamorada, y por muy mal que se sintiera por culpa de su droga, no iba a permitir que ensuciara su amor, su matrimonio de esa manera.

—¡Gini! —antes de poder encerrarse en su cuarto, Henry llegó, abrió la puerta de un empujón y se le plantó delante con los ojos llenos de lágrimas—. Perdóname, no quise decir eso, perdóname, cariño. Lo siento mucho, lo siento mucho.

–Si quieres que me vaya, me iré, Henry. Si lo único que te interesa de mí es mi dinero, adelante, ya te has quedado con la dote, pero no habrá ni un penique más para tus vicios. Y recuerda que tu padre y Thomas siguen aquí para evitar que te suicides de esta manera tan abyecta y vergonzosa.

–Ayúdame, por favor –se arrodilló y se aferró a sus piernas llorando como un niño pequeño. Ella también se echó a llorar y acabó acariciándole el pelo–. Te quiero, eres lo mejor que me ha pasado en la vida, eres la única persona que me puede sacar de este pozo, dime que no me abandonarás, Gini, júrame que no me dejarás solo.

–No te dejaré solo, pero eres tú el que tiene el poder de curarse, tú tienes que decidir cambiar tu vida.

–Dime que me quieres.

–Claro que te quiero, Harry.

–¿Y me perdonas? –se levantó, buscó su boca y la besó–. ¿Me perdonas?

–Sí.

Y desde ese mismo instante se embarcó en la durísima tarea de intentar rehabilitar a un drogadicto dependiente, como lo llamaban su médico y Thomas Kavanagh, el que, por cierto, tras cuatro días en Aylesbury, y viendo que tenía la situación más o menos controlada, regresó a Londres para seguir con sus obligaciones profesionales.

No sabía qué haría sin Tom. Era un amigo extraordinario, un hombre firme y decidido, pero, además, era sereno, controlado y optimista, le transmitía seguridad, y tenerlo cerca le producía alivio. De hecho, había llorado un poco cuando se había marchado, a un tris había estado de suplicarle que se quedara, sin embargo, no se atrevió, le pareció abusivo y solo atinó a decirle que volviera muy pronto, porque lo echarían muchísimo de menos.

En cuanto Henry se pusiera bien, y las cosas se normalizaran, le pensaba hacer una potente oferta económica para que se hiciera cargo de la administración exclusiva del ducado. Lo tentaría con dinero y con la posibilidad de vivir en Aylesbury a su aire. Ya había visitado la casita que antaño su familia había ocupado en la propiedad, y la había mandado reformar. Le agregarían una planta y la sanearían de arriba abajo. Le pondrían algún sistema de calefacción, uno nuevo de alcantarillado, modernizarían la fontanería, le instalaría un par de cuartos de baño completos, cocina, salón, un despacho y la alfombrarían entera. Quería cedérsela en propiedad, era lo menos que podía hacer, y lo haría, aunque finalmente él no aceptara ser su administrador.

De momento, eso podía esperar, no tenía prisa. Lo prioritario era que Harry se pusiera bien y el doctor Hammersmith le había asegurado que tenía mucha fe en este nuevo intento de recuperación. Henry parecía mucho más cooperador y con ella al lado se le veía mucho más dispuesto, eso decía el médico, y ella se alegraba por eso.

Afortunadamente, Hammersmith, que daba clases de farmacología en la Facultad de Medicina de Oxford, era un buen tipo, uno abierto y accesible, y había pasado muchas horas hablando con él sobre los opiáceos y los posibles tratamientos de desintoxicación. El doctor tenía varios tratados escritos y era uno de los médicos más activos en la lucha por conseguir una legislación que controlara el uso irresponsable del opio y sus derivados. Con otros compañeros había presentado diversos informes a la Corona y a la Cámara de los Lores, pero seguían sin conseguir nada en claro. Sin embargo, ella se los leyó todos y, gracias a eso, se estaba convirtiendo en una experta en la materia.

Hammersmith le explicó también los efectos secundarios del consumo indiscriminado y por primera vez en su vida oyó algo que se llamaba «impotencia sexual». Por supuesto no se atrevió a preguntar a qué se refería, pero buscó en todos los libros disponibles en la biblioteca y en los propios escritos del médico, y finalmente dio con la respuesta: la incapacidad repetida de lograr o mantener una erección lo suficientemente firme como para tener una relación sexual satisfactoria.

La descripción casi la mató de la impresión y se sonrojó un buen rato intentando comprenderlo, hasta que pudo asimilarlo y aceptar que eso era exactamente lo que le pasaba a Harry. No es que no la deseara o no la amara, es que no podía tener una intimidad saludable, no era capaz por culpa de su consumo abusivo de las drogas y eso, además de escandalizarla un poco, le transmitió una tranquilidad inmensa. No era culpa suya y, si se podía curar de sus adicciones, podría mejorar en todo lo demás, estaba claro.

Gracias a esa nueva y gran fuente de conocimiento, y con la ausencia de su familia, a la que mandó a Oxford para conocer la ciudad y visitar a Kevin, la tarea se le estaba haciendo más liviana. Dedicaba los días enteros a Henry, lo acompañaba cuando se retorcía de dolor en la cama, cuando vomitaba o tenía fiebre. Solo Hammersmith, su ayudante, Williams y la señora Wilkes entraban en su habitación y entre los cinco estaban sacándolo adelante. Ni siquiera dejaban pasar a lord John, que a pesar del verano y las buenas temperaturas reinantes no mejoraba de sus achaques. A él lo dejaban al margen, aunque el pobre hombre sufriera igualmente por la maltrecha salud de su único hijo.

—Señorita Gini... —Dotty se asomó al cuarto y le habló bajito—. La señora Caroline y las chicas ya han llegado, ¿va a almorzar con ellas?

—Sí, Dotty, gracias. Dame media hora más y bajo. ¿Dónde está lord Henry?

—No ha regresado aún de su paseo con el doctor.

—Está bien, gracias.

—¡Prima! —Dotty salió y, antes de poder volver a cerrar los ojos, ya tenía a Susan entrando como un vendaval en la habitación—. Prima, prima.

—Hola, Su. ¿Cómo estás? ¿Qué tal el viaje?

—No te lo vas a creer —se quitó el sombrero y respiró hondo.

—Dame un minuto. Me seco, me visto y...

—¡No! Esto no puede esperar.

—¿Qué ha pasado?

—Me voy a comprometer.

—¿En serio? ¿Con quién?

—Lord Damian FitzRoy, el hermano pequeño del duque de Grafton. No tiene título, pero sigue siendo lord porque su padre era un duque, ¿sabes?

—Lo sé, ¿y cómo...?

—Es amigo de Kevin, estudia en Oxford y conoce a tu hermano Pat, dice que su hermano mayor coincidió con Patrick cuando vino a una Temporada en Londres.

—Hace mucho de eso.

—Sí, pero se acordaba perfectamente de él y, al saber que otro O'Callaghan de Nueva York andaba por aquí, lo buscó y se han hecho inseparables. Madre mía, es un sueño, tendrías que verlo...

—Ya veo que te lo ha contado... —Tracy entró con aspecto cansado y se desplomó en una silla—. Me encanta que nos recibas en la bañera, milady, te has vuelto muy europea.

—No me ha dejado vestirme.
—Es que estoy tan contenta... La tía Caroline dice que firmaremos enseguida un acuerdo de compromiso, el abogado de los FitzRoy y el nuestro de aquí se verán en Londres el próximo lunes. Le mandamos un telegrama.
—¿Así de rápido?
—Igual que tú.
—Muy bien, pasadme una toalla —esperó a envolverse con una enorme toalla de baño y salió de la bañera buscando su ropa—. ¿Y qué pasa con su familia?
—Dice que su hermano está de acuerdo. También le mandó un telegrama.
—Como para no estarlo —susurró Tracy, y Susan la miró con ojos de asesina.
—Ya estamos, siempre buscando pegas.
—Vamos a ver, hermanita. Ese chico, que es muy agradable y divertido, es el quinto hijo de un duque muerto, todo el patrimonio de su familia está en manos de su hermano mayor y, aunque finja estudiar en Oxford para poder ganarse la vida en Dios sabe qué, lo cierto es que no tiene un céntimo y un matrimonio contigo le viene de perlas.
—¡Envidiosa!
—Es la verdad.
—Te voy a arrancar esos pelos de loca sufragista que tienes.
—¡Ya está bien! Las dos quietas —se interpuso Virginia y levantó las manos—. ¿Tú quieres a ese chico, Susan?
—Sí, claro.
—Estupendo, enhorabuena, y dime, ¿dónde vais a vivir? ¿En Londres o en Suffolk, donde reside su familia?
—Eso es lo mejor de todo, se viene con nosotras a Nueva York. Quiere vivir en los Estados Unidos, dice

que es su sueño. Nos casaremos en Manhattan y nos instalaremos allí. ¿A que es maravilloso?

—Lo es, me alegro mucho por ti.

—Como no nos vamos hasta septiembre, lo he invitado a venir a Aylesbury. Kevin vendrá algún fin de semana de visita y... espero que no te importe, ni a Henry. La tía Caroline dice que debí consultárselo primero a lord John, pero...

—No creo que le importe, ven —se acercó y la abrazó, viendo como Tracy movía la cabeza incrédula—. Es una gran noticia, espero que todo salga bien.

—¿Gini? —la voz de Harry les llegó alta y clara y las tres se giraron hacia la puerta. Venía con un traje de verano beige, tan atractivo, con sus ojos brillantes y una gran sonrisa en la cara—. ¿Molesto?

—Claro que no, ahora acabo de vestirme y bajamos a almorzar a la terraza. ¿Te vienes?

—Por supuesto. Ya que estas damas han regresado de visitar mi alma máter, espero que ahora me cuenten detalles de todo lo que hicieron allí.

—Sí, Harry y tengo algo que contarte —Susan se acercó y lo agarró del brazo para salir de la habitación. Virginia los observó un rato y sonrió.

—No me gusta el tal Damian, Virginia, te lo digo en serio —opinó Tracy poniéndose de pie.

—¿Qué le pasa?

—Le pasa que primero lo intentó conmigo y como no le hice caso, se fue a por la tonta de mi hermana pequeña. Eso pasa.

Capítulo 19

—Según estos documentos, la dote de lady Rose incluía una cubertería de oro completa y otra de plata, y no he conseguido dar con ninguna. En total cien piezas desaparecidas.

Virginia habló desde el escritorio principal de la biblioteca. Le estaba dando la espalda y podía admirar a esa distancia perfectamente, y con tranquilidad, su cuello esbelto y hermoso, la estrechez deliciosa de sus hombros, los brazos desnudos gracias a ese vestido de verano en tonos celestes que le sentaba tan bien. El pelo oscuro y ondulado recogido en un moño sencillo que dejaba escapar alguno de sus rizos rebeldes. Preciosa y femenina, como siempre. Carraspeó y no pudo abrir la boca.

—¿Thomas? —ella se giró hacia él, y el sol que entraba a raudales por el ventanal desprovisto de cortinas iluminó aún más su figura menuda y perfecta—. ¿Me has oído?

—Ya, sí. Bueno, no me extrañaría nada que se vendieran.

—¿Y dónde están los documentos de venta?

—No creo que los haya. Lord John o Henry las habrán vendido de forma indiscriminada y, en fin, no tengo ni idea, la verdad.

—Madre mía —se acercó a la mesa central y se sentó ante una pila de papeles—. No es que me interese la dote de mi suegra, pero ya que estamos intentando hacer inventario y organizar las cosas...

—Lo sé, pero ten en cuenta que se vendieron muchos tesoros familiares durante las vacas flacas.

—Y Henry se llevó muchas cosas, él mismo me lo ha confesado.

—Eso es verdad —se sentó enfrente de ella y suspiró—. ¿No te gusta el novio de Susan?

—¿A mí? ¿Por qué?

—Lleva dos días aquí y apenas te he visto con él.

—No sé, estoy ocupada y me parece un poco superficial. No puedo perder tiempo con personas así.

—Trabajas mucho, deberías descansar un poco. Harry ya está mucho mejor y todo esto del inventario puede esperar, hace un día precioso.

—Y lo veo a través de la ventana —se concentró en unos libros de cuentas que le había facilitado la señora Wilkes y frunció el ceño—. Hay que racionalizar los gastos de la casa, no pienso seguir a este ritmo. No me extraña que lord John hubiese acumulado tantas deudas, ¿sabes lo que gastamos cada semana en carne?

—Muchísimo.

—Sí —levantó los ojos y lo miró—. Si quieres salir a jugar al tenis con los demás, sal, no hace falta que te quedes aquí.

—Estoy bien.

—Si mi abuela Hope hubiese estado viva, el ducado de Aylesbury ya estaría saneado y dando beneficios.

—¿Ah, sí?

—Sí, era una mujer increíble, muy trabajadora y muy inteligente. La echo mucho de menos.

—Me hubiese encantado conocerla.

—Y a ella le hubieses encantado tú —sonrió y se apoyó en el respaldo de la silla—. ¿Y no tienes nada que contarme?

—¿Yo? ¿Sobre qué?

—Sobre Tracy.

—Ah, no, por Dios.

—Me dijo que se te había declarado.

—Soy un caballero, no pienso hablar de eso contigo.

—¡¿Qué?! Somos amigos, Tom.

—No, gracias. Venga, revisemos los libros de cuentas de este año.

—Es una buena chica.

—Lo sé, y por eso prefiero ser discreto con respecto a ella.

—Ella ya me lo ha contado todo.

—Entonces no tengo nada más que añadir.

—¿No te apetecería emigrar a los Estados Unidos para vivir con ella en Nueva York?

—No.

—¿Por qué?

—No podría —levantó los ojos y los clavó en ella. Virginia le sostuvo la mirada unos segundos eternos y luego se sonrojó—. Me gusta mi vida tal como está.

—Pareceré muy egoísta, pero me alegro. No me gustaría que te marcharas lejos, y a Harry mucho menos —bajó la cabeza y tragó saliva—. Creo que nunca he visto una amistad más sólida y sincera que la vuestra.

—Crecimos juntos. Harry es mi hermano.

—Lo sé, él dice lo mismo. Asegura que jamás podrá devolverte todo lo que has hecho por él.

—Soy yo el que jamás podrá compensarlo. ¿Sabes que en Eton se llevaba las reprimendas, los castigos y hasta las palizas por mí?

—¿De verdad? —lo miró con mucha atención y él afirmó con la cabeza.

—En Eton, el hijo de un trabajador común y corriente como yo no estaba muy bien visto. Una parte del alumnado, y por supuesto de los profesores, no me miraban con muy buenos ojos. Desde muy pequeño, Harry fue consciente de aquello y se echaba la culpa de todo, de cualquier travesura. Ni me lo consultaba, simplemente si mi nombre salía a la palestra por algo, él se ponía delante y asumía las culpas. Evidentemente, ser el heredero del ducado de Aylesbury y sobrino del duque de Somerset le otorgaba muchos privilegios y a él no se atrevían a castigarlo demasiado, lo respetaban, solían ser más tolerantes con Henry Chetwode-Talbot. Lo mismo pasaba con los matones del colegio, a los que plantaba cara como un salvaje.

—¿Como un salvaje?

—Como un matón del puerto. Siempre fue un gran luchador y nunca tuvo reparos en meterse en toda clase de trifulcas, sobre todo por defenderme. Así que, créeme, Virginia, soy yo el que jamás podrá devolver todo lo que hizo por mí.

—Entiendo.

—Luego fuimos a la universidad y se calmaron las cosas. Todo se normalizó, empezamos a disfrutar de verdad, aunque siguió siendo muy leal y muy protector. Nobleza obliga, dicen.

—Eso parece.

—Hasta que... bueno...

—¿Hasta que la droga apareció en su vida?

—Exacto. Hasta ese momento, Henry siempre puso a los demás por encima de él, de su bienestar, al igual que ha hecho su padre toda la vida. Ambos son grandes personas. Aunque de Harry te haya tocado ver su lado más oscuro, te aseguro que es el mejor hombre que he conocido en toda mi vida.

—Lo sé —le sonrió—. Sé que es un hombre estupendo y por eso no cejaré en mi empeño de que se cure del todo.

—Seguro que lo logras.

—El doctor Hammersmith me contó algo bastante delicado.

—¿Qué?

—Me dijo que lady Rose murió de una sobredosis de láudano.

—Yo era muy pequeño, no lo sé exactamente, solo sé por mi madre que lady Rose sufría de largos períodos de tristeza y melancolía.

—No me extraña si perdió a seis hijos antes de nacer Henry, y uno después. Hammersmith dice que él no la atendió, pero que el médico de la familia le habló del asunto cuando Henry empezó con sus adicciones. El láudano también contiene opio, ¿sabes? Al parecer, a ella se lo recetaban en jarabe, para que superara sus problemas de ansiedad y sus periodos de melancolía, como hacían con otras damas de la corte, pero ella se hizo adicta y murió por una dosis excesiva.

—Vaya, no sabía nada. ¿Se lo has preguntado a Henry?

—No, no quiero alterarlo con estas cosas. Ya sabes que no es muy hablador con respecto a su madre.

—No creo que haya superado la pérdida de su madre, aunque era muy pequeño por entonces.

—Lo sé, es terrible.

—¿Y Hammersmith cree que ambas adicciones, la de lady Rose y la de Henry, están relacionadas?

—Dice que no está seguro, que no tendría por qué, pero que lo está estudiando. Él cree que las tendencias adictivas tienen más que ver con el carácter de las personas, con ciertos rasgos de personalidad, no con la herencia familiar.

—Es bueno saberlo.

—Sí...

—¿Gini? —Tracy entró como un vendaval en la biblioteca, casi sin mirar a Thomas—. Venga, ya es suficiente, vamos a comer en el jardín. Llevas aquí toda la mañana, tienes que pasar un rato con tu familia.

—Disculpad... —susurró Tom y desapareció inmediatamente.

—¿Ahora ignoras a Thomas? Me parece muy injusto, Tracy. Él es nuestro amigo, un hermano para Harry.

—Ya se me pasará.

—Eso espero. Además, si quieres tener alguna oportunidad, deberías...

—¿Oportunidad, yo? Ninguna. ¿No has visto cómo te mira? ¿Cómo pasa todo el tiempo que puede contigo? Debí percatarme antes, diantres, en eso me equivoqué de medio a medio, no sé qué me ha pasado.

—¡¿Qué?! —Virginia se sonrojó hasta las orejas y frunció el ceño—. ¿Estás loca? ¿Qué idiotez estás insinuando, Tracy?

—El galán de ojos celestes está loco por ti, es evidente, primita.

—Eso es una estupidez.

—Ya, ya...

—Gini, cariño —Harry entró muy sonriente y le ofreció la mano—. Vamos. Sin una réplica, no pienso permitir que sigas aquí dentro con el día espléndido que hace. ¡Venga!

Capítulo 20

Thomas se volvía a Londres a primera hora de la mañana y a Virginia se le partía el corazón.

Se apartó de la ventana abierta y se quedó observando su enorme cama con dosel. No le apetecía nada dormir, pero había subido para eso. Las mujeres se habían quedado en el jardín después de la cena, mientras los caballeros charlaban y se tomaban la última copa en la biblioteca, y ella se había escapado, tras una tensa discusión con su madre, a sus habitaciones.

El tema de la trifulca había sido la de siempre: los dichosos nietos que no llegaban, pero esta vez no había entrado demasiado al trapo, porque había otro tema que la tenía realmente distraída. Llevaba dos días dándole vueltas al comentario de Tracy sobre el interés de Tom por ella. No quería que sus desquiciadas ocurrencias la afectaran, pero no podía evitarlo. Thomas Kavanagh era su mejor amigo, el primero que había tenido en su vida, un verdadero hermano, y no pretendía emponzoñar su hermosa amistad con sospechas absurdas o con tensiones innecesarias.

Por supuesto, Tracy se equivocaba, solo estaba dolida porque Tom la había rechazado y eso la hacía ver fantasmas donde no los había. ¿Cómo Thomas, el mejor amigo de su marido, iba a mostrar algún interés romántico por ella? Era absurdo. Sin embargo, había asumido una actitud más distante con él, de forma involuntaria, y se sentía fatal por eso. Las últimas veinticuatro horas lo había evitado y había puesto una estúpida distancia entre los dos. Una barrera invisible que solo podía perjudicarlos, no obstante, estaba segura de que en cuanto pasaran unos días todo volvería a la normalidad, solo necesitaba olvidarse del tema, de Tracy y de sus ocurrencias. Nada más.

Lamentó no haberse despedido de Tom como era debido por culpa de todo aquello, pero ya estaba hecho, así que decidió no fustigarse más, se metió en la cama con un libro y trató de concentrarse en otra cosa.

Thomas Kavanagh, con su gran estatura y su estupenda complexión física, su elegancia natural, su personalidad y encanto, su pelo castaño claro, su sonrisa y esos ojazos celestes que parecían de otro mundo, seguro que tenía cientos de damas en las que fijarse, tal vez, incluso, ya pretendía a alguna y por eso había rechazado a Tracy, no por ella. Indudablemente, en cualquier momento les anunciaría su próxima boda, así que no había de qué preocuparse.

–Gini –sintió abrirse la puerta e instintivamente se cubrió con una sábana. Harry entró muy sonriente, se quitó la chaqueta, los zapatos y se tiró en la cama para mirarla de cerca–. Ya está cerrado, ha firmado por cien mil dólares.

–¿Qué?

–Damian FitzRoy. Ha firmado el acuerdo de compromiso que había redactado Tom. El muy granujilla quería medio millón de dólares de dote, pero ya le dejamos claro que no tiene título, ni propiedades y que su tratamiento de lord morirá con él, así que mejor dejara de hacernos perder el tiempo y aceptara los cien mil.

—Vaya...

—Tu hermano ya me había advertido que es un poco descarado y que en Oxford jamás le había visto pagar ni una pinta, al contrario, parece que acumula muchas deudas, pero... En fin, no voy a ser yo precisamente el que lo juzgue por eso.

—No sé si es buena idea que se case con Susan. Ella también es la pequeña de su familia y mis tíos Rochester no son excesivamente ricos, no sé si podrán mantener el nivel de vida que, me imagino, Damian FitzRoy querrá llevar en Nueva York.

—Tu madre me dijo que Susan tiene un fideicomiso de ciento cincuenta mil dólares y que sus padres aprobaban una dote de hasta cien mil.

—Seguramente, pero ¿cuánto les durarán los ciento cincuenta mil de ella si ninguno de los dos trabaja?

—Tendrá que trabajar. Kevin le ha dicho que en Empresas O'Callaghan le podrán dar una oportunidad.

—¿Haciendo qué?

—Ni idea, Gini.

—Mi padre lo crujirá a las veinticuatro horas.

—¿Lo crujirá? —se echó a reír a carcajadas y ella sonrió.

—Lo hará pedazos. Ni él, ni ninguno de mis hermanos, son muy comprensivos con los empleados recomendados, a menos que demuestren ser muy trabajadores, y el señor FitzRoy no creo que dé la talla.

—Ya se las arreglará.

—Él no me preocupa, me preocupa Susan, que es una chica muy simple, muy ingenua... En fin, solo espero que la trate bien, la quiera y no la deje tirada cuando se le acabe el dinero.

—Vamos a tener un poco de fe. De momento, a ella se la ve exultante.

—Eso es verdad, está muy feliz.

—¿Y tú cómo estás? ¿Por qué no te has quedado en el jardín disfrutando de esta perfecta noche de verano?

—Estoy un poco cansada.

—Lo sé, es que no paras —se le acercó y le besó la frente, ella cerró los ojos aspirando su aroma a tabaco y se quedó quieta—. Me voy, te dejo dormir, yo también estoy agotado.

—No te vayas —se atrevió a decir por primera vez en ocho meses de matrimonio y él sonrió—. Quédate conmigo.

—¿Quieres que te lea algo?

—No, solo quédate —lo agarró por la pechera y lo besó en los labios. Henry se puso tenso, pero devolvió el beso y luego se quedó en silencio, acariciándole la nariz con la suya. Virginia sintió su aliento muy cerca y se le erizaron los vellos de todo el cuerpo.

—No puedo, preciosa, hoy no. Otro día.

—¿Cuándo? —preguntó en un acto de total descaro y él se levantó de la cama.

—Buenas noches, Gini. Te quiero —se inclinó y volvió a besarle la frente, giró sobre sus talones y desapareció.

Primero se quedó perpleja por haberse atrevido a besarlo y a pedirle que se quedara, pero en cuanto reaccionó, un llanto desatado la sumió en una sucesión de sollozos que apenas la dejaban respirar. Se sentía otra vez rechazada, dolida, despreciada por ese marido de cuento de hadas que decía amarla, aunque siguiera sin querer tocarla.

Ya estaban a mediados de agosto y llevaba más de un mes sin probar las drogas. Más de un mes superando juntos sus adicciones, recuperándose y renaciendo delante de sus propios ojos. Sin embargo, sus problemas con la intimidad parecían no haber desaparecido, seguían estando presentes, poniendo una gigantesca barrera entre ambos y destrozándola a ella por dentro.

Se bajó de la cama, se lavó la cara y decidió salir a dar un paseo. Necesitaba airearse, no hablar con nadie, solo quería andar un poco, y podía caminar por Aylesbury House sin necesidad de encontrarse con nadie.

Se puso una bata y bajó las escaleras por la zona del servicio, llegó a la primera galería de la planta baja y desapareció por la zona más alejada de la familia. En un pasillo descubrió una bandeja abandonada con varios vasos de whiskey, no se lo pensó dos veces, agarró uno y se lo bebió de un trago. Era asqueroso, pero agarró otro y también lo apuró hasta el final, pensando que quizás, ¿por qué no?, algo de alcohol le traería un poco de consuelo.

Llegó al jardín, donde no había un alma, ya mareada, pisó el césped con los pies desnudos y miró el cielo estrellado. Como bien había dicho Henry, aquella era la perfecta noche de verano. No hacía ni pizca de frío, corría un aire cálido muy agradable, pero seguía sintiéndose morir. Se desplomó en el suelo y se echó a llorar.

—¿Virginia? —la voz grave y serena de Thomas sonó de repente y la sobresaltó—. ¿Estás bien?

—Sí, ¿qué haces aquí?

—¿Qué haces tú en camisón sentada en la hierba? Yo vengo de las caballerizas.

—¿Y qué hacías allí?

—Fui a ver a mi nuevo caballo, es estupendo.

—Lo es —se levantó a duras penas y se cerró mejor la bata—. Me vuelvo a la cama. Buenas noches.

—¿Qué te pasa?

—Nada.

—¿Y por eso lloras?

—No creo que sea asunto tuyo.

—Lo siento, solo quiero ayudar.

—¿Ayudar? ¿En qué? No te sientas siempre tan responsable de nosotros, Thomas, nadie te lo ha pedido.

—Perfecto —levantó las manos y ella lo miró por primera vez a la cara. Aún iba vestido con el traje de la cena, aunque llevaba la camisa abierta—. Seguro que me lo tengo merecido.

—Seguro que no, pero no estoy de humor para hablar con nadie.

—Hablar ayuda.

—Hay cosas de las que no se puede hablar, Tom. Me voy a la cama...

—¿Es por la discusión con tu madre?

—¿Con mi madre? ¿Por los dichosos nietos que no le doy y que seguramente no le daré jamás?

—No digas eso.

—Pues es la pura verdad, ¿sabes? Una realidad, y todos deberíamos ir haciéndonos a la idea, empezando por mi madre y por lord John.

—Virginia...

—No me digas nada, no tienes ni idea, así que mejor te callas.

—No todos los matrimonios tienen hijos enseguida, mis padres...

—¡¿Qué?! —había hecho amago de irse, pero se giró y lo miró de frente, cada vez más enfadada, aunque no paraba de llorar—. ¿Tus padres?

—Lo siento, no quiero...

—¿Tu padre se drogaba con opio?

—Está bien, no voy a discutir contigo. Buenas noches.

—Porque mi marido sí lo hace y eso invalida bastante mis opciones de ser madre, las anula completamente en realidad, y no puedo hacer nada por remediarlo. Fíjate, soy una maldita princesa del millón de dólares, me he comprado todo esto –hizo un gesto ostensible con la mano–, pero no puedo comprar el milagro de concebir.

–Dios –él bajó la cabeza y se puso las manos en las caderas–. No hables de ese modo, por favor.

–Es la verdad. Me largo, creo que estoy un poco borracha. Buenas noches.

–Henry se pondrá bien y todo se normalizará.

–¿Ah sí? ¿Y qué hago mientras tanto?, ¿eh? ¿Sigo mintiendo a mi madre? ¿Permitiendo que me torture día tras día con sus historias sobre mis fértiles y maternales parientes?

–Lo siento, Virginia, yo...

–No te preocupes, no pienso dejar en evidencia a tu amigo del alma, mi marido. No pienso contarle a nadie lo que me pasa, porque más me avergüenza a mí que a él.

–Que no haya un embarazo no puede avergonzar a nadie... no...

–Sí que puede, si ocho meses después de casarte delante de un montón de gente, nada menos que en la catedral de San Patricio, tu elegante esposo no te ha puesto un dedo encima... Ya está, ya lo he soltado... ¡Mierda! –exclamó, aferrándose al alféizar de una ventana, ya completamente mareada–. Lo dicho, borracha por primera vez en mi vida.

–¿Cómo dices? –se le fueron todos los colores de la cara y se acercó a ella para mirarla a los ojos–. Aclárame eso.

–No voy a repetir que sigo siendo virgen –de repente le entró la risa y lo agarró del brazo–. Dios mío, llévame a mi cuarto, Tom, por favor, no quiero que los empleados me vean así.

–¿No habéis consumado el matrimonio?

–No. ¿No te lo ha contado Harry? Creí que te lo contaba todo.

—¿Se lo has dicho a alguien más? ¿A tus primas? ¿A tu madre?

—Ya te he dicho que no. No se lo he contado a nadie, me da vergüenza. No quiero que se rían de mí, ¿sabes?

—¡Madre de Dios!

—¿Qué?

—Un matrimonio no es legal si no se consuma.

—Pues nosotros seguimos casados —soltó una carcajada y Tom la sujetó por los hombros intentando que lo mirara a los ojos.

—No consumar un matrimonio es motivo más que suficiente de divorcio.

—Soy católica, no voy a divorciarme, es pecado mortal.

—La iglesia católica lo contempla como una de las principales causas de anulación.

—No pienso hacer nada de eso, no voy a matar a mis padres con un disgusto así. ¿Sabes lo que me costó casarme con Henry? ¿Lo que me tocó batallar contra mi padre?... ¿No?, pues yo te lo cuento, casi me cuesta la vida, así que no, no voy a hacer nada... ni divorcios, ni anulaciones. Llévame arriba, por favor, me estoy sintiendo muy mal.

—Virginia.

—Por favor.

No alcanzó a dar dos pasos y el estómago se le contrajo, sintió un mareo terrible, se dobló y vomitó hasta quedarse exhausta. Thomas esperó caballerosamente a que se aliviara, dándole la mano, y, cuando vio que apenas podía seguir de pie, la agarró igual que a una pluma y la cogió en brazos. Ella de repente se sintió en la gloria. Muy segura a pesar del malestar, cerró los ojos y se durmió.

Capítulo 21

Siete meses enteros había tardado esa gente en acabar la reforma del palacete de los Aylesbury en Westminster, y estaba deseando verlo decorado y con muebles. Virginia había batallado muchísimo con los obreros que le habían tocado en suerte y, finalmente, cuando acabaron y les pagó, se quedó mirando al responsable, el señor Flannagan, y le soltó con total naturalidad: «Tengo muchos trabajos pendientes, aquí y en el campo, pero no pienso volver a confiarle ninguno. Visto lo visto, me hubiese salido más rápido y barato traer una cuadrilla profesional directamente desde Nueva York. Dé gracias al cielo de que le estoy pagando el precio acordado, si estuviésemos en mi país, seguramente no lo haría».

Thomas, que había sido testigo del encuentro, aún sonreía recordando la cara de desconcierto de Flannagan, que no estaba acostumbrado a cumplir con ninguno de sus clientes y menos aún a enfrentarse a una joven tan directa y exigente como lady Chetwode-Talbot. Había sido glorioso, y una vez más se había sentido muy orgulloso de ella.

Llegó a la casa andando y, nada más ver la blanca fachada iluminada por un precioso farol eléctrico, se paró en seco y se quedó admirando el magnífico aspecto que tenía. Las tres plantas iluminadas, los cristales limpísimos, el pequeño jardín delantero lleno de rosas, las verjas pintadas de un negro brillante. Preciosa. Dio un paso atrás y vio llegar dos carruajes de los que descendieron seis elegantes invitados, todos ellos asistentes a la velada musical que había organizado Virginia como despedida para su madre y sus primas. Ya estaban a catorce de octubre y Caroline y las chicas, además de Damian FitzRoy, embarcaban para Nueva York el día dieciséis. Quedaba muy poco tiempo y había llegado la hora de empezar a decirse adiós.

Sacó un cigarrillo y se lo fumó tranquilamente. Sabía que Henry estaba allí, se había empeñado en ir a Londres, a pesar de que su padre sufría una neumonía severa. Eso le había contado Virginia, porque Harry no le dirigía la palabra desde hacía casi dos meses, cuando había tenido la brillante ocurrencia de reprocharle lo de la no consumación de su matrimonio. Una idea pésima, porque, por primera vez en su vida, lo había visto furioso y ofendido de verdad. Se había puesto hecho un basilisco y a punto había estado de retarlo a duelo.

Nunca quiso faltarle al respeto, pero lo que le había confesado Virginia era demasiado grave. Debían resolverlo o contenerlo antes de que se enterara su suegra, porque, estaba seguro, si Caroline O'Callaghan llegaba a saber que su hija seguía siendo virgen y que su adorable y aristocrático yerno era un drogadicto reincidente en vías de recuperación, podía arder Roma. Se montaría un tremendo escándalo y, en todo su derecho, podía optar por anular el matrimonio, reclamar a Virginia y solicitar la devolución de la dote. Un desastre.

Quería pensar que ambos se querían y que, a pesar de todo, Virginia no permitiría que llegaran a ese punto. No obstante, su mente práctica y legal le aconsejaba tener cuidado. Era imprescindible que, si ella de verdad quería seguir al lado de su marido, continuara manteniendo su secreto, era de todo punto de vista necesario, y se lo explicó con toda delicadeza cuando volvió a verla tras su charla nocturna en el jardín. La abordó a solas en la biblioteca y ella, sonrojada y nerviosa, no dijo nada, pero asintió y no volvió a mirarlo a la cara.

Tras eso se fue en busca de Harry y casi acabaron a puñetazos, su amigo negándolo todo, y él completamente ofuscado intentando hacerlo entrar en razón. Finalmente, y aunque no quería dejarlos solos en Aylesbury, tuvo que marcharse de vuelta a Londres porque Henry lo echó a gritos de su casa. Aquella fue su primera pelea seria en más de veinticinco años de amistad y aún le dolía.

Acabó el cigarrillo y se preguntó si sería buena idea entrar a la dichosa reunión. Virginia le había mandado una carta invitándolo, rogándole que fuera, porque por culpa de su distanciamiento no había podido asistir a su décimo noveno cumpleaños el dos de octubre, cuando Henry y lord John habían organizado un día entero de festejos en Aylesbury House para agasajarla. Ese día había pasado la jornada pensando en ella, en lo feliz que estaría y en si le habría gustado el regalo que le había mandado con una semana de antelación, una primera edición de *Los viajes de Gulliver*, del irlandés Jonathan Swift.

—¡Thomas, amigo! —oyó la voz con un fuerte acento neoyorquino y se giró hacia ella sonriendo. Se trataba de Kevin O'Callaghan en persona y le palmoteó la espalda con aprecio.

—¿Qué tal, Kevin? No sabía que estabas aquí, te hacía matándote a estudiar en Oxford.

—¿Estudiar? Hago de todo menos estudiar, me estoy

pensando seriamente no regresar a Yale. ¿Entramos? Mi madre debe estar echándome de menos, llego tarde.

–¿Dónde te alojas?

–En el club de Henry hasta que se marche la familia, después puedo quedarme con mi hermana aquí.

–¿Tiene pensado quedarse unos días?

–Creo que sí, si no, pues me quedo solo y así aprovecho para quemar Londres. ¿Te apuntarías?

–Desde luego.

–Así me gusta, todo el mundo me dice que mi cuñado es el mayor juerguista que ha visto nunca este país, pero desde que Gini lo ha metido en cintura, parece el más aburrido de los mortales y no me acompaña a ningún sitio, y yéndose Damian, me quedo un poco huérfano.

–No te preocupes, yo me ocupo.

–Genial.

Entraron en la casa, donde los recibió un mayordomo que no conocía, y enseguida se encontraron con Virginia, que estaba dando la bienvenida personalmente a sus elegantes invitados. Radiante y muy sonriente, con un vestido de noche en tono melocotón, regañó a su hermano por llegar tarde y después de mandarlo a buscar a su madre, se dirigió a él agarrándolo por el brazo.

–¿Qué te parece la casa?

–Espectacular –observó las modernas lámparas que iluminaban el espacio de forma fastuosa y luego los suelos de madera pulidos, cubiertos por unas mullidas y sobrias alfombras–. Creo que ha valido la pena esperar.

–No sé yo... aún sigo cabreada con Flannagan y su gente, pero en fin...

–¿Y el servicio?

–Me lo ha prestado el tío Henry, lord Somerset. No pude venir con tiempo a Londres para contratar personal, no quería dejar a lord John solo.

—Hoy me llegó una carta suya, escrita por Williams, pero en su nombre, diciendo que querías traerlo a pasar el invierno a la capital.

—Esta casa es más confortable que la de Aylesbury, mucho más acogedora, pero ya veremos. Se niega en redondo.

—No te aconsejo sacarlo de allí.

—Ya veremos. Tom —lo apartó un poco y miró hacia la puerta principal, donde el trasiego de gente continuaba—, por favor, tienes que hablar con Harry, no podéis seguir distanciados. Prométeme que lo intentarás hoy.

—¿Por eso me has invitado?

—Por eso y porque quería verte. Ambos te echamos de menos. Aunque Henry no lo diga, sé que le haces mucha falta. ¿Tú no lo extrañas?

—Sí, pero los dos estamos en la misma tesitura, él también podría manifestarse, digo yo.

—Tú eres más maduro que él.

—Ya, ya, muy bonito.

—Es cierto. Venga, hazlo por mí —le rozó el brazo con la mano desnuda y él se estremeció de arriba abajo—. No puedo vivir sabiendo que estáis enfadados. Los dos me hacéis falta, no pienso prescindir de ninguno, así que lo arregláis ahora mismo o me largo de vuelta a Manhattan.

—Virginia...

—Va en serio. Un momento —miró con atención el *hall* y le sonrió—. Llega la princesa de Battenberg.

—¿La princesa Beatriz? ¿La hermana del rey?

—Esa misma. Luego nos vemos, Thomas, y no rompas muchos corazones entre mis invitadas —bromeó y desapareció como un suspiro.

Él la siguió con los ojos y se encontró de repente con los de Henry, que se había acercado también a la puerta para recibir con el mayor protocolo, junto a su esposa, nada menos que a la princesa Beatriz de Battenberg, la menor de los hijos de la fallecida reina Victoria.

La princesa, que a sus cuarenta y cuatro años guardaba un gran parecido con su madre, entró en la casa seguida por un amplio séquito y saludó a sus anfitriones con mucho afecto. Luego hizo lo mismo con lord Somerset y se le agarró al brazo para que la llevara a su asiento en el enorme salón de la primera planta, donde un cuarteto de cuerdas estaba listo para iniciar el concierto.

Thomas cogió una copa de champán de la bandeja de uno de los camareros, observó el panorama con calma y tras rescatar a Kevin O'Callaghan de las garras de un grupo muy agresivo de jóvenes casaderas, subió con él a un discreto rincón para escuchar la música tranquilamente.

–Supongo que Gini te ha invitado –oyó la voz de Harry y se giró hacia él despacio.

–Así es, quería ver la casa y despedirme de paso de su madre.

–Muy bien –suspiró y se metió las manos en los bolsillos–. Creo que la princesa se ha ido muy contenta. Menudo debut el de mi mujer como anfitriona en Londres. Todo un éxito, como todo lo que hace.

–Eso es verdad.

–Mira, Tom, yo... –lo miró con esos enormes ojos oscuros y suspiró.

–Está bien, olvídalo. Yo también...

–Todo olvidado.

–Muy bien. ¿Cómo está tu padre?

–El doctor Shaw dice que tiene una neumonía, pero no me fío de su diagnóstico. Le he pedido al doctor Price que viaje con nosotros al campo para que lo valore y le recete alguna medicina más moderna y efectiva que las que usa Shaw en Buckinghamshire.

—¿Price? ¿Ese Price? ¿El médico de la corte?

—Ese Price, no su hijo, no te alteres tanto.

—No me altero, solo pregunto.

—¡Maldito sea el cabrón hijo de puta! —exclamó Henry de repente mirando hacia el jardín trasero y él se volvió para ver qué ocurría.

—¿Qué pasa?

—¡Capullo! —gritó caminando con energía hacia el invernadero y Thomas lo siguió viendo como Virginia se apartaba de un tipo muy elegante que él no conocía—. ¡¿Qué coño sigues haciendo aquí?! ¡¿No te dije que te apartaras de mi mujer, gilipollas?!

—¡Henry! —exclamó Virginia.

—Te voy a partir en dos, maldito hijo de la gran puta —se lanzó como un loco contra ese tipo, que después de la sorpresa inicial se recompuso y le plantó cara con el mentón bien alto, pero antes de poder alcanzarlo su cuñado se interpuso entre los dos.

—¡Harry, no, hombre, no lo hagas! —Kevin lo sujetó por un brazo y Tom localizó por su derecha a dos tipejos igual de elegantes que se acercaban al corrillo con muy malas intenciones—. Son paisanos nuestros, no pasa nada, tranquilo.

—¡Suéltame, Kevin!

—Claro, pero tranquilidad, no asustes a las damas.

—¡Fuera de mi casa! ¡Ahora mismo o no respondo!

—Lord Chetwode-Talbot, haya paz, conozco a Virginia desde que era una niña…

—¿Virginia? A mi mujer no la tuteas, estúpido presuntuoso.

—Hijo, por Dios —Caroline O'Callaghan llegó con prisas y los miró a todos con los ojos muy abiertos—. Se van enseguida, no hagamos un escándalo mayor, por favor, aún quedan invitados en el piso de arriba. Thomas

—le dijo a él mirándolo de reojo–, ¿puedes acompañar al señor Campbell y a sus amigos a la puerta? Por favor.

—Sí —contestó, observando como Virginia seguía la escena en silencio, pálida y nerviosa. Miró a Campbell y a sus dos amigos y les hizo un gesto hacia la calle. Ellos obedecieron sin rechistar y los acompañó hasta la verja de entrada en silencio.

—No sé cómo los O'Callaghan han dejado que Gini se casara con semejante imbécil —susurró el tal Campbell moviendo la cabeza—. Afortunadamente, ya me ocuparé yo de ella cuando acabe divorciándose.

—Parece que querían que su niñita fuera duquesa a cualquier precio.

—Otra ilustre princesa del millón de dólares —apuntó el tal Campbell escupiendo al suelo.

—¿Cómo dices? —Thomas se detuvo y los miró a los ojos. Los tres se quedaron mudos y retrocedieron, comprobando que no venía solo, porque a su espalda Kevin O'Callaghan los había seguido sin abrir la boca—. Retira eso.

—¿Y ti qué más te da? ¿Quién eres? ¿El guardaespaldas del duquesito?

—Suficiente, gilipollas —Kevin, que era casi tan alto como él, dio un paso al frente e hizo amago de dar un puñetazo en plena cara a su paisano, pero Thomas lo detuvo.

—No, Kev, no vale la pena.

—No vale la pena —repitió ese memo imprudente imitando su acento y a él las buenas intenciones se le esfumaron de golpe. Se giró con serenidad y le plantó tal puñetazo en la mandíbula que percibió perfectamente como se le saltaban un par de dientes antes de caer al suelo quejándose como una doncella.

—¡Hijo de puta!

Gritaron sus amigos y se le lanzaron encima hechos una furia. Él dio un paso atrás y los esperó tranquilamente, mientras Kevin se le ponía al lado dispuesto a seguir rompiendo narices y huesos el tiempo que hiciera falta.

No solía ser pendenciero, porque normalmente los tipos no osaban plantarle cara físicamente y, además, se consideraba un hombre tranquilo, pero esa noche, por algún motivo, seguramente porque el honor de Virginia andaba por medio, se cegó y de repente se vio en el centro de una pelea tan salvaje como las de la universidad, en la que Henry Chetwode-Talbot no tardó en participar y que solo terminó cuando un coche oficial de la Guardia Real paró delante de la casa y los oficiales que bajaron de él intervinieron para parar la trifulca.

Las damas gritaban, algunas como Tracy jaleaban, y los pocos invitados que aún quedaban en la casa observaban la escena con gran interés, como si se tratara del último espectáculo de la noche. Un desbarajuste que se detuvo en seco cuando el oficial de mayor rango preguntó por el duque de Somerset y por su sobrino, lord Henry Chetwode-Talbot.

—Mi tío se marchó hace una hora, yo soy Chetwode-Talbot, ¿de qué se trata? —intervino Harry en mangas de camisa y mirando de reojo como los tres estadounidenses salían huyendo hacia el río.

—Telegrama urgente, milord, ha llegado al retén del Palacio de Buckingham. Su majestad ha ordenado traerlo inmediatamente.

—¿Cómo dice? —agarró el sobre marrón oscuro, sacó el papel que contenía y mientras lo leía fue perdiendo el color de la cara. Miró a Virginia y luego a Thomas con los ojos llenos de lágrimas—. Es de Aylesbury, mi padre ha muerto.

Capítulo 22

Dublín, Irlanda
Diciembre de 1901

Al fin conocía Irlanda, al fin pisaba la tierra de sus abuelos, pero lamentablemente las circunstancias no eran las más alegres. Respiró hondo y se limpió las lágrimas. Su suegro, lord John Arthur David Chetwode-Talbot, el honorable duque de Aylesbury, había fallecido el catorce de octubre en su casa, en su cama, pero sin ningún miembro de su familia cerca.

La dichosa partida de su madre, y su egoísta deseo de inaugurar la casa de Westminster con una gran fiesta, los había empujado a viajar a Londres sin pensar, ni en sueños, que lord John iba a empeorar de su neumonía y que acabaría muriendo dos días después de su marcha, víctima de una insuficiencia respiratoria.

Henry casi se volvió loco con la noticia. Todo el mundo, la primera ella, le había pedido que se quedara en Aylesbury con su padre, incluso el médico les había advertido que no se alejaran mucho porque nunca había visto al duque tan desmejorado. Sin embargo, él, alegando que necesitaba ver gente y pasar un par de días en la ciudad, se empeñó en ir a Londres y aquella decisión lo atormentaría el resto de su vida, o eso aseguraba entre lágrimas y fustigándose como siempre, con un inmenso sentimiento de culpa que apenas lo dejaba respirar.

Resultaba muy complicado darle algo de consuelo, no había palabras y como Thomas estaba igualmente abatido, solo quedaba ella para poner algo de cordura, tomar decisiones y actuar en medio de la tremenda pérdida. No obstante, también se le había hecho muy duro porque, aunque solo había disfrutado ocho meses de su suegro, había llegado a quererlo muchísimo, y respetarlo con todo su corazón. Esos primeros días tras recibir la noticia de su muerte, los recordaría siempre como los más difíciles y desoladores de su existencia.

Obviamente, había perdido a más seres queridos. La muerte de su abuela Hope casi la había partido por la mitad. No había nada que la consolara por aquellos días, pero al menos entonces sus padres eran los responsables, los que la arropaban y protegían, los que tomaban todas las decisiones y los que la dejaron al margen de los detalles, los trámites y los papeleos. Sin embargo, en esta ocasión, ni siquiera sabía con claridad lo que tenía que hacer, pero con Henry destrozado y Thomas inconsolable, no le quedó más remedio que cuadrar los hombros, limpiarse las lágrimas y ponerse al frente de la familia.

Lord Somerset, hermano mayor del fallecido, solo atinó a mandarle a sus abogados, que le explicaron el asunto del funeral, que no era corriente porque se trataba de un duque de Inglaterra, además de ser miembro de la Cámara de los Lores, y la necesidad casi imperiosa de hacer inmediatamente la sucesión legal del título y la herencia. Llegaron a su casa funcionarios de Buckingham Palace, de las Casas del Parlamento, el canciller de la antiquísima Orden de la Jarretera, a la que pertenecía lord John desde la muerte de su padre, y el responsable de su club de caballeros, más cientos de personas que querían dar el pésame, informarse de los detalles del deceso, o informarles a ellos de los homenajes y oficios religiosos que pretendían hacer en honor del fallecido. Una locura.

Su madre, al ver semejante trastorno, suspendió su viaje a Nueva York y decidió quedarse con ella un par de semana más. Caroline también llamó a sus abogados londinenses y entre todos empezaron a poner orden. Gracias a su madre, que siempre había sido una gestora muy eficiente (igual que su abuela) empezó a ver la luz, y cuando Thomas logró sobreponerse y apareció para tomar las riendas, ellas ya las tenía bien sujetas y andando. «Los estadounidenses, sobre todo las mujeres, Tom», le comentó su madre «no nos achantamos ante nada, y lo más importante, sabemos tomar decisiones rápidas. Tú, tranquilo y pasa tu duelo en paz».

Y así fue. El diecisiete de octubre llegaron a Aylesbury con los deberes hechos y toda la intención de celebrar un entierro y un funeral lo antes posible. Los anglicanos no solían darse mucha prisa con esas cosas, pero Henry, que no era nada religioso, accedió a su sugerencia. El entierro del duque de Aylesbury se celebró en la más estricta intimidad el día diecinueve, organizando para el veintidós de octubre un solemne funeral en la capilla de la familia, a la que asistieron muchísimas personas llegadas de todas partes, entre ellas Bridget Kavanagh, la madre de Tom, que apareció acompañada por su hija Missy y por su yerno, Frank Collins.

Virginia recordaba aquellos días como en una nebulosa, como le pasaba con su boda. Todo carreras, mucha gente, muchas personas aconsejando, hablando de normas de protocolo, de la llegada de tal o cual ilustre invitado, del servicio multiplicándose para llegar a cumplir con todo... Del pobre Williams, de luto riguroso, llevando la casa con pulso firme a pesar de la pena que lo embargaba, de la señora Wilkes o la cocinera llorando a escondidas... De Henry recibiendo a sus invitados con los ojos secos y su cortesía habitual, aunque de cuando en cuando tuviera que subir a su cuarto para pasar el mal trago a solas.

Gracias a Dios todo se había superado y cuando al fin se quedaron solos, la familia más íntima, y se miraron a los ojos, fue la madre de Thomas la que tomó el relevo y los obligó a descansar un poco.

Bridget Kavanagh resultó ser una mujer joven y llena de energía, muy simpática, con ese acento irlandés tan cálido y agradable hablando claro y regañando cuando hacía falta. Especialmente a Henry, al que trataba como a un hijo y al que consoló hasta la saciedad, hasta el día en que tuvo que marcharse y les anunció que esas Navidades, las más difíciles para los Chetwode-Talbot desde la muerte de lady Rose, las pasarían todos juntos en Dublín, en su casa, donde las penas serían más llevaderas.

Su propia madre, que acabó adorando a la señora Kavanagh porque le recordaba a su abuela Mary Fermanagh, también les suplicó que viajaran con ella a los Estados Unidos, pero ambos desistieron. Aún les quedaba mucho papeleo por hacer, muchos trámites que llevar a cabo y Henry quería pasar el duelo en su hogar.

De ese modo, su madre, sus primas, Dotty y Damian FitzRoy embarcaron rumbo a Nueva York el uno de noviembre. A Virginia le partió el corazón despedirse de ellas, pero prometió viajar a casa al año siguiente, seguramente a mediados de verano, para poder estar en la boda de Susan. Un propósito que quería mantener a rajatabla y que Henry apoyaba al cien por cien.

Afortunadamente, Theresa había decidido quedarse con ella en Inglaterra. La doncella, que era huérfana de padre y de madre, y que había llegado a la casa de los O'Callaghan con catorce años, se había enamorado de un mozo de cuadras de Aylesbury. Ya le había anunciado su intención de casarse hacía un par de meses y aquello le había permitido contar con ella para no quedarse tan sola tras la partida de su familia. Theresa era una chica estupenda, muy trabajadora, muy cariñosa y además, no era ni la sombra de Dotty, que hasta su último día allí había estado quejándose de todo y de todos.

Respiró hondo, bebió un poco de té y se asomó a la ventana de la hermosa casa de estilo georgiano que Thomas les había alquilado en Dublín. Estaba en una esquina de Grafton Street, frente al precioso St Stephen's Green, en el corazón de la ciudad, y la tenía fascinada. Era grande, elegante, tenía muchas comodidades, como chimeneas en todas las habitaciones y espacios habitables de la propiedad, y la decoración era muy agradable. Y si eso fuera poco, contaba con un amplio y eficiente personal de servicio.

Harry le había propuesto llevarse a Williams y a otros empleados de Aylesbury House a Irlanda, donde pretendían pasar un mes y medio, pero ella se había negado y había decidido darles el mes de diciembre libre, con sueldo, por supuesto, y una gratificación navideña por su espléndido trabajo y como recuerdo a lord John. Sabía que muchos de ellos no tenían adonde ir, así que dio instrucciones a Williams para que los que quisieran se pudieran quedar tranquilamente en la casa, celebrando las fiestas navideñas con todas sus necesidades suplidas y sin ninguna preocupación.

El mayordomo primero había dudado de su idea, pero finalmente había aceptado la propuesta y eso le había permitido partir hacia Irlanda el uno de diciembre, con todo bajo control y con Henry y Thomas más tranquilos y dispuestos a disfrutar de unas pequeñas vacaciones.

Henry y Thomas. Pensó en los dos y sintió un pequeño escalofrío.

Estaba segura de que quería a su marido. Henry, a pesar de sus problemas con la intimidad y de su inevitable tendencia a la melancolía, era maravilloso. Ambos habían desarrollado una relación muy dulce y cálida, se querían y compartían mucho tiempo libre, podían pasar horas paseando de la mano por el campo, montando a caballo juntos o charlando toda la noche, metidos en su cama, abrigados y tan a gusto, sin que nada los perturbara. Ella había decidido no presionarlo más con el contacto físico y él se mostraba cada día más entregado. Se besaban castamente y se acariciaban, pero el sexo seguía siendo tabú, nadie lo mencionaba nunca, tampoco cuando ella había cometido la terrible imprudencia, empujada por una borrachera, de contarle a Tom que aún no habían consumado el matrimonio.

Seguía arrepintiéndose de aquello, de lo que jamás había vuelto a tratar con su amigo, y Henry tampoco lo mentaba. Todo había quedado en un episodio incómodo, que los había mantenido lejos un par de meses, enfadados y ofendidos, sobre todo a Harry, pero nada más. Él nunca le reprochó nada, ni siquiera le contó lo de su pelea con Tom, y fin de la historia. Otro asunto que enterrar en el fondo de un cajón.

Se giró hacia Theresa, que bordaba unas sábanas nuevas que le había regalado para su ajuar, y miró la hora en el reloj de pared. Las cuatro de la tarde. Thomas le había prometido ir a tomar el té con ellos, pero llegaba tarde. Se retrasaba y no podía evitar alterarse por eso, lo echaba continuamente de menos, se le paralizaba el corazón cuando lo oía entrar, cuando miraba sus ojos celestes tan vivos o cuando lo oía reírse. Le encantaba pasar tiempo con él, era el mejor amigo que tendría jamás y necesitaba, para qué negarlo, tenerlo cerca a todas horas. Era un ser indispensable en su vida y, de hecho, a pesar del dolor y el trajín de las últimas semanas, tenerlo en Aylesbury a su lado, casi dos meses enteros, la había convertido en la mujer más dichosa del mundo.

Amaba a Henry, por supuesto, pero también quería a Tom. Los necesitaba a los dos y, aunque sonara desde fuera frívolo o ridículo, ella tenía muy claro que no podía renunciar a ninguno. Ambos eran imprescindibles en su existencia y aquello, además de desconcertarla a veces, empezaba a preocuparla un poquito.

—Señora duquesa.

—Sí —levantó la vista hacia Kelly, el mayordomo, y él le hizo una venia.

—El señor Kavanagh ha mandado una nota, no podrá venir a tomar el té, milady —le acercó el papel y ella lo abrió muy rápido—. Tampoco a cenar.

—Ya veo, Kelly, muchas gracias —se acercó a la luz de la chimenea y repasó las letras de Thomas con una desilusión enorme en el pecho: *Chicos, no puedo pasar hoy por vuestra casa. Otro compromiso ineludible. Os veo pasado mañana en la cena de Nochebuena.* ¿Pasado mañana?—. Gracias, Kelly, puede retirarse.

—Sirvo el té, milady.

—¿Sabe si mi marido...?

—Cielo... —Henry apareció de punta en blanco en el salón y le sonrió—. ¿Tomamos el té? Me esperan a la cinco y media en el Trinity College.

—Ahora mismo. Kelly, por favor, sirva el té cuando quiera.

—Por supuesto, milady.

—Tom no viene ni a tomar el té, ni tampoco a cenar.

—¿Ah no? ¿Te vas a quedar sola? ¿No quieres venir conmigo a la conferencia de O'Reilly? Será interesante, luego te traigo y me voy a cenar al club.

—No, no me apetece oír hablar de la caza del zorro, gracias —suspiró y se acercó para alisarle la pechera—. Llevamos dos semanas sin parar, hoy me quedaré tranquilamente en casa, tengo mucho que leer y alguna labor que hacer.

—Como quieras, preciosa —se inclinó y le besó la frente—. ¿Qué tal va el ajuar, Theresa?

—Muy bien, milord, aunque aún queda mucho por hacer.

—Bueno, así os entretenéis.

—¿Sabes qué compromiso podía tener Thomas esta tarde? ¿Va contigo al Trinity College?

—¿Por qué? ¿Dice que está ocupado?

—Dice que tiene otro compromiso.

—Ni idea. A la conferencia no va, seguramente se trata de otro asunto más agradable.

—¿Más agradable?

—Su madre y Missy están empeñadas en casarlo el próximo año con una buena chica irlandesa. A lo mejor le ha tocado ir a conocer a alguna de las candidatas. ¡Qué bien, Kelly! —exclamó mirando al mayordomo, que llegaba con una doncella para servir el té—. Tengo mucha hambre. ¿Gini?

—Sí, sí, voy —respondió ella mirando la torre de emparedados y pastelitos que colocaban en una mesilla, pero sin verlos porque, de repente, sin saber el motivo, el mundo entero se derrumbó bajo sus pies.

Capítulo 23

No quería casarse. No entraba en sus planes formar un hogar, tener una esposa, hijos, obligaciones familiares. Por supuesto que no, no al menos de momento, pero su madre tenía razón y a sus casi veintiocho años tal vez ya era hora de ir pensando en sentar la cabeza.

Miró la nieve cayendo a mansalva sobre Dublín y pensó en su tema recurrente: Virginia. Ella estaba sola a esas horas en su casa de Grafton Street, Henry iba a una reunión en la sede de la Ilustrísima Orden de San Patricio, una orden irlandesa, pero asociada a los códigos de caballería británica, a la que querían que se uniera. Todo el mundo los agasajaba desde su llegada a Irlanda y, a pesar de seguir ojo avizor respecto a las actividades de Harry lejos de casa, le estaban dando más libertad, estaban confiando en él. Llevaba sin probar ninguna droga desde finales de agosto y, tras la muerte de su padre, Virginia y él, creían que ya era hora de dejarlo volar solo. Y en Dublín era lo que estaba haciendo.

Se alejó de la ventana y se sentó en la butaca más cómoda de su cuarto, la que estaba junto a una chimenea de buen tiro que había transformado su habitación en un verdadero paraíso. La casa de su madre no estaba en pleno centro de Dublín, ni frente a St Stephen's Green, pero era muy acogedora, espaciosa, llena de comodidades y ella la había transformado en un verdadero hogar. Le encantaba ir a visitarla, cosa que no hacía muy a menudo por culpa de su trabajo, así que esas vacaciones navideñas le habían venido de perlas. Mucho más después de la repentina muerte de lord John, su segundo padre, una pérdida que lo había sumido en un estado lamentable durante varios días.

Gracias a Dios, Virginia había estado allí con la mente clara y el pulso firme, y había resuelto la papeleta de manera extraordinaria. Ella se había hecho cargo de todo mientras Henry y él reaccionaban, había actuado con el apoyo de su madre y los abogados, pero finalmente las decisiones habían sido suyas y todo había salido bien. Todo lo bien que podían salir después del fallecimiento de un ser querido.

Pobre Virginia. A veces olvidaban que solo tenía diecinueve años, que era una extranjera en Inglaterra, solo una chiquilla. Con carácter y buena disposición, pero al fin y al cabo una niña. Una cría que había sido capaz de asumir muchas responsabilidades en su primer año de matrimonio, a la par que su flamante marido parecía no estar nunca a la altura. O sí, dependía de quién los observara, porque Harry seguía siendo un enigma en muchos aspectos de su vida.

Harry.

Agarró un libro e intentó concentrarse en la lectura. Desde su célebre pelea por el asunto de la consumación del matrimonio, no habían vuelto a tocar el tema. Seguían siendo amigos, por supuesto, pero esa cuestión era una herida abierta entre ambos y sabía que jamás podrían cerrarla, nunca, ni cuando fueran unos viejos rodeados de nietos, jamás tendría la oportunidad de zanjar ese asunto, así que había preferido obviarlo y pasar página.

Cerró el libro y pensó en ignorar la promesa que había hecho a su madre, ponerse el abrigo e ir a ver a Virginia. Desde antes de Nochebuena no estaban a solas. Había empezado por anular una cena en su casa el dieciocho de diciembre y desde entonces todo había sido evitarla, descaradamente, aunque no se lo merecía.

La Nochebuena la habían pasado en su casa, pero en familia, y la Navidad en casa de su madre, otra vez con toda la familia, y aunque ella lo había abordado para intentar charlar con él como siempre, se había limitado a poner distancia y a hacerse el indiferente. Se estaba comportando como un verdadero imbécil, pero al parecer no cabía otro camino. No, si quería espantar los temores de su madre, y los suyos propios, que apuntaban a que se había enamorado perdidamente de ella.

—Si pudieras ver la cara con la que miras a esa muchacha... Es vergonzoso, Thomas. Se trata de la esposa de Henry, tu mejor amigo, tu hermano... —soltó su madre cuando ya llevaban casi dos semanas en Dublín. Él la había mirado con los ojos muy abiertos.

—¡¿Qué?!

—Si lo niegas es aún más vergonzoso.

—Pero ¿cómo se te ocurre que yo...?

—Eres un hombre y los hombres sucumben ante el encanto de mujeres como Virginia.

—¿Mujeres como Virginia?

—Es preciosa, inteligente, capaz, muy cariñosa y atenta. Es una jovencita muy especial, tan... americana. Pura energía y vitalidad. Seguro que no has podido evitarlo, pero ha llegado la hora de poner freno a este despropósito y alejarte de ellos.

—Yo...

—Ni se te ocurra aceptar el puesto de administrador del ducado, eso ni en sueños o acabaréis los tres muy mal.

—Madre, por el amor de Dios, estás viendo fantasmas donde no los hay. Virginia y yo solo somos amigos, los tres lo somos. Estamos muy unidos, este último año hemos compartido muchas experiencias y... en fin, no tengo por qué justificarme. Estás equivocada y punto.

—Soy tu madre, Thomas John Patrick, te conozco y, lo más importante, sé reconocer a un hombre enamorado cuando lo veo.

—Por favor... me marcho, no pienso seguir con esta discusión absurda.

—¿Por qué no te casas de una vez, Thomas? En enero haces los veintiocho y quiero tener más nietos.

—Me marcho.

—¡No me des la espalda, Thomas!

—Mira, mamá...

—Nada de «mira mamá». Si quieres honrar la amistad que nos une a los Aylesbury desde hace tantos años y el cariño que compartimos con Henry, vas a pensar un poco y vas a recuperar la cordura. Esa muchacha está fuera de tu alcance, es la esposa de Harry, deja ya de perder el tiempo con ella. Compórtate como un hombre o voy a tener que intervenir personalmente.

—¡¿Qué?!

—Ya me has oído. Si no te apartas tú, hablaré con ella y le diré lo que pasa.

—Esto es intolerable, no tengo cinco años, no pienso...

—No tienes cinco años, por esa razón espero de ti que te conduzcas con prudencia y sentido común. Así que mírame a los ojos y prométeme que te alejarás de Henry y Virginia. Son una pareja joven, necesitan estar solos, no contigo siempre por en medio.

—Estás muy equivocada, mamá.

—Prométemelo, Thomas, es por tu bien. No sigas haciéndote daño de esta forma.

Y se lo prometió. No por presiones o por miedo, se lo prometió porque seguramente ella tenía razón. Tal vez se había enamorado de Virginia O'Callaghan desde el primer segundo que la vio en Nueva York, hacía poco más de un año. Y después, cuando luchó con tanta vehemencia por su boda con Henry, y más tarde durante su travesía en barco y, finalmente, durante sus últimos meses en Inglaterra, cuando se había desvelado en toda su magnitud y había podido conocer a la mujer fuerte y maravillosa que era.

Costaba aceptarlo, pero no podía negarse a la evidencia, así que había elegido alejarse de ella, dejarla un poco abandonada en Dublín, a pesar de que tenían mil planes por hacer en la ciudad, pero para eso estaba Henry, su marido. Él tenía que cuidar de ella, Harry tenía que amarla como se merecía y él, que se estaba convirtiendo en un solterón a ojos de su madre y su hermana, debía pensar en otras cosas más importantes, como en empezar a buscar una buena chica con la que casarse.

—Señor... —la criada se asomó después de tocar tímidamente la puerta y él la miró con cara de pregunta—. Lo buscan. Lady Chetwode-Talbot lo espera abajo.

—¿Virginia Chetwode-Talbot? —preguntó como un idiota, y la muchacha asintió—. Gracias, Ruth, bajo enseguida.

—Sí, señor.

Se quedó un segundo como en suspense, pero rápidamente se recompuso. Buscó una chaqueta, se arregló un poco el pelo y bajó la escalera a la carrera. Entró en la salita de su madre y se encontró a Virginia de pie, preciosa, vestida con un abrigo y un gorro de visón, sacándose los guantes junto a la chimenea.

−¿Virginia?

−Buenas tardes, Tom. Siento venir sin avisar, pero estoy un poco preocupada −se quitó el gorro y miró a la dueña de la casa−. Se lo estaba diciendo a tu madre.

−¿Qué ocurre?

−Bueno, es Henry.

−¿Qué le pasa? −al ver la angustia en sus ojos, miró a su madre de reojo y forzó una sonrisa−. No te preocupes, mi madre está al tanto, puedes hablar con total libertad.

−Estaba invitado a una reunión en la sede de la Ilustrísima Orden de San Patricio, en Sackville Street...

−Lo sé.

−Theresa me acompañó a tomar el té a casa de lady Dorset, en Dame Street, y al salir decidí ir a buscar a Henry a su reunión, pero cuando llegamos allí me dijeron que no se había presentado, que ni siquiera se había excusado.

−A lo mejor se quedó en casa −opinó Bridget Kavanagh y Virginia suspiró.

−Salió conmigo a las tres de la tarde.

−Muy bien, vamos a ver... −Thomas sintió un pequeño vuelco en el estómago y se pasó la mano por la cara−. Tiene muchos compromisos, seguramente se entretuvo.

−No, me dijo que quería volver pronto y cenar los dos solos en casa. No le gusta nada la nieve y no quería ir a ningún otro sitio −tragó saliva y preguntó directamente−: ¿Hay fumaderos de opio en Dublín?

−Los hay en todas partes, lamentablemente.

−No nos pongamos en lo peor, por el amor de Dios −susurró la señora Kavanagh, y Virginia miró a Thomas fijamente a los ojos. Él asintió y se giró hacia la puerta principal.

—Voy a buscarlo, espérame aquí.

—No, gracias, voy contigo.

—No. Aquí sí que no te voy a llevar a ningún antro de esos.

—De acuerdo, pero prefiero esperaros en casa.

Se despidieron rápidamente de su madre, salieron a la calle donde los esperaba un carruaje y se encaminaron a Grafton Street en silencio. Él no quiso consolarla o empeorar las cosas especulando sobre las actividades de Henry, así que se concentró en mirar el paisaje invernal que los rodeaba sin abrir la boca, hasta que de pronto ella estiró la mano y la posó sobre la suya. Una descarga de energía lo estremeció de arriba abajo y solo atinó a bajar la cabeza, cogerle los dedos y acariciárselos con mucho cuidado.

—Si ha vuelto a las andadas no podré soportarlo.

—Esperemos que no sea el caso.

—Si ha vuelto a drogarse me voy a Nueva York, te lo juro por Dios.

—Primero veremos lo que ha pasado y luego decides qué quieres hacer, aunque espero que no sea marcharte tan lejos.

—Creo que hay luz en su cuarto —en cuanto bajaron del carruaje en la puerta de su casa, ella localizó por el rabillo del ojo la luz en la tercera planta—. Tal vez haya vuelto y te he hecho salir con este tiempo tan malo, Tom.

—No pasa nada, vamos... —el mayordomo les abrió la puerta y ella entró quitándose el abrigo.

—¿Ha vuelto lord Henry, Kelly?

—Hace diez minutos, milady. Buenas tardes, señor.

—¡¿Dónde demonios os habíais metido?! —exclamó Harry bajando las escaleras con los brazos abiertos—. Vaya pensando en servir la cena, Kelly, si la señora está de acuerdo. Me muero de hambre.

—¿Dónde te has metido tú? —le espetó ella muy enfadada—. Te fui a buscar a tu reunión y no habías ido.

—Me encontré con un viejo camarada de Oxford y nos fuimos a su club, ¿qué pasa? ¿Por qué te alteras tanto, Gini?

—¿Qué viejo camarada? —preguntó Tom, detectando un extraño brillo en sus ojos, y Henry desvió la vista hacia la salita.

—¿Un whiskey, Tommy?

—Te han hecho una pregunta, Harry.

—¿Qué os pasa a vosotros dos? ¿Ahora os habéis convertido en mis padres?

—No me hagas hablar, Henry Chetwode-Talbot, que estoy demasiado cabreada. Tú y yo tenemos un pacto. No me mientas.

—¿Cabreada? Vaya lenguaje, cariño —se acercó y le besó la mejilla—. Estás helada. Venga, tómate un dedito de whiskey.

—¿Qué camarada de Oxford?

—Daniel Drogheda. No me acordaba de que era de Dublín, su familia es dueña de media ciudad. Tiene unas propiedades estupendas por esta zona, tal vez deberíamos comprarle alguna.

—¿Y a qué se dedica ahora? —quiso saber Tom, se quitó su abrigo y se sentó junto a la chimenea—. Era un crápula en la universidad.

—Afortunadamente, él tiene un concepto bastante más alto de ti, Tom.

—No me extraña, yo tengo una hoja de servicio impoluta —miró a Virginia y la vio un poco tensa—. ¿Se ha casado?

—Casado y con cuatro hijos a los veintiocho años. No ha perdido el tiempo. Se dedica a los negocios de la familia, al póker y a jugar al golf.

—Vaya...

—La cena ya está, milord. Milady, ¿la servimos? —preguntó Kelly haciendo una pequeña reverencia y Virginia asintió.

—Por favor, Kelly, pero sírvala aquí, que está más templado.

—Claro, milady, enseguida.

Capítulo 24

Veintinueve de diciembre. Su primer aniversario de boda y quería sorprender a Henry con una noche especial.

Salió de la bañera de bronce que le habían subido a su cuarto, se envolvió en una enorme toalla, se secó y pidió a Theresa que la ayudara a extender por todo el cuerpo la loción de leche de almendras que le había llevado su madre desde Nueva York. Olía maravillosamente bien y sonrió pensando que a Harry le encantaba ese aroma.

Se puso un maravilloso camisón de esos que aún no había estrenado de su ajuar, su bata a juego, se cepilló el pelo y se lo dejó suelto, se echó un par de gotitas de perfume y se miró al espejo dándose el visto bueno.

Se sentía radiante esa noche y de pronto sus pensamientos volaron hacia Thomas Kavanagh. Ojalá él pudiera verla cuando se sentía así de guapa, seguro que sabía apreciarlo, seguro, porque él siempre la miraba con buenos ojos... De pronto, pensar en los enormes ojos claros de su amigo le provocó un estremecimiento tan intenso que se puso de pie de un salto, se alisó el camisón, sonrió a Theresa, que la miraba muy atenta, y le acarició el brazo.

–Gracias, Theresa, puedes retirarte por hoy.

–Está preciosa, señorita, incluso más que el día de su boda.

–Eres muy amable.

–De verdad. ¿Se acuerda los nerviosas que estábamos hace un año?

–Sí –rememoró fugazmente su agitada boda y sonrió–. Casi no me acuerdo de nada, apenas lo disfruté. Cuando llegué tu día tienes que procurar tomártelo con calma o se te pasará demasiado rápido.

–Eso está hecho, señorita.

–Muy bien. Ahora a la cama.

–¿No quiere que la acompañe hasta que llegue el señor?

–No, gracias, no te preocupes. Buenas noches.

Observó como la doncella y un mozo retiraban la enorme bañera y se sentó junto a la chimenea con un libro en las manos, aunque no pudo leer y se concentró en observar el agradable crepitar del fuego. Harry había salido a cenar con Thomas y su amigo Drogheda, pero había prometido volver antes de las diez. No había querido presionarlo para que cenara con ella, no después de la discusión que habían tenido por su «sospechosa» desaparición el día de la reunión en la Ilustrísima Orden de San Patricio. Aquella noche, en cuanto Tom se marchó, él había estallado en un enfado monumental y le había reprochado que lo dejara en evidencia delante de su amigo, que desconfiara de él y un montón de cosas más que ella no había podido rebatir, así que llevaban un par de días un poco raros. Según Henry, los trapos sucios se lavaban en casa, y, aunque Thomas fuera como uno más de la familia, no quería que acudiera a él cada vez que llegaba tarde o se ausentaba sin dar explicaciones.

Estaba ofendido, muy dolido, pero gracias a Dios se trataba de Harry y ya se había olvidado del incidente, tanto que la noche anterior la había sorprendido con un montón de rosas blancas y un regalito por su aniversario, y así había seguido todo el día veintinueve, llenándola de presentes, poemas, bombones y rosas. Un encanto, como siempre.

Ella le había mandado hacer un reloj de bolsillo, de oro macizo, que llevaba sus iniciales y su sello como décimo duque de Aylesbury, y le había preparado una noche especial en casa, los dos solos, con *champagne* francés, bombones y sus pastelillos favoritos. No se le había ocurrido otra cosa y esperaba que funcionara, que le gustara, se relajara y al fin, doce meses después de su enlace, pudieran tener su noche de bodas.

Se puso de pie y miró por la ventana. Ni llovía, ni nevaba, pero ese tempestuoso viento del norte que barría Dublín a diario lo helaba todo. Posó la frente en el cristal congelado y recordó a su abuela Hope, que siempre le hablaba de su madre dublinesa, la bellísima Mary Kilmaine, que odiaba el frío porque decía haber pasado ya suficiente en su Irlanda natal. Mary, que pertenecía a una rica familia irlandesa, había emigrado a Nueva York recién casada y convertida en la señora de Joseph Fermanagh, y en América su gran fortuna le había permitido pasar los duros inviernos neoyorquinos en el sur del país. Esa afición suya la había hecho famosa en Manhattan y ahora, tras haber sufrido en carne propia ese gélido viento de Dublín, entendía mejor a su bisabuela Mary.

Se apartó de la ventana y miró el reloj de pared: las diez menos veinte. Esperaba que Harry cumpliera con su palabra y no la dejara plantada. Quería a su marido, pero estaba segura de que jamás lograría acostumbrarse a esa falta de formalidad que imprimía a casi todos los detalles de su vida. Era impuntual, desordenado y prestaba poca atención a su entorno, todo lo contrario que ella, para quien la puntualidad, el compromiso y el control lo significaban prácticamente todo.

La habían educado con mucha disciplina y sentido de la responsabilidad. Llegar cinco minutos tarde a una cita podía desatar un drama en su familia, olvidarse de un compromiso era imperdonable y no cumplir con tu palabra un pecado mortal, así que acostumbrarse al modo de vida de Harry le costaba horrores. Afortunadamente, su padre no estaba allí para verlo, o la cosa hubiese sido mucho peor. Sonrió pensando en su padre e inmediatamente su pensamiento voló hacia Tom. Thomas era como ella, como su familia, como toda la gente que conocía en los Estados Unidos. Era formal, responsable, cumplidor, un tipo al que podías confiar tu vida y la de tus seres queridos, un hombre cabal, uno al que su padre no pondría ninguna pega.

Agarró el libro de Jonathan Swift que le había regalado por su cumpleaños, *Los viajes de Gulliver*, y acarició las hojas con la misma devoción con la que podría haberlo acariciado a él. A veces pensar en Thomas Kavanagh conseguía distraerla horas enteras y cuando lo tenía cerca, mirarlo a los ojos podía significar que se iluminara todo su día. Sabía que sentir aquello estaba mal, pero no podía evitarlo. Se inclinó para coger su rosario y rezar un poco y en ese mismo instante la puerta se abrió y Henry apareció delante de sus ojos.

—Mmm... qué bien huele —soltó a modo de saludo y le sonrió—. ¿Almendras y jazmín?

—Sí, ¿qué tal?

—Todo bien. ¿Y tú, preciosa?

—Esperándote —observó como él se quitaba la chaqueta y los zapatos y empezó a sentir mariposas en el estómago.

—Qué afortunado soy.

—¿Quieres comer algo? ¿Tomar una copa de *champagne*?

—Oh, sí, gracias. Qué pastelillos más aparentes, ¿quién los ha hecho?

—La señora Murphy.

—¡Deliciosos! —exclamó metiéndose dos en la boca y luego la observó con atención—. ¿Qué lees?

—*Los viajes de Gulliver*.

—Eso es para niños —se tiró encima de la cama y ella se levantó y se le acercó despacio—. Creo que podríamos comprar esta casa, ¿qué te parece? ¿No te apetecería tener una propiedad en la tierra de tus antepasados?, seguro que a tu madre le encanta la idea. Cuando venga el próximo verano podríais pasar una temporada aquí.

—Habrá que estudiar más opciones antes de comprar.

—Siempre tan práctica, me encanta. Pero date prisa si la quieres tener a punto para cuando regrese tu familia.

—No vendrán el próximo verano. Susan se casa en julio, ¿recuerdas? En teoría somos nosotros los que iremos a los Estados Unidos el verano de 1902.

—Claro, está bien, tú mandas. ¿Es cierto que tienes una casa en Savannah? Tu madre me comentó algo.

—Sí, me la dejó mi abuela, era la favorita de mi bisabuela Mary.

—¿Ah, sí? Me encantaría conocer el sur de los Estados Unidos. ¿Ibais a menudo?

—No mucho, la compró mi bisabuela Mary Fermanagh, se la dejó a mi abuela y ella a mí... —suspiró—. Harry...

—¿Y tu hermanita que murió al poco de nacer no se llamaba Savannah?

–Sí. A mi abuela Hope le gustaban los nombres de ciudades americanas, ya sabes: Caroline, Georgia, Louisiana, Charlotte, Savannah, Virginia... insistió en bautizar así a sus hijas y nietas.

–¿Louisiana?

–Sí, ¿quieres un poco de *champagne*?

–No, gracias, creo que me voy a ir pronto a la cama, estoy rendido.

–Yo esperaba que te quedaras conmigo –soltó, percibiendo como le subían los colores, y se sentó a su lado en la cama.

–¿Quieres que te lea algo?

–No –se recostó y lo cogió de la mano. Él se la acercó a la boca y le besó los dedos, así que Virginia, un poco animada por la respuesta, se acercó y lo miró a los ojos–. Te quiero.

–Yo también, preciosa.

–¿Estás seguro? –lo besó y él devolvió el beso acariciándole el pelo con mucha ternura.

–Claro que estoy seguro, ¿qué te ocurre?

–Nada –se inclinó para besarle el cuello, deslizó los dedos dentro de su camisa y él se puso tenso. Se apartó y se levantó de la cama de un salto–. ¿Qué pasa?

–No puedo. Me voy a la cama. Buenas noches.

–No te vayas así, por favor, Harry... –notó como se le llenaban los ojos de lágrimas y suspiró–. ¿No quieres estar conmigo? ¿Nunca vas a querer estar conmigo?

–¿Qué diantres te pasa, Virginia?

–Necesito saberlo.

–Bobadas, me voy a dormir –se agachó para recoger sus zapatos y ella se levantó también de la cama.

–El doctor Hammersmith me explicó lo que pasaba, sé que... –miró su espalda tensa y pensó que era mejor callarse, pero ya era demasiado tarde para eso, así que tragó saliva y continuó hablando–. Al menos podríamos intentarlo, Henry.

–¡¿Qué?! –se giró hacia ella hecho una furia–. ¡¿Hammersmith qué?! ¡¿Has hablado con un extraño de nuestro matrimonio?!

–No, solo me explicó los efectos secundarios del consumo de opio.

–¡¿Qué?! –agarró un jarrón del aparador y lo estampó contra la pared. Ella dio un paso atrás, pero se mantuvo firme–. ¡¿Cómo te atreves?! ¿Cómo?... Una esposa leal no pone a su marido en semejante tesitura, ¡¿cómo se te ocurre?!

–Solo intentaba entender...

–¡¿Entender el qué?!

–¿Por qué sigues sin tocarme? ¿Por qué un año después de nuestra boda sigues rechazándome? –se echó a llorar y él bajó el tono.

–No te rechazo, Virginia, simplemente no puedo, llevamos un año muy duro, la muerte de mi padre...

–Tu padre murió hace dos meses, Harry. Hoy cumplimos un año de matrimonio, no me culpes por necesitar hablar sobre esto.

–¿Se lo has dicho a tu madre?

–No.

–A alguien más además de a Tom, ¿por qué a él se lo dijiste tú, no es así? No te importó humillarme y avergonzarme delante de mi mejor amigo.

–Fue sin querer, había tomado una copa, estaba muy triste, no sé. Lo siento muchísimo.

–Es imperdonable lo que has hecho, una esposa...

–Una esposa necesita a su marido –interrumpió limpiándose las lágrimas con la mano–. Este no es un matrimonio normal, lo sé, soy consciente de que mi papel aquí era uno muy claro, el de la princesa del millón de dólares que venía para salvar tu ducado. Lo sé y no me importa, pero al menos esperaba, después de conocernos mejor y llegar a querernos, que íbamos a conseguir mantener una relación normal, tener hijos, formar una familia.

—Todo llegará.

—¿Cuándo? ¿Cuándo, si no quieres ni intentarlo?

—Desde luego, si te sigues comportando así, se me hace aún más difícil.

—¿Me culpas ahora a mí? Está bien —respiró hondo—, no discutamos más. No era lo que pretendía esta noche, solo esperaba poder acercarme un poco más a ti. Me es complicado vivir en esta incertidumbre.

—¿Tanto necesitas del sexo, Gini?

—Muy bien, suficiente. Buenas noches.

—He cambiado mi vida, he dejado mis aficiones, mis costumbres, mis amistades y todo mi universo por ti.

—Has dejado tus vicios y tus malas compañías por mí, o eso crees, pero la pura verdad es que he conseguido salvarte la vida.

—¿Salvarme la vida? Tienes un concepto muy alto de ti misma, Virginia.

—He dicho que ya es suficiente. Sal de mi cuarto y sigue viviendo como te dé la gana, no pienso volver a intentar dialogar contigo sobre esto, no te preocupes.

—¿Y qué piensas hacer?, ¿eh? ¿Por qué no te buscas un amante, como hacen todas las damas de tu clase?

—Gracias por el consejo, Harry, eres un marido estupendo —se tragó las lágrimas y le indicó la puerta con la mano—. Buenas noches.

—¡¿Y qué quieres que te diga, eh?! ¡¿Cómo quieres que reaccione cuando me acusas de impotente, de drogadicto, de no cumplir como un hombre contigo?! ¡¿Cómo te atreves a ofenderme de esta forma?!

—¡¿Y tú cómo te atreves a hablarme así?!

—No tenemos nada en común. Hago un tremendo esfuerzo por comportarme como tu marido, por apreciarte y convivir en paz contigo por todo lo que has hecho por mi familia y por mí, por todo el dinero que nos has dado, pero no me pidas más de lo que puedo dar. Este no es un matrimonio al uso, es un puto matrimonio de conveniencia y las cosas son como son... a ver si lo comprendes.

—El duque de Marlborough se casó con Consuelo Vanderbilt también por dinero y ya tienen dos hijos. Supongo que él sí sabe comportarse como un buen marido.

—¿Tú te estás oyendo? Suenas lamentable, querida.

—¿Yo sueno lamentable?

—No supliques afecto y mucho menos sexo, Virginia, ten un poco de dignidad.

—No estoy suplicándote nada, maldito arrogante —se oyó decir con el corazón latiéndole muy fuerte contra los oídos—. Y no te preocupes, mañana mismo me vuelvo a casa y no tendrás que volver a verme. ¡Fuera de mi cuarto!

—Al menos una buena noticia, así no tendré que oír tus lamentos nunca más.

Salió del cuarto, dio un portazo y Virginia se sujetó al dosel de la cama. Le temblaba todo el cuerpo, de arriba abajo. Cayó al suelo de rodillas, se aferró a la colcha y se echó a llorar ya sin contención ni consuelo.

Capítulo 25

Salió del club de caballeros de Daniel Drogheda, tras pasar por su despacho, y un bar al que le dijeron que solía ir todas las tardes, y se encaminó directo a su mansión de St Stephens Green, ubicada justo al lado contrario de la casa de Virginia y Henry.

Voló por Grafton Street, pasó bordeando la casa alquilada por sus amigos y cruzó el parque a buen paso. Hacía muchísimo frío, estaba empezando a caer agua nieve, pero apenas lo notó. Miró su reloj de bolsillo y comprobó que eran las seis y media de la tarde, una hora muy inapropiada para visitar cualquier residencia privada sin invitación, pero no tenía más remedio que ir hasta allí y comprobar si este tipo sabía algo de Harry.

Hacía hora y media Virginia había aparecido en casa de su madre destrozada y pidiendo ayuda. Entre lágrimas les contó que Henry se había marchado de casa. Había cogido su equipaje, todas sus cosas y había desaparecido en plena noche sin hacer ruido y dejando encima de su cama una nota que rezaba: *Lo siento*.

–Nos hemos dado cuenta después de la comida –explicó ella sin parar de llorar–. Yo pensaba que estaba en su cuarto enfadado y que por eso no abría a nadie, pero no... Kelly mandó a uno de los mozos con leña para la chimenea y cuando abrió la puerta se encontró la habitación vacía y las ventanas abiertas de par en par. Incluso pensé que se había lanzado al vacío...

—¡Jesús bendito! —exclamó su madre y se santiguó—. No digas eso ni en broma, hija.

—¿Y por qué estaba enfadado? —quiso saber Thomas y Virginia se tapó la cara con las dos manos.

—Anoche tuvimos una discusión tremenda, nos dijimos cosas terribles.

—Todos los matrimonios discuten, hijita, seguro que Harry vuelve a casa esta noche. Tú tranquila.

—Madre —susurró Thomas sin dejar de observar el aspecto desolado de Virginia—, ¿puedes traer uno de tus remedios para los nervios?

—Claro, ahora vengo.

—No pienso tomar nada, tengo que estar alerta... —protestó Virginia poniéndose de pie. Él se acercó y le cogió la muñeca.

—Shhh, dime, ¿qué ha pasado?

—Una pelea como nunca habíamos tenido —soltó un sollozo—. Le pedí que se quedara conmigo anoche y se negó, yo dije cosas que jamás debí decir y él respondió con otras tantas barbaridades. Le aseguré que me iba de vuelta a Nueva York hoy y ahí quedó todo.

—Está enfadado, se le pasará, ya sabes cómo es.

—Esta vez no, esta vez ha sido grave y sé que se ha ido con sus drogas lejos de mí. No quiero que esté a mi lado por obligación, pero tampoco quiero que se mate por mi culpa.

—No digas eso...

—Me dijo que solo era amable conmigo por lo que había hecho por su familia, por mi dinero, pero que en realidad le parecía una mujer lamentable, por suplicar amor y...

—¿Te dijo eso? —se le tensaron los músculos de todo el cuerpo y cerró los puños—. ¿Se ha atrevido a...?

—Yo dije cosas aún peores. Supongo que le falté al respeto y los dos perdimos los papeles —se pasó la mano por la cara—. Créeme, Tom, esta vez ha sido muy grave, sé que está ofendido, dolido y que buscará consuelo donde no debe.

—Ya estoy aquí —Bridget regresó con una tisana, se acercó a Virginia y se la puso en las manos—. Tú te tomas esto y te quedas conmigo mientras Thomas va a buscar a Henry. Seguro que da con él enseguida, esta es una ciudad muy pequeña.

—No quiere tomar nada, mamá, muchas gracias.

—Tú te callas.

—Dice que ya se encuentra mejor.

—No te metas, Tom.

—En serio, deja...

—¡Thomas John Patrick! Sé tratar a una joven asustada y nerviosa. Tú ve a buscar a Harry y déjanos solas, ella estará bien.

Y así fue, las dejó en casa acompañadas por Theresa y se marchó a buscar a Henry sin mucho éxito. Preguntó por los fumaderos de opio, los clubs clandestinos y los antros más populares de la ciudad, y nadie supo darle una respuesta satisfactoria, así que pensó en Daniel Drogheda.

Ese tipo era de la misma cuerda de Henry. Verlo después de varios años solo le había confirmado que, a pesar de estar casado y ser padre de familia, seguía siendo un crápula, un viva la vida que seguramente había dado cobertura a Harry en sus andanzas por Dublín. Si es que eso había pasado, Virginia tenía razón, y su amigo había huido de casa para volver a las andadas, como siempre.

Y si esos eran los hechos, aquello representaba un verdadero desastre, otro paso atrás, un fracaso inmenso no solo para Harry, sino también para su mujer, que se había dejado la piel en su curación, en cuidarlo antes y después de la muerte de su padre, en estar con él «en lo bueno y en lo malo, en la salud y en la enfermedad» y que estaba demasiado afectada como para intuir lo que acabaría haciendo si se confirmaban sus temores. Lo peor esta vez no era solo que Henry hubiese sufrido su enésima recaída, lo más duro, lo que más le preocupaba, lo aterraba en realidad, era la reacción de Virginia, las decisiones que pudiera llegar a tomar y que tal vez la empujaran a dejar Inglaterra de inmediato para volver a los Estados Unidos.

Ella estaba en todo su derecho de abandonar a Henry e incluso pedir el divorcio. Lo sabía, era consciente, pero si se iba, si decidía marcharse, no estaba seguro de lo que podría llegar a hacer él para impedirlo. Virginia no era su mujer, ni su novia, ni su prometida, no podía obligarla a nada, no obstante, no era capaz de imaginar su vida si ella. No podía vivir sin ella, de eso estaba seguro, y si tenía que llevar a rastras a Henry de vuelta a casa para que le pidiera perdón de rodillas y conseguir así que ella se quedara, lo haría, no le cabía la menor duda. Haría eso y todo lo que fuese necesario para no perderla.

—Señora Drogheda —saludó cuando la mujer de Daniel apareció en el recibidor con cara de pregunta—. Siento molestar a estas horas, pero se trata de una emergencia. Me llamo Thomas Kavanagh, estudié con su esposo en Oxford y soy amigo de lord Chetwode-Talbot, el duque de Aylesbury.

—¿Y?

—Estoy buscándolo y pensé que tal vez Daniel podría ayudarme, yo...

—Mi marido no está aquí.

—Lo sé, me lo ha dicho su mayordomo, pero aun así he querido hablar con usted. ¿Sabe dónde podría encontrarlo?

—Se ha ido a París, o eso me dijo.

—¿París?

—Va mucho a París. Allí tiene negocios, amistades y la prostituta a la que mantiene a mis espaldas... —soltó como si tal cosa y lo miró de arriba abajo, coqueta—. ¿Su amigo tiene mucho dinero?

—¿Cómo dice?

—¿Aylesbury? ¿Tiene mucho dinero? Porque si lo tiene, seguro que Daniel se lo ha llevado con él. No anda muy bien de efectivo, ¿sabe?

—¿Cuándo tenía planeado viajar a París? —preguntó obviando la pregunta y ella se encogió de hombros.

—Nunca lo planea, simplemente se aburre, se va al puerto y se larga a Francia. Lo hace siempre.

—Muchas gracias, y siento las molestias —se dio la vuelta y ella lo detuvo alzando la voz.

—¿No quiere tomar algo conmigo? Estamos a punto de cenar. ¿Es usted de Dublín? Creo que nunca lo había visto antes, si no, seguro que me acordaría.

—No, muchas gracias. Tengo que encontrar a Aylesbury. Buenas noches.

Salió de aquella enorme mansión con la convicción de que Henry se había largado a Francia con Daniel Drogheda. Una certeza clara se le asentó en el pecho, pero había que confirmarlo y solo logró hacerlo tras visitar el puerto y acudir a un hermano de su madre, su tío Joe Hanninghan, que trabajaba en aduanas y que no puso ninguna pega en ayudarlo. Él sabía perfectamente quién era la familia Chetwode-Talbot, y también quienes eran los Drogheda, así que accedió a revisar los manifiestos de ese día, la lista de pasajeros de todos los barcos que habían zarpado rumbo a Francia, y en menos de media hora le confirmó la peor, aunque más probable, de las opciones.

–Chetwode-Talbot y Drogheda embarcaron a las ocho de la mañana en el Santísima Trinidad rumbo a Cherburgo. Llegan la próxima madrugada a Francia.

–Madre de Dios –él se apoyó en la pared y respiró hondo.

–¿Sabes quién es ese Daniel Drogheda, Tom?

–Sí, estudiamos juntos en Oxford.

–¿Ah sí? Pues menuda pieza. Es muy peligroso. ¿Qué hace Henry con él? ¿No acaba de casarse? ¿No estaba con su mujer pasando las Navidades en Dublín?

–Sí, pero... ya sabes. Harry tiene sus problemas y...

–No lo sé, no conozco sus problemas, pero espero que no sean legales porque ese Drogheda no es de las mejores compañías. Además de dilapidar la fortuna de su familia, hace contrabando con lo que puede, nada bueno, claro. Es un sinvergüenza y dicen que en París regenta varios de esos locales donde la gente rica se mata a fuerza de fumar aquella mierda. No deberías acercarte mucho a él, hijo, aunque sea un antiguo camarada de estudios, no te conviene, tú eres abogado...

–¿Opio? –preguntó pensando en cómo se lo iba a decir a Virginia, y su tío asintió.

–Opio, sí, y otras mierdas importadas de esas. Un peligro, hazme caso.

Capítulo 26

Una princesa del millón de dólares visita Dublín en Navidad, rezaba el titular de la columna de sociedad del *Irish Times*. Un periódico en teoría serio, que no había tenido ningún reparo en llamarla así en su cara, acompañando el artículo con una fotografía suya del brazo de Henry, saliendo de una cena con el alcalde de la ciudad. Deslizó el dedo por encima de la imagen un poco borrosa y se quedó prendada de la sonrisa y la elegancia de su apuesto marido, flamante duque de Aylesbury, guapísimo, impecablemente vestido de frac, con su chistera negra y una amplia capa de piel en el mismo tono sobre los hombros. Inmejorable.

Observó fugazmente su propio aspecto de niña tímida y seria, pegada a él por culpa del frío, luciendo su abrigo de visón y un sombrero negro, porque seguían estando de luto, y pasó a leer el contenido de la columna de un tal Mr. O'Hara, que hablaba de ellos como si los conociera de toda la vida:

Lady Virginia Chetwode-Talbot, de soltera O'Callaghan, es hija de una de las familias más ricas de Nueva York, una de las seis fortunas más poderosas de los Esta-

dos Unidos. Dejó su país natal tras casarse con el único hijo del recientemente fallecido duque de Aylesbury, para iniciar junto a él una nueva vida en Inglaterra, convirtiéndose, de paso, en una más de las llamadas «Princesas del millón de dólares». Se trata de un selecto club al que pertenecen damas de renombre como sus compatriotas Consuelo Vanderbilt, actual duquesa de Marlborough o Consuelo Yznaga, duquesa de Manchester. Como ellas, O'Callaghan aportó a su matrimonio una enorme suma de dinero, un fideicomiso de veinte millones de dólares y una jugosa dote, que este reportero no ha podido confirmar, pero que le aseguran supera el millón de dólares.

Lady Chetwode-Talbot, ahora duquesa de Aylesbury tras el fallecimiento de su suegro, llegó al Reino Unido para salvar el maltrecho patrimonio de su familia política. Ha renovado completamente las arcas de su marido y ha salvado el ducado de Aylesbury a golpe de talonario, regalando una nueva vida a uno de los títulos más antiguos y tradicionales de Gran Bretaña.

La joven dama, de diecinueve años, llegó estas Navidades a Dublín para disfrutar de las fiestas en la tierra natal de sus antepasados, aseguró a sus más allegados, y pudimos verla esta semana radiante y muy hermosa junto a su esposo, el honorable duque de Aylesbury, lord Henry Chetwode-Talbot. El matrimonio aún no tiene hijos.

Acabó de leer aquello y se puso de pie con un enorme agujero abriéndosele en el estómago.

No sabía qué le dolía más, si lo de «ha renovado completamente las arcas de su marido», «ha salvado el ducado de Aylesbury a golpe de talonario» o que se aireara de esa manera tan frívola el monto de su fideicomiso o su ausencia de hijos. Todo era de un despropósito tal, que se le llenaron los ojos de lágrimas. Era horrible verse expuesta de esa manera y precisamente en ese momento, cuando ni siquiera estaba Henry a su lado para tomarse el tema a risa, burlarse del periódico y acabar quitándole hierro al asunto.

Ella era perfectamente consciente de que la llamaban «Princesa del millón de dólares», primero en su propio país, luego en Inglaterra, también de boca del mismísimo Henry. Sabía que se la consideraba igual que a las otras estadounidenses ricas que habían acabado casándose con aristócratas europeos arruinados a cambio de un título y prestigio social. Lo sabía, no era idiota, incluso ella se refería a sí misma de ese modo cuando se enfadaba, pero en el fondo, aunque había ayudado a Harry y a lord John con su dinero, quería creer que principalmente lo había hecho por amor.

Ella se había prendado de Henry Chetwode-Talbot en Nueva York. Le habría dado igual si era duque, príncipe o cochero cuando lo conoció. Él la había enamorado y se había casado amándolo, o eso seguía creyendo. Aunque él dijera que no la quería y que la soportaba por puro agradecimiento, ella, en su cabeza y en su corazón, sabía que se había casado por amor y aquello era lo único que le quedaba. Eso nadie podría arrebatárselo jamás, dijera lo que dijera aquel periodicucho que no la conocía en absoluto, o jurara lo que jurara Harry... al que, por cierto, pensaba liberar de su matrimonio en cuanto fuera posible.

Harry.

Suspiró mirando el reloj de pared y se envolvió mejor en su chal. Las tres de la tarde. Él llevaba veinticuatro horas desaparecido, bueno, no del todo desaparecido porque al menos Thomas había conseguido averiguar que se había marchado a Francia en compañía de ese tal Daniel Drogheda, un personaje oscuro y peligroso al que Tom había calificado de crápula y que parecía ser el compañero perfecto para que Henry recayera otra vez en el opio y la mala vida.

Thomas no le había ocultado nada. Con su serenidad y sentido común habitual, la miró a los ojos y le explicó todo lo que había averiguado en el puerto, incluidos los rumores que apuntaban a que Drogheda era un contrabandista y que regentaba fumaderos de opio en París. Estaba claro. Henry, tras su última gran pelea, ofendido y dolido, había decidido coger el camino de en medio, y no iba a ser ella la que se lo impidiera. Si se quería matar a base de su veneno, que lo hiciera. Ella ya había hecho todo lo humanamente posible por él, lo había intentado ayudar y él ni siquiera era capaz de valorarlo, así que, sintiéndolo mucho, y en contra de sus creencias religiosas, estaba dispuesta a dejarlo en paz, regresar a Nueva York y solicitar el divorcio.

Una mujer católica no se divorciaba, era pecado mortal, su deber era aguantar y cuidar de su marido. Sin embargo, como bien le había explicado Thomas, la no consumación del matrimonio era motivo de peso para que la Iglesia anulara el enlace, y estaba dispuesta a esgrimir esa causa para conseguirlo. Le dolía en el alma dejar en evidencia a Henry, pero él mismo la había empujado a eso. Ni siquiera la quería, así que lo más sensato era tomar decisiones, divorciarse y pasar página de una vez.

–¿Virginia? –Thomas tocó la puerta de su dormitorio y asomó la cabeza–. Disculpa, pero Theresa me dijo que querías verme aquí arriba.

–Sí, Tom, pasa, por favor. Gracias por subir, prefiero hablar contigo a solas –lo animó a sentarse en su saloncito y él lo hizo un poco incómodo. Ninguna mujer decente recibía a otro hombre que no fuera su marido en sus aposentos privados, pero a ella le daba igual. Eran amigos y no estaban para protocolos estúpidos precisamente en ese momento–. ¿Aún estás pensando en ir a buscar a Henry?

–Sí, zarpo esta misma noche.

–¿En Nochevieja?

–No me importa, aquí no celebramos mucho esta fiesta.

–En Nueva York es la mejor y más alegre noche del año –suspiró, pensando en su familia con un poco de congoja, y se sentó frente a él–. Puedes hacer lo que quieras, yo te apoyaré, pero que sepas que no estoy de acuerdo. Lo he pensado mucho y creo que deberíamos dejarlo en paz, no tiene cinco años.

–No voy a permitir que se mate lejos de casa, es mi amigo, mi her...

–Tu hermano, lo sé y te entiendo, pero creo que precisamente el que todos hagamos lo que sea por cuidar de él solo lo perjudica, así nunca madurará.

–Me da igual. Ahora hay que buscar soluciones, ya habrá tiempo para analizar y para...

–De acuerdo, está bien –lo interrumpió, y le acercó un sobre–. Aquí tienes letras de cambio y algo de dinero en efectivo para ayudarte en la búsqueda de Henry, no quiero que escatimes en gastos.

–Ni hablar –se puso de pie y cuadró los hombros–. No necesito tu dinero.

–No es mi dinero, también es el de Henry, y es para que puedas viajar con más soltura e incluso para que puedas pagar a quien te cobre por decirte dónde está. Ya sabemos cómo van estas cosas, lo comprobé a tu lado en Londres.

–No. Mira, Virginia, no me ofendas dándome dinero.

–No te estoy dando dinero, es una inversión para encontrar a Harry. No existe dinero en el mundo que pueda pagar lo que haces por él. No me ofendas tú a mí rechazando mi aportación a tu viaje y a todo lo que se te viene encima porque... –se pasó la mano por la frente, miró hacia la calle, donde en ese momento empezaba a caer una nevada, y luego a él a la cara– yo ya no estaré aquí para ayudarte.

–¿Cómo dices? –entornó los ojos claros y ella respiró hondo–. ¿Qué piensas hacer? ¿Te vas a los Estados Unidos antes de volver a ver a tu marido?

–Sí, me voy a Aylesbury mañana, recogeré mis cosas y partiré enseguida hacia Nueva York. Lo haré desde Liverpool, ni siquiera tendré que pasar por Londres.

–No, no puedes hacer eso. Tienes que hablar con él.

–No hay nada que hablar con Harry, Tom, ya nos lo dijimos todo anteayer.

–No, no puede ser, estáis ofuscados y dolidos y...

–No –se puso de pie y se cruzó de brazos–. Creo que ya he cumplido con mi parte. Me casé con él, hice mi aportación al ducado, cuidé de su casa, de su padre, de él mismo en las peores condiciones posibles, incluso después de saber que me había ocultado algo tan grave, tan fundamental, como su adicción recurrente al opio. Nunca podremos tener un matrimonio normal, él no me quiere, apenas me tolera, según me confesó aquí mismo anteanoche y, siendo sincera, prefiero saberlo ahora que seguir viviendo una fantasía inútil el resto de mi vida.

–Tienes razón, la tienes, no te la voy a negar, pero ya sabes cómo es Henry. No tiene tacto, a veces no sabe expresarse, sin contar con el hecho, casi probado, de que seguramente estaba drogado la noche que te soltó todas esas barbaridades.

–Es igual.

–Harry no es consciente de nada de lo que dice, no actúa con maldad. Al contrario, simplemente es una víctima de sí mismo.

—¿No te das cuenta de que toda la gente que lo queréis vivís justificando y perdonando sus errores?

—Eso no es del todo cierto.

—Lo es. Parece que siempre hay que perdonarlo a él, entenderlo a él, comprender su sufrimiento, sus problemas. ¿Qué pasa con todos los demás, Tom? ¿Qué pasa con nosotros? ¿No tenemos derecho a enfrentarlo y a decidir, de una maldita vez, alejarnos de él?

—Escucha, vete a Aylesbury. Espéralo allí y habla una última vez con él. Si no lográis un acuerdo, yo mismo te llevaré a Liverpool, te lo pido por favor.

—Jamás podremos tener hijos, que es lo que más quiero en el mundo, no podremos formar una familia. Sus problemas con el opio se lo impedirán, lo sabes, me lo explicó el doctor Hammersmith, y mucho menos si Henry no soporta la idea de tener que tocarme.

—¡Dios! —Thomas se pasó la mano por la cara muy incómodo y ella le dio la espalda.

—Es la verdad, Tom, siento decírtelo así, pero esa es la realidad de mi futuro, así que permíteme ser un poco egoísta. No creo que merezca tanto rechazo.

—Por supuesto que no.

—Gracias.

—¿Vas a pedir el divorcio?

—En cuanto pise Nueva York. Pero no te preocupes, no voy a reclamar nada de la dote o de lo invertido en el ducado.

—Eso no me preocupa.

—Muy bien. Entonces, solo espero que tú y yo sigamos siendo... —se volvió hacia él y se calló de golpe al ver sus ojos llenos de lágrimas. Se le acercó y solo atinó a acariciarle el brazo—. Todo va a ir bien, seguro que Harry está bien, regresa contigo y...

—No deberías marcharte.

–No puedo más, te lo juro por Dios.
–¿Y qué pasa conmigo?
–Bueno, espero que no te olvides de mí...

Bromeó y lo miró a los ojos, esos preciosos y enormes ojos celestes que siempre la miraban con ternura, e intentó sonreír, pero no pudo, fue incapaz ante su mirada tan intensa, tan profunda, tan vehemente, que le provocó un tremendo y desconocido estremecimiento por todo el cuerpo, e instintivamente dio un paso atrás.

Aquello no podía ser apropiado, no era lo correcto, pensó, haciendo amago de alejarse y salir corriendo, pero fue incapaz de hacerlo porque una fuerza sobrehumana la empujó hacia Thomas Kavanagh. Se acercó a él otra vez, estiró la mano y le acarició la mejilla. Él se inclinó un poco mirando su boca, ella se puso de puntillas y lo besó.

Capítulo 27

Llevaba un año casada y de pronto, besando a Thomas, descubrió que en realidad nunca la habían besado.

La primera en dar el paso había sido ella, impulsada por una fuerza desconocida que obró el milagro de desvanecer su timidez, sus reparos y su vergüenza. De repente todo a su alrededor desapareció y solo fue capaz de verlo a él, de sentirlo a él, de desearlo a él, y ya no pudo hacer otra cosa que besarlo, cumpliendo un sueño que parecía llevar ocultando y controlando toda la vida.

Le sujetó la cara y lo besó, sintiendo su aliento cálido y delicioso pegado a su boca, separó los labios y buscó su lengua con decisión y entonces él, que hasta ese momento parecía estar completamente desconcertado, dejó de estarlo, la agarró por la cintura con propiedad y comenzó a besarla con un ímpetu y una entrega que ella jamás imaginó podía ser posible.

Era muy alto y creyó desaparecer entre sus brazos, entre sus grandes y cálidas manos, cuando la asió por la nuca y por la espalda con brío para besarla con más libertad, sin dejar en ningún momento de ser delicado y dulce. Era adorable y permitió que explorara sus caderas y acabara enredando los dedos en su pelo suelto, bajara la boca y le lamiera el cuello antes de volver a besarla contra el dosel de la cama, cuando llegaron hasta allí en volandas, sin que ninguno de los dos opusiera la más mínima resistencia.

En ese momento sintió que ardía igual que una batea, todo su cuerpo reaccionó y empezó a sentir un calor extraordinario que le subía por los muslos hasta el vientre, hasta los pechos, y una necesidad imperiosa de desnudarse para poder sentir a Tom incluso más cerca. Estiró la mano, le abrió la camisa de un tirón y le lamió con la boca abierta el pecho cubierto por un precioso vello dorado que sabía a gloria, lo olió con devoción y él la empujó encima de la cama, tiró del borde de su vestido y le atrapó los pezones con la lengua. Llegados a ese punto creyó morir, literalmente, de puro y auténtico placer.

–¡Dios! –exclamó, intentando apartarse de ella, cuando ya lo tenía entre sus piernas y estaban casi desnudos, pero lo sujetó por los hombros con fuerza y no le permitió moverse–. Esto no está bien, no está bien. Perdóname, Virginia, te suplico perdón de rodillas.

–¡No!, no te vayas, no hemos hecho nada malo, los dos lo deseamos. Por favor, mírame, Thomas.

–No puedo, Harry es mi mejor amigo.

–A él no le importa lo más mínimo, por favor –se incorporó y lo besó en el cuello primero y luego en los labios. Era tan guapo, pensó mirando sus ojos celestes, y le sonrió–. Quédate conmigo.

–No es lo correcto. No está bien, tú estás casada y…
–¿Casada?

–En la práctica es así y tu marido es mi amigo, no puedo hacer esto, aunque lo desee con toda mi alma –se zafó de su abrazo y se puso de pie intentando colocarse la ropa, se agachó para coger su camisa del suelo y susurró muy bajito–. Yo te quiero, te respeto, te amo desde el primer minuto que te vi, eso no lo voy a negar ahora, pero no puedo estar contigo, no de esta forma. No es adecuado, lo sabes mejor que yo.

–Me importa poco lo que sea adecuado, solo quiero estar contigo... –contestó impresionada por aquella confesión romántica tan directa, y se atusó el pelo–. Creo que yo también te he querido siempre, desde el principio.

–Pero te casaste con Harry.

–Porque tú no me lo pediste antes –bromeó, intentando suavizar el momento y buscó sus ojos–. Los dos sabemos que lo de Harry solo fue una quimera, contigo siempre ha sido diferente.

–Es igual, no está bien y debo irme. Lo siento.

–No, por favor, no te vayas así.

–Adiós, Virginia. Espero que comprendas que no puedo volver a verte.

–¡Thomas! –se sentó en la cama y se echó a llorar viendo como hacía amago de abrir la puerta–. Tú no, por favor, no me rechaces tú también, no podría soportarlo.

–No te rechazo, eso es imposible, ¿cómo voy a rechazarte? Yo te amo.

–Es lo que parece.

Se giró otra vez hacia ella y se puso las manos en las caderas, respiró hondo varias veces, la miró a los ojos, tiró la ropa al suelo y volvió a la cama sin darle tiempo a reaccionar.

Virginia lo recibió con lágrimas en los ojos e intentó sonreír, pero fue imposible entre los besos y las caricias que se hicieron cada vez más urgentes e intensas, casi desesperadas, hasta que notó que no le quedaba ni una prenda de ropa encima. Estaba a merced absoluta de Thomas Kavanagh, el primer hombre que la veía desnuda en toda su vida y que, sin embargo, parecía conocer cada centímetro de su inexperta y temblorosa piel.

—Te amo —le dijo pegado a su oído y ella cerró los ojos preparándose para recibirlo dentro de su cuerpo. Aquello llevaba esperándolo mucho tiempo y estaba nerviosa, un poco asustada, pero lo deseaba con toda su alma—. No voy a hacerte daño.

—Lo sé, yo también te amo, Tom.

Él se detuvo un segundo para mirarla a los ojos y ella se perdió en los suyos, celestes y tan brillantes, le acarició el pelo revuelto y de repente sintió como se estremecía entera, de arriba abajo, al percibir que palpaba su intimidad con los dedos.

Sin poder controlarlo se arqueó pegándose a su boca y él la penetró con un movimiento preciso y contundente que la hizo soltar un pequeño quejido. Un suspiro que Thomas acalló besándola profunda y lentamente mientras se mecía deliciosamente dentro de su cuerpo, animando a sus caderas a seguir el ritmo de forma instintiva y natural, de manera tan coordinada que al fin pudo comprender la misteriosa frase pronunciada por el obispo de Nueva York el día de su boda: «El marido y la mujer se convertirán en un solo cuerpo, una sola alma».

—¿Estás bien?

—Sí, muy bien —le contestó regalándole una enorme sonrisa. Él se apoyó en los codos, sin separarse de ella, y le besó la frente. Unos segundos antes había perdido un poco el control y se había desplomado soltando un quejido hondo y ronco contra su cuello.

—¿Segura?

—Sí —levantó las manos y le acarició la cara. Thomas siempre iba muy pulcro e impecable, y tenerlo tan cerca, a su entera disposición, desnudo y despeinado, le llenó el corazón de ternura—. ¿Y tú estás bien?

—No sé qué decir —se apartó y se tumbó sobre las almohadas tapándose la cara–. Esto es lo peor que he hecho en toda mi vida, voy a ir directo al infierno.

–¿Perdón?

–No es por ti, Virginia, por supuesto que no –enseguida se sentó y le sujetó las manos–. Ha sido maravilloso, tú eres maravillosa. He soñado con esto durante meses. No se trata de eso, se trata de algo que se llama lealtad, fidelidad, amistad, honor y...

–Todo eso carece de importancia para mí, sobre todo en un momento así.

–Lo sé, lo siento –la abrazó y le besó la cabeza–. Disculpa.

–Yo te quiero, creo que siempre he estado enamorada de ti y me siento muy feliz, muy agradecida a Dios, de que tú seas el primer hombre de mi vida.

–Soy yo el que debo agradecer a Dios que quisieras estar conmigo. Ahora mismo me siento el tipo más afortunado del universo, aunque no pueda olvidarme de Henry y de que tú eres su mujer.

–Yo no soy su mujer. Su esposa legal sí, una compañera tal vez. ¿Una pariente o una amiga?, eso seguro, pero no soy su mujer, no digas eso nunca más.

–Está bien.

–¿Te casarás conmigo cuando consiga el divorcio? –le acarició los labios con un dedo y le sonrió.

–Virginia... –soltó una carcajada y ella siguió el gesto muy atenta.

–Soy la segunda mujer de mi familia que te pide matrimonio, Thomas Kavanagh, no me digas que no.

–Amor mío –se acercó y la besó.

–Ya que me he aprovechado de ti, te convertiré en un hombre decente. Podemos vivir en Nueva York, lejos de todo esto. Conseguiremos ser muy felices, te doy mi palabra de honor.

—Sería feliz contigo en cualquier parte.
—¿Pero?
—Cada cosa en su momento. Primero hay que encontrar a Henry, ponerlo a salvo, hablar con él, solucionar tu divorcio...
—Santa madre de Dios —susurró, y se apartó tapándose con las sábanas.
—¿Qué?
—¿Él siempre estará por encima de nosotros?
—¿Cómo dices?
—Acabamos de hacer el amor por primera vez, ha sido el momento más importante de mi vida, te digo que te amo, que quiero casarme contigo y tú solo atinas a nombrar a Harry.
—Es mi amigo, tu marido, ha desaparecido rumbo a no sé qué siniestro destino, Virginia, perdona que no pueda olvidarme de él, más aún después de...
—¿De mancillar a su esposa virgen?
—Por favor, no hables así.
—Está bien, lo siento, es que...
—Te amo, eres lo más importante de mi vida. Mírame —la obligó a mirarlo a los ojos—. Pero no podemos ignorar que Harry sigue existiendo, ¿puedes entenderlo?
—Sí.
—Muy bien. Te quiero.
—Yo también te quiero.

La observó un segundo más con mucha atención y luego se recostó sobre las almohadas. Ella se giró y se le acurrucó sobre el pecho. Sin venir a cuento, de pronto, un pinchazo de tristeza le pellizcó el corazón. De repente todo estaba tambaleándose otra vez, nada era tan seguro como necesitaba que fuera y un escalofrío le recorrió la espalda de arriba abajo.

Thomas percibió que algo ocurría y le acarició el

pelo, buscó su boca y la besó. Ella respondió con cierta urgencia, acariciándole el pecho con la mano abierta y él comprendió que ya estaba lista otra vez. La acomodó sobre el colchón, le lamió los pechos ronroneando, dejó que ella le mordiera el cuello y los labios y finalmente la penetró con más energía que la primera vez, lanzándose ambos, al unísono, a hacer el amor como si no existiera nadie más, nada más, en todo el mundo.

—¡Thomas! —llamó y se despertó de un salto. Miró hacia la ventana y enseguida comprobó que ya era noche cerrada y que todo estaba oscuro y en silencio. Se giró en la cama y no lo encontró, se quedó unos minutos intentando asimilar lo que había pasado y sonrió, aunque inmediatamente un latigazo de preocupación la puso en guardia y la empujó a levantarse.

La casa parecía estar tranquila y la chimenea casi se había apagado. Encendió las lámparas de gas, acercó unos troncos para animar el fuego y se miró a sí misma con curiosidad. Seguía completamente desnuda, con el pelo largo tapándole levemente las nalgas. Se tocó los pechos erectos e irritados por los besos y las caricias de Thomas y algo pegajoso entre las piernas la hizo detenerse un poco asustada. Se inspeccionó el interior de los muslos y entonces descubrió ese líquido blanco y algo viscoso que tenía allí y que tradujo inmediatamente. Se trataba del esperma de Tom, de su simiente, eso sí lo sabía porque Tracy se lo había explicado con detalle antes de la boda.

Lo miró con mucha curiosidad y deseó con toda su alma que Dios hubiese querido obrar el milagro de la concepción. Un hijo de Thomas era mucho más de lo que se atrevía a soñar y volvió a sonreír como una idiota.

Hasta que pensó en Theresa y se lanzó con prisas hacia su cama, apartó la colcha y enseguida vio las sábanas manchadas de sangre. La evidencia innegable de que acababa de perder la virginidad, algo muy difícil de explicar a su doncella un año después de haberse casado con Henry, así que las arrancó de un tirón, las hizo un ovillo y las guardó en el cesto de la ropa sucia, buscó su bata y salió al pasillo.

—¡Theresa!

—Sí, señorita —ella apareció de inmediato y la miró muy dispuesta.

—Que me suban una bañera de agua caliente, por favor, y trae sábanas limpias, hay que cambiar mi cama.

—La mudé esta mañana, señorita Virginia.

—Lo sé y lo siento, pero me ha bajado el periodo y las he manchado.

—Vaya por Dios, por eso ha estado encerrada toda la tarde, ya decía yo.

—Sí, eso.

—¿Le subo la cena?

—Después del baño, por favor.

—Cómo no, señorita.

Desapareció por el pasillo mal iluminado y ella volvió a la habitación pensando en dónde estaría Thomas y en cómo había conseguido salir de su cuarto sin llamar la atención del servicio.

Sus planes iniciales eran zarpar hacia Francia esa misma noche, pero ¿por qué no se había despedido de ella? ¿Tal vez había sido demasiado directa o exigente con él? Tal vez lo había asustado con su «sinceridad de las colonias» como la llamaba Harry, tal vez se había arrepentido de todo lo ocurrido y no lo volvería a ver.

Cerró las cortinas y se acercó nuevamente a la cama intentando no entrar en pánico y no empezar a adelantar acontecimientos. Tiró las colchas y los cojines al suelo y entonces vio una nota que permanecía doblada debajo de su almohada:

Te amo, lo primero que debes tener claro es que te amo más que a mi vida, pero, aun así, no puedo dar por bueno lo que ha pasado entre nosotros. No es correcto, ni justo, ni apropiado. Nunca debí permitirlo. Yo, que soy mayor que tú y un hermano para tu marido, debí impedirlo. El error ha sido mío y te pido perdón de rodillas.

Espero que puedas comprenderlo, Virginia, eres la mujer más inteligente y fuerte que he conocido en toda mi vida y sé que podrás entenderlo y aceptarlo. No podemos volver a vernos, y menos aún de este modo, no voy a permitir que estropees tu futuro por mi culpa.

Te amaré el resto de mi vida. Jamás podré olvidarte.
T.K

Capítulo 28

Aylesbury, Inglaterra
Mayo de 1902

Hacía calor, mucho, y apenas podía soportarlo.

Salió al pasillo y una corriente de aire muy agradable la recibió refrescándola de inmediato. Se apoyó un segundo en la balaustrada de la escalera, respiró hondo y bajó hacia la biblioteca con paso firme, tenía algunos temas que tratar con Williams y la señora Wilkes, y no podía retrasarlo más.

—Duquesa... —saludó Williams poniéndose de pie, al igual que el ama de llaves, y ella les hizo un gesto para que se sentaran.

—Buenos días. Si les parece bien vayamos al grano, no quiero separarme de Henry más de lo necesario.

—Por supuesto, milady.

Les sonrió y abrió su libro de cuentas, ellos hicieron lo propio con sus libretas de gastos y adquisiciones y empezaron a desgranar sin mucha emoción los asuntos concernientes al gobierno de Aylesbury House. Un sinfín de tareas que en realidad le importaban muy poco, aunque era su obligación atenderlas. Suspiró y fijó la vista en sus papeles, sin poner demasiada atención al acento tan pulcro y plano de su eficiente mayordomo.

Desde mediados de enero, es decir desde hacía ya cuatro meses, había asumido en exclusiva el control y la administración del ducado.

Tras regresar de Dublín con la intención clara de volver lo antes posible a los Estados Unidos, nada había ido como esperaba. Al pisar Aylesbury, y en ausencia de Harry, tuvo que empezar a ejercer como duquesa consorte y no le quedó más remedio que retrasar su viaje hasta nuevo aviso, especialmente cuando le llegó un telegrama de la embajada británica en París, en el que el mismísimo embajador le informaba de que Henry había sido localizado, al fin, en la capital francesa, pero que su delicado estado de salud le impedía trasladarse inmediatamente a Inglaterra.

Las novedades eran preocupantes e imaginó que debía estar realmente mal para no poder embarcar rumbo a casa, pero mantuvo la calma y siguió planeando su retorno a Manhattan y su inevitable divorcio. Ella era de decisiones firmes y no iba a dar un paso atrás, mucho menos después de lo que había pasado con Thomas Kavanagh.

Thomas.

Pensar en él le provocaba un dolor físico concreto. Se apoyó en el respaldo de la silla y respiró hondo para evitar las lágrimas. No quería llorar delante de sus empleados, eso sí que no, aunque claro, Williams y la señora Wilkes podían pensar que lloraba por Henry, que estaba cada día peor y no levantaba cabeza.

Tras la primera noticia de la embajada sobre él, le llegaron dos telegramas más, uno de Tom rogándole que esperara a su marido en Aylesbury porque estaba muy grave, y otro del embajador anunciándole que Harry sería trasladado al Reino Unido por petición expresa suya y que lo haría en compañía de un médico y una enfermera. Viajaba bajo estricta vigilancia médica porque estaba muy enfermo, agonizante, decía el telegrama, y a ella no le quedó otra opción que permanecer en la casa y preparar su recibimiento de la mejor forma posible.

El dieciséis de marzo, Henry entró en camilla a Aylesbury House. El médico, la enfermera y cuatro mozos lo llevaron a sus habitaciones y ella, junto con los empleados de la casa, lo siguieron sin poder creer lo que tenían delante. Era como un fantasma, había perdido mucho peso, tenía la piel blanca y apergaminada y respiraba con mucha dificultad.

El doctor Hammersmith apareció con dos de sus asistentes y tras un exhaustivo examen y una breve charla con el paciente, que solo atinaba a hablar con un hilito de voz, la llevó a la biblioteca y le dijo que ya no había marcha atrás, que su marido había sobrepasado todos los límites, que había consumido el dichoso cóctel Brompton varias veces al día durante más de un mes y que tenía todos los órganos vitales destrozados.

—¿Qué me quiere decir, doctor Hammersmith? —interrogó con las manos en las caderas.

—Los pulmones encharcados, los riñones destrozados, el hígado apenas funciona, el corazón se apaga. Está desnutrido y deshidratado. No tengo buenas noticias, milady.

—¿No podrá rehabilitarse esta vez? ¿No podemos hacer nada?

—La rehabilitación ya es inútil, lady Chetwode-Talbot, Henry se muere.

—¿Cómo que se muere? Ha salido de otras peores, lleva media vida...

—Exacto, sus hábitos de vida, durante tanto tiempo,

lo tienen destrozado por dentro y esta última recaída no ha hecho más que adelantar lo inevitable. Muchas veces le advertí que si seguía así se mataría porque, aunque sea joven y sano, el organismo tiene un límite, y él acaba de superarlo con creces.

—No puede ser. ¿Y ahora qué?

—Procuraremos que llegue al final sin dolor y con la mayor paz posible.

Le costó asimilar el panorama que tenía por delante y que además debía asumir sola, porque Thomas había desaparecido de sus vidas. El médico francés que viajó con Harry desde París le explicó que el señor Kavanagh se había despedido de ellos a las puertas de Aylesbury House, tras pasar un infierno con Henry, y que solo había pedido que se le informara puntualmente de su evolución, y así se estaba haciendo. Ella no le escribía ni le mandaba telegramas a su despacho de Londres. No quería invadir la distancia enorme que había interpuesto entre ambos, pero procuraba que Williams sí lo hiciera.

—Duquesa, ¿duquesa? —la voz de Hammersmith la sacó de golpe de sus ensoñaciones, se enderezó en la silla y le prestó atención.

—Dígame, doctor.

—Creo que ha llegado el momento. Ha empeorado mucho, milady.

—¡Bendito sea Dios! —exclamó la señora Wilkes y se santiguó.

—Gracias a Dios que mandamos aviso al señor Kavanagh, el duque insiste en que quiere despedirse de él.

—Lo sé, doctor... —se levantó y se pasó la mano por la cara. Lo peor del mundo era ser testigo de la agonía de un ser querido y, aunque sonara terrible, noche tras noche le pedía a Dios que acabara de una vez por todas con el sufrimiento de Henry. Así pues, sintiendo un gran alivio en el alma, cerró los ojos y luego miró a sus empleados con calma–. No creo que Harry quiera vernos tan abatidos, esperaremos lo que Dios decida con tranquilidad y de momento seguiremos con la vida normal de la casa, ¿de acuerdo?

–Sí, duquesa.

Agradeció el apoyo del mayordomo y el ama de llaves, acarició el brazo de Williams, que parecía desolado, y subió al dormitorio de su marido despacio. Afortunadamente, los últimos meses habían sido un bálsamo para los dos. Habían hablado horas y horas, se habían confesado todos sus secretos, sus temores, se habían perdonado. Henry le había pedido disculpas de corazón por todo lo que había pasado entre ellos y estaban en paz. Al menos eso creía y así se lo transmitía a él, que a los veintiocho años ya sabía que la vida se le escapaba entre los dedos.

–Hola, Gini –susurró al verla, y ella despidió a la enfermera con una venia y se recostó a su lado.

–¿Qué tal vas?

–Quiero hablar con Tom.

–Le mandaron un telegrama ayer, no te preocupes.

–Necesito hablar con él, no quiero… –tosió y ella le agarró la mano–. No quiero irme sin darle las gracias y sin explicarle…

–Shhh, no te preocupes, hay tiempo para todo.

–No lo sé. Hammersmith me ha mirado muy raro hoy. Ese hombre no sabe disimular nada –bromeó y ella le sonrió.

–Ni caso, tú descansa.

–¿Has comido, Gini?

–No, cariño, estaba atendiendo unos asuntos de la casa, luego comeré.

–Tienes que comer.

—Lo sé, pero ahora no tengo hambre.

—Si no lo haces por ti, hazlo por el muchachito —estiró la mano y se la puso sobre el vientre. Al fin estaba asomando su incipiente embarazo, a poco de cumplir cinco meses de gestación, y a Harry le encantaba acariciarle la tripa.

—Muchachito o muchachita.

—Creo que es un chico. ¿Ya has decidido el nombre? Yo sigo apostando por John Thomas.

—John seguro, ya te he dicho que quiero llamarlo Jack.

—Jack...

—Es como llamamos en América a los John.

—Es como llamáis los norteamericanos de origen irlandés a los John.

—Eso mismo.

—De acuerdo, es perfecto, y Thomas también. A nadie le llamará la atención que mi primogénito se llame como mi mejor amigo.

—Si es chico se llamará John Patrick Henry, Jack Chetwode-Talbot, y no pienso discutirlo más contigo.

—¿Sabes que Tom se llama Thomas John Patrick? Qué casualidad.

—Bueno...

—Y si es niña, Rose como mi madre. ¿Me lo prometes?

—Por supuesto. Ahora, a descansar.

—John Patrick Henry Chetwode-Talbot. A mi padre le encantaría.

—Lo sé, a mi padre también le hará ilusión que lleve su nombre.

—Claro... —balbuceó, y ella le acarició el pelo.

Henry forzó una sonrisa y se durmió. Solía dormirse sin aviso y siempre la asustaba un poco, así que agarró el espejito de la mesilla y se lo acercó a la boca para comprobar que seguía respirando. Sus momentos de vigilia eran cada día más cortos y procuraba estar con él durante esos minutos, porque le encantaba verla y charlar con ella. A veces le decía que quería morir en sus brazos, y eso la conmovía hasta las lágrimas.

Henry era así, cariñoso y sensible. Tom tenía razón, era un hombre extraordinario, divertido, generoso y amable cuando estaba bien, y sabía que le sería durísimo retomar su vida sin él. Hacía casi cinco meses había decidido pedir el divorcio, pero el destino los había llevado por otros derroteros y en la actualidad se le partía el alma en dos cada vez que pensaba que lo iba a perder para siempre y que tendría que seguir su vida sin él. Sin Henry, sin Thomas, pero con su bebé.

Cerró los ojos y recordó cómo le había contado lo de su embarazo. Él llevaba un mes de vuelta en Aylesbury, había empezado a comer con regularidad, a sentarse en la cama y una noche, charlando los dos a oscuras en su habitación, y teniendo claro que cuatro faltas solo podían significar que estaba en estado, se armó de valor y se lo soltó sin muchos preámbulos.

—Harry, necesito contarte algo muy delicado.
—¿Estás embarazada?
—¿Qué? ¿Cómo...?
—Theresa me comentó que tenías náuseas matutinas y que estabas más radiante que nunca. Dos signos evidentes, al parecer, del estado de buena esperanza.
—¿Theresa?
—Viene a verme y me hace compañía, es una chica muy lista. La mujer perfecta para Phil, serán muy felices.
—¿Qué? —se incorporó para mirarlo a la cara y él le guiñó un ojo.
—No me importa. En lo que a mí respecta, es mi hijo.

—Harry, yo... No sé...
—¿Quién es el padre? Dime, por favor, que se trata de Thomas.
—¡Santa madre de Dios! Eres de lo que no hay.
—¿Es Tom? —ella asintió y él soltó una risa suave—. Por supuesto, está loco por ti desde que te vio en Nueva York. Ha intentado disimularlo, pero no sabe mentir... ¿Cuándo va a nacer?
—Si Dios quiere, a finales de septiembre.
—Es maravilloso. ¿Tú estás bien? ¿Qué dice Thomas?
—Yo estoy bien y él no sabe nada. Dejó de hablarme cuando... en fin... —se sonrojó y volvió a recostarse sobre las almohadas—. Después de estar juntos. Se sentía muy culpable, desleal, mal amigo y mil cosas más.
—Me lo imagino. No te preocupes, yo hablaré con él.
—No hace falta, no quiero forzar nada.
—Está bien. Pero necesito que me jures una cosa, Gini.
—Lo que sea.
—Independientemente de tu futura relación con Thomas, júrame que este niño será oficialmente y a todos los efectos hijo mío.
Ella guardó silencio y él le sujetó la mano.
—Este ducado, esta familia, no podía soñar con un heredero mejor y más apto que un niño que lleve tu sangre y la de Thomas. Si tengo que morir ahora, moriré feliz sabiendo que un hijo vuestro ocupará mi lugar y el de mi padre al frente de esta casa.
—Harry...
—Será un niño maravilloso y el mejor Aylesbury de la historia. Tú te ocuparás de convertirlo en un hombre íntegro y fuerte, lo sé... —le besó los dedos y sonrió—. Y yo velaré por todos vosotros desde donde esté, te lo prometo.

A partir de esa noche no dejaron de hacer planes para el bebé. Ella nunca había sentido miedo o preocupación por su embarazo. Enterarse de que estaba encinta fue la mejor noticia que pudo recibir por aquellos aciagos días, y sabía que no necesitaba de nadie para criar a su hijo, pero tener a Henry al corriente y de su parte resultó ser un gran alivio.

Enseguida anunciaron que estaban esperando un hijo, mandaron telegramas a los Estados Unidos y a todos sus parientes y amigos cercanos, a todos menos a Tom, y todo el mundo dio gracias a Dios, sinceramente, por el milagro de mandarles un niño en ese momento tan trágico, cuando Henry se encontraba al borde de la muerte.

Primero sintió como tocaban la puerta y acto seguido la profunda y característica voz de Thomas Kavanagh.
—Lo siento.
Virginia se puso de pie de un salto y lo miró de frente. Venía agitado y un poco despeinado, con el sombrero en la mano, y ella no abrió la boca hasta que él cuadró los hombros y desvió la vista hacia el enfermo.
—Siento molestar, no sabía que estaba durmiendo.
—Duerme casi todo el día.
—Me mandaron llamar, yo...
—Lo sé, puedes quedarte con él. A ratos despierta y le encantará verte.
—Gracias.

El estómago se le contrajo y el corazón se le subió a la garganta solo con verlo. Había soñado mil veces con un reencuentro con él, no en esas condiciones, por supuesto, pero sí un último reencuentro que le confirmara que Thomas Kavanagh existía, que no era un producto de su imaginación sino un hombre de carne y hueso al que había amado y del que iba a tener un hijo.

Bordeó la cama evitando mirarlo y percibió como la observaba muy atento, sin moverse. Se estiró el vestido de verano y entonces comprendió que esa tela fina y liviana, sin corsé, difícilmente ocultaba lo evidente. Lamentó la impresión, pero no le importó, le dio la espalda y salió del dormitorio a toda prisa y sin despedirse.

Capítulo 29

—Hermano —susurró Henry, y él se acercó a la cama muy mareado, y no solo por culpa del calor, el viaje precipitado desde Londres o el mal aspecto de su mejor amigo.

—Hola, Harry, ¿cómo te sientes?

—Ya ves, no muy bien. Gracias por venir, Tom.

—Tenía muchas ganas de verte, pero el trabajo, el despacho...

—Ya sé que no quieres ver a Gini, no disimules conmigo.

—¿Yo? Bueno, en realidad...

—Es igual, lo importante es que has venido. Me estoy muriendo, amigo.

—No digas eso, tú siempre sales de todo. Pronto te pondrás bien y podrás viajar a Nueva York. ¿No tenéis la boda de Susan este verano?

—Se casó en enero, cuando pisó Manhattan ya iba embarazada —soltó una risa suave y Thomas movió la cabeza—. Menudo sinvergüenza el tal FitzRoy, a Gini nunca le gustó ese tipo.

—A mí tampoco.

—¿Tu madre y tu hermana?

—Bien. Mi madre viene de camino, quiere verte y aprovechar el verano en Aylesbury. Missy muy ocupada con su familia.

—¿Le has dicho a tu madre que venga? Seguramente no llegará ni para mi entierro.

—Deja de decir tonterías, Harry. Si no quieres que te parta la cara, mejor cállate —buscó una silla y se sentó al lado de la cama.

—¿Tú y cuántos más?

—Cuando te canses me lo dices y te dejo solo.

—Estoy bien. He pensado mucho en nuestros padres estas últimas semanas. ¿Te acuerdas de lo que los hacíamos rabiar cuando veníamos de Eton?

—Lo sé, menudo par. No sé cómo sobrevivimos a tanta gamberrada.

—Teníamos suerte, Tommy.

—Tú más que yo. Tengo rotos casi todos los huesos del cuerpo.

—¿Y lo bien que has salido? Mírate, camarada, un prestigioso abogado, con nombre y reconocimiento. Vas a llegar muy lejos, Tom.

—Espero que tú lo veas —de pronto miró sus ojos oscuros carentes de todo brillo y se le congeló el pulso. El médico tenía razón, no le quedaba mucho tiempo de vida y aquella evidencia lo dejó sin palabras.

—Tom, escucha. Me muero, es así, ya no hay vuelta atrás. He intentado matarme muchas veces, a conciencia con el opio o el cóctel Brompton, y esta vez ha sido la definitiva. Estoy en paz con Dios, me voy tranquilo, no quiero luchar más, ni hacer sufrir más a mis seres queridos. Lo has intentado todo conmigo y por eso quería darte las gracias, Tommy, eres el mejor amigo que un hombre podría desear. Gracias por no abandonarme nunca, gracias por ayudarme a conquistar a Gini, por salvar mi casa, gracias por estar siempre a mi lado, al de mi padre... No llores –estiró la mano y la posó sobre la suya–. Hemos vivido mucho, hemos sido unos afortunados, Thomas. No me voy añorando nada, te lo juro por Dios.

–No deberías rendirte. El doctor dice...

–Hammersmith habló claro conmigo desde un principio. No más intentos. Se acabó y quiero que lo entiendas tú también.

–No me pidas eso.

–Te necesito entero. Vamos a tener un hijo y no quiero que dejes a Virginia sola –le apretó la mano y buscó sus ojos–. Sé que es tuyo, sé lo que pasó y no puedo sentirme más feliz de saber que el ducado queda en manos de Gini y de su hijo, que siendo vuestro, es el mejor heredero al que Aylesbury podía aspirar. ¿Thomas?

–¿O sea que es verdad? ¿No he visto visiones? ¿Virginia está embarazada? –se puso de pie y se limpió las lágrimas con el dorso de la mano.

–Ya se le empieza a notar. Está preciosa, fuerte como siempre, pero te necesitará al lado. Ella te ama, aunque está demasiado dolida contigo como para reconocerlo, y sé lo que tú sientes por ella, siempre lo he sabido.

–Henry...

–No digas nada, el pasado no importa. El bebé nacerá a finales de septiembre, si Dios quiere. Yo ya no estaré aquí, y a todos los efectos será mi hijo póstumo, mi heredero.

–¿Tu hijo póstumo?

–Es lo más lógico, ella es mi esposa.

–¡Dios, Henry!

–Será duque de Aylesbury. Mi patrimonio, mis tierras, mi título, todo pasará a manos de Virginia y del niño.

—¿Y ella qué opina?

—Ella está de acuerdo, por supuesto. Será el undécimo duque de Aylesbury, demasiados siglos a mi espalda como para que se extingan conmigo.

—Mira, estoy muy confuso. No sabía ni que estaba embarazada, no puedo... —el mareo otra vez. Se puso las manos en las caderas respirando hondo.

—Tras un tiempo prudencial podrás casarte con ella y criar a vuestro hijo juntos. Solo que tu hijo se apellidará Chetwode-Talbot en lugar de Kavanagh, ¿te importa?

—Claro que me importa.

—Thomas...

—¿Qué quieres que te diga? ¿Pretendes que pase por alto algo tan importante? ¿Qué...?

—Ella será mi viuda y dará a luz a mi hijo póstumo. Si intentas impedirlo y reconocer a su hijo la dejarás en evidencia, se convertirá en una mujer adúltera, ¿no lo entiendes? —tosió y se movió incómodo en la cama. Thomas se le acercó y él levantó la mano para tranquilizarlo—. No puedo hablar demasiado, me fatigo enseguida. Lo siento.

—Harry...

—Shhh, calla y escúchame, no me queda mucho tiempo. El niño será un Chetwode-Talbot, es la mejor forma de protegerlo, de honrar nuestro matrimonio y de salvaguardar este ducado. Eres el tipo más noble y honesto que conozco, sé que harás lo correcto, Tom.

—Esta vez pides demasiado.

—Todo está decidido, solo te suplico que la apoyes. Ella sigue siendo una extranjera en Inglaterra, necesitará... —volvió a ahogarse y Thomas le acercó un poco de agua—. Te necesita. También quiero que sepas que no te juzgo, ni te odio, ni te desprecio por haber dejado embarazada a mi esposa, hermano —forzó una sonrisa—, al contrario, desde el minuto uno estaba claro que ella era para ti. Yo nunca fui un buen marido, y jamás conseguiría serlo. Nunca he estado a su altura. Sin embargo, tú...

–Vamos, descansa, ya seguiremos hablando en otro momento.

–No habrá más momentos, Tom.

–Calla, tranquilo... –notó como convulsionaba y un hilito de sangre empezó a asomarse por su nariz. Se asustó y corrió hasta la puerta para llamar al médico–. ¡Doctor!

–¿Qué ocurre? –Hammersmith llegó enseguida acompañado por sus ayudantes y se acercó a su paciente con el ceño fruncido–. ¿Henry? Mírème. ¡Milord!... Smith, corra, llame a la duquesa.

–¿Qué le pasa, doctor?

–Creo que ha llegado la hora, señor Kavanagh, no tiene apenas pulso. Si quiere, espere fuera.

Thomas retrocedió y observó como Henry dejaba de respirar unos segundos. Los médicos trataron de incorporarlo y reanimarlo, pero todo esfuerzo parecía inútil. Era terrible verlo perder la vida delante de sus ojos, sin embargo, no pudo moverse y cuando oyó entrar a Virginia seguida por Williams, tuvo que apoyarse en la pared para no caerse al suelo.

Ella corrió y se arrodilló al lado de la cama para besarle la frente y cogerle las manos.

–Harry, cariño, estoy aquí. Mírame, cielo, mírame, por favor. Henry, mírame, estoy contigo –sollozaba y sonreía a la vez, hasta que Hammersmith dejó sus artilugios médicos a un lado y le habló con calma.

–Lo siento, duquesa, lord Henry ha muerto.

Segunda Parte

Capítulo 30

Nueva York, Estados Unidos
1 de octubre de 1906

—¡Jack! —llamó, y el pequeño salió corriendo muerto de la risa.

—Es un rebelde, igual que su madre —susurró Tracy, y ella la miró moviendo la cabeza—. Menudo diablillo estás hecho, Jack Chetwode-Talbot. ¡Ven aquí!

—¡No! —protestó y su tío Kevin lo pilló desprevenido, lo cogió en brazos y lo hizo girar en el aire.

—Está precioso —Caroline O'Callaghan suspiró viendo a su nieto disfrutar de su fiesta de cumpleaños y abrazó a su hija por la cintura—. Acabáis de llegar y ya estoy sufriendo por vuestra marcha.

—Nos quedamos hasta febrero, mamá, aún tenemos tres meses y medio por delante.

—Y pasarán volando, como siempre. Deberías quedarte en Manhattan, ¿para qué volver a vivir sola a ese caserón tan grande de Buckinghamshire?

—No vivo sola, estamos rodeados de gente que, por cierto, adoran a tu nieto, y tengo mucho trabajo y obligaciones.

—Bla, bla, bla, cada día te pareces más a tu padre.

—Me tomaré eso como un cumplido.

—Señora Virginia —una doncella se le acercó y le entregó un sobre—. Un telegrama de Inglaterra, acaban de traerlo.

—Gracias, Poppy.

Miró a su hijo, comprobó que estaba feliz jugando con Kevin y dos de sus primitos y entró al salón de sus padres, donde cientos de adornos recordaban el cuarto cumpleaños de Jack. Cuatro años ya desde ese uno de octubre de 1902, cuando lo había dado a luz en Aylesbury House, asistida por una partera y el médico de la familia, con su madre y Tracy a la cabecera de su cama y sin mayor dificultad, al contrario, con bastante rapidez y fortuna.

Al día siguiente, el dos de octubre, ella cumplió los veinte años y desde entonces celebraban sus respectivos cumpleaños juntos. Una costumbre que sus padres estaban encantados de reproducir ese año en Nueva York, donde acababan de llegar para disfrutar de unas cuantas semanas de vacaciones.

Abrió el telegrama y leyó con una sonrisa el saludo de cumpleaños que enviaba Williams en su nombre y en el de todos los empleados de Aylesbury. Un detalle precioso, pensó, y se imaginó lo que estarían echando de menos al pequeño, al que todo el mundo quería, cuidaba y mimaba hasta la saciedad. Una consecuencia más de haber nacido sin padre.

Obvió ese pensamiento un tanto deprimente y subió a su antiguo cuarto de soltera para descansar un poco y cambiarse. Llamó a su niñera, le pidió que vigilara a Jack, subió las escaleras a la carrera y se encerró en su habitación. Se alegró de poder estar un rato a solas y se acercó al tocador viendo todos los telegramas de felicitación que llevaban recibiendo desde muy temprano. Eran al menos una docena, pero los ignoró todos y se fue directa al que había llegado primero que los demás, lo agarró y leyó en voz alta:

–«Querido hijo, muchas felicidades, que Dios te bendiga. Te llevo siempre en mi corazón. Tu padre, Thomas Kavanagh».

Respiró hondo y sintió como se le llenaban los ojos de lágrimas, pero se recompuso enseguida, tragó saliva y guardó el dichoso telegrama en el compartimento secreto de su joyero.

–Maldita sea, Tom, maldita sea –susurró y se sentó en la cama con un agujero enorme en el estómago.

Desde que el niño había nacido, Thomas lo saludaba puntualmente, a través de telegrama, por su cumpleaños y por Navidad. Siempre el mismo texto, siempre dirigiéndose a él como hijo, y aquello la partía en dos, le volvía a remover un montón de recuerdos llenos de dolor e impotencia, y le estropeaba el ánimo unos cuantos días. Era muy injusto, innecesario y lo odiaba por eso, a pesar de lo cual, guardaba todos sus telegramas por si un día, cuando Jack fuera mayor, se animaba a dárselos y a hablarle de su verdadero padre.

Se soltó el pelo y decidió desvestirse para estar ocupada, pero fue imposible detener la avalancha de recuerdos que se le vinieron encima: la muerte de Henry, su entierro, la tremenda pelea con Thomas Kavanagh en la biblioteca de la casa, cuando su familia y amigos aún lloraban a Harry tras el funeral celebrado tres semanas después de su fallecimiento.

Sus padres, que habían salido de Nueva York a mediados de abril, no alcanzaron a llegar a tiempo de ver a su yerno con vida, pero al menos llegaron solo unos días después de su muerte para apoyar a su hija, consolarla y ayudarla con toda la burocracia y los trámites que seguían al deceso de un miembro de la nobleza británica.

Ya había pasado por algo parecido con la muerte de lord John, pero con Harry fue diferente. Ella no estaba muy en forma, encima embarazada y destrozada por la pérdida, y no contó para nada con el apoyo de Thomas, que se encerró en un cuarto de Aylesbury House a llorar a solas la muerte de su mejor amigo, abrumado por un sentimiento de culpa tan inmenso que ni su madre, ni nadie, consiguieron consolarlo.

Aquellas semanas fueron desoladoras. No habían acabado un luto y ya estaban inmersos en otro si cabe más doloroso, porque Henry había muerto con solo veintiocho años y sin haber llegado a conocer a su primogénito. Una verdadera tragedia.

Aparecieron en la propiedad parientes, amigos, conocidos, camaradas, miembros de la familia real, inquilinos, antiguos empleados... Un sinfín de personas a las que hubo que atender y agradecer como era debido, y que le impidieron en parte derrumbarse del todo.

Afortunadamente, sus padres, que desembarcaron en Inglaterra con su pequeño séquito de asistentes y su prima Tracy, se hicieron cargo de mucho trajín, lo mismo que Bridget Kavanagh y el duque de Somerset, que no se separaron de su lado. Y cuando al fin, a las tres semanas, llegó el día del gran funeral, todo estaba más o menos bajo control. Todo menos Thomas Kavanagh.

Se cepilló el pelo mirándose al espejo y no le costó nada rememorar los ojos celestes de Tom, esa mirada transparente y hermosa que se transformó en algo muy diferente aquel día, cuando después de la misa la agarró de un brazo, la metió en la biblioteca y tras cerrar la puerta con llave se volvió hacia ella y la señaló con el dedo.

—Tú y yo tenemos que hablar, Virginia.

—¿Ahora? Hay mucha gente ahí fuera, tengo...

—Me importa un carajo la gente, esto es importante.

—Llevas tres semanas sin dirigirme la palabra... —se sentó en una butaca y lo miró a los ojos—. Perdona, tres semanas no, cinco meses sin hablarme, ¿y no puedes esperar a que se vayan las visitas?

—No, y no te pongas sarcástica conmigo porque no estoy de humor.

—Déjame en paz, Tom —se puso de pie e hizo amago de salir, pero él le cortó el paso—. Déjame pasar.

—No, vuelve ahí y siéntate.

—No quiero.

—Siéntate, Virginia. Por favor.

—Lo que tengas que decir lo puedo oír de pie. Vamos —lo animó con un gesto—, ¿qué quieres?

—Quiero hablar de mi hijo. Tu padre dice que te vuelves con ellos a Nueva York la semana que viene, que quieres dar a luz allí y no pienso permitirlo, yo...

—¡¿Qué?!

—Ya me has oído, ese niño es mío —le miró el vientre hinchado y se pasó la mano por la cara—. Tengo derecho a opinar.

—Este niño es mío y de Henry, tú no tienes nada que opinar.

—Mira —se puso las manos en las caderas y le clavó los ojos celestes—, no voy a discutir ahora lo evidente. Henry, tú y yo sabemos la verdad, no pretenderás que renuncie a mi primer hijo por...

—¿Y qué piensas hacer? Porque hasta hoy, que yo sepa, no te has interesado lo más mínimo por mi bienestar o el de mi hijo.

—Estas últimas semanas no me has dejado ni mirarte a la cara, me has evitado y me has hecho toda clase de desplantes. He esperado porque entiendo tu dolor, pero se acabó. Hay que aclarar este asunto inmediatamente.

—¿Qué asunto?

—Vamos, Virginia, no me insultes haciéndote la tonta conmigo.

—No tengo nada que hablar contigo, mucho menos en lo referente a mi hijo, el hijo de Henry, que nacerá donde yo decida, que para eso soy su madre. Fin del asunto. Ahora, si me disculpas, tengo cosas que hacer.

—No –la agarró de un brazo y ella bajó la cabeza intentando contenerse y no ponerse a gritar–. Tú y yo siempre nos hemos entendido bien, somos amigos. Hablemos, por favor. Harry quería que no te dejara sola...

—No metas a Harry en esto.

—Hablamos el día que murió y me pidió que...

—Y tú y yo hace tiempo que dejamos de ser amigos –lo interrumpió zafándose de su mano–. Concretamente desde el treinta y uno de diciembre del pasado año, cuando tras acostarte conmigo me abandonaste con una miserable nota, alegando no sé cuántos prejuicios y culpas. Yo estaba dispuesta a todo por ti, iba a pedir el divorcio, podríamos haber tenido una vida normal, sin dramas ni tragedias porque Henry lo hubiese aceptado y comprendido perfectamente. Sin embargo, decidiste deshacerte de mí, así que no quiero hablar nunca más contigo. Ese era tu deseo entonces, que no nos viéramos más, y eso haremos. Buenas tardes.

—Lo siento, siento mucho haberte hecho tanto daño, me arrepentiré toda mi vida. Perdóname, pero...

—Adiós, Thomas –hizo amago de ir hacia la puerta y él la detuvo otra vez.

—Yo te amo, nunca he dejado de amarte.

—Acabo de enterrar a mi marido, tengo el corazón roto, no pretenderás que escuche todo eso en este momento –tragó saliva ya con lágrimas en los ojos, pero se mantuvo firme y sin mirarlo a la cara–. Preferiría que te marcharas hoy mismo de Aylesbury. Sin Henry, ya no se justifica tu presencia aquí.

–Lo siento, Virginia. Por favor, mírame.

–¡No me toques! –lo esquivó con violencia y él levantó las manos.

–Si te marchas, ya no tengo ningún motivo para seguir viviendo.

–Hace cinco meses no te importó si yo podía o no seguir viviendo sin ti.

–Era una situación extrema, Harry…

–Te he dicho que no metas a Harry en esto.

–Escucha, está todo muy reciente, es verdad. Tomémonos unos días y volvamos a discutirlo. Me iré a Oxford para asistir al oficio religioso organizado por nuestro colegio mayor y volveré…

–No vuelvas, no quiero verte, Thomas, ¿no lo entiendes? –lo miró a los ojos y él reculó–. Olvidarte es lo más difícil que he hecho en toda mi vida, así que, por favor, si alguna vez de verdad sentiste algo por mí, déjame en paz.

–No puedo dejarte en paz. Estoy enamorado de ti, estás esperando un hijo mío.

–Haberlo valorado antes de abandonarme de esa manera en Dublín.

–Lo siento.

–Ya basta –llegó a la puerta, pero antes de abrirla se volvió hacia él–, y no vuelvas a decir que este es tu hijo, porque no lo es. Es el hijo de Henry, se apellidará Chetwode-Talbot y se criará honrando a su padre y a su familia, así que olvídate de nosotros de una maldita vez.

–Virginia.

–Si eres un hombre de verdad, vete sin mirar atrás, Thomas. Si realmente Harry era tu hermano, ahora es un buen momento para demostrarlo. Estoy segura de que no quieres perjudicarnos, ni a mi hijo ni a mí, y tampoco deshonrar la memoria de Henry poniendo en duda su paternidad.

—No se trata de eso.

—Se trata precisamente de eso. Y ahora, si me disculpas, tengo invitados que atender. Adiós.

Salió sollozando al pasillo y se apoyó en la pared antes de seguir caminando. Thomas, gracias a Dios, no la siguió, pero lo oyó romper algunas cosas contra el suelo, blasfemando en arameo y seguramente maldiciéndola a ella y a toda su familia. Mejor así. Todo destruido en un momento y para siempre.

No volvió a verlo, porque él se marchó enseguida de Aylesbury.

Cuatro meses después de aquella discusión, y tras desechar su inminente vuelta a los Estados Unidos, nació Jack, John Patrick Henry Chetwode-Talbot, en su casa familiar de Inglaterra, en Aylesbury House, como correspondía al heredero de un condado tan importante, tal como le aconsejaron sus asesores legales, y como le suplicó el tío de Henry, el duque de Somerset, que también insistió en apadrinarlo. Por supuesto, Thomas no estuvo presente en el trance, ni ella quiso que le avisaran del alumbramiento. Tampoco lo invitó para que lo conociera, y en sus cuatro años de vida, aparte de los telegramas de felicitación, no habían tenido ningún contacto.

No obstante, ella sabía que estaba informado de todo, que Williams o alguien de la casa le contaba detalles de la vida del niño, de sus progresos, de sus viajes a los Estados Unidos... Eso no podía impedirlo, pero sí podía seguir evitando un acercamiento entre ambos. A todos los efectos, Jack era el hijo póstumo de Henry, su heredero, y no pensaba cambiar ni un ápice aquello, mucho menos por un hombre que la había rechazado y abandonado tras compartir con él la experiencia más importante de su vida.

Se levantó y buscó un vestido de tarde. La peluquera no tardaría en llegar para ayudarla a arreglarse y quería tener la ropa elegida y lista. Se limpió las lágrimas con un pañuelo, respiró hondo y sintió un golpecito en la puerta.

—Hola, mamá, te echábamos de menos —Tracy le sonrió con Jack de la manita y él, en cuanto la vio, corrió para que lo cogiera en brazos.

—¡Hola, mi vida! ¿No sigues jugando con los tíos? —se lo comió a besos y le peinó el pelo rubio y ondulado con los dedos.

—¿Dónde estabas, mami?

—Aquí, cariño, iba a cambiarme.

—¿No vienes a comer tarta?

—Por supuesto, mi amor. Ahora bajamos a comer la tarta. Es de merengue, ¿sabes?

—¿Dónde está Gulliver?

—Aquí mismo —cogió el libro de *Los viajes de Gulliver* del aparador y se lo dio. Él lo agarró con su entusiasmo habitual y se sentó en el suelo para leerlo.

—De repente se despistó un poco entre tanta gente —le susurró Tracy, que además de ser su madrina vivía con ellos en Inglaterra desde su nacimiento—. Enseguida empezó a preguntar por ti. Estamos muy enmadrados.

—Déjalo. Crece tan rápido, que dentro de nada me quejaré porque no me hace ni caso. ¿Qué tal estás?

—¿Yo? Bien, aunque echando de menos Aylesbury. No llevamos ni tres días aquí y ya quiero volver a Inglaterra.

—Ya, lo sé.

—¿Has estado llorando?

—Nah, un poco. Ya sabes que en estas fechas me acuerdo de Henry, de...

—De todo un poco.

—Sí.

—Tía Tracy —Jack se puso de pie y buscó a su tía con el libro en la mano—, esta palabra es muy difícil.

—Es larga, pero no difícil, cielito. Tú ya lees de todo, así que mírala bien.

—Ame-dren-ta...

—«Amedrentado y confuso como estaba...» —leyó Tracy acariciándole el pelo—. Amedrentado. Si casi te sabes el libro de memoria, Jack.

—Amedrentado —repitió muy seguro, y miró a su madre sonriendo, y con sus enormes ojos celestes muy abiertos—. Amedrentado y confuso.

—Es que eres un genio, mi vida —Virginia se agachó y lo abrazó muy fuerte—. Antes de un año estarás leyendo a Shakespeare.

—Tu madre y la mía creen que enseñarle a leer tan pronto lo puede perjudicar —Tracy se sentó en la cama y movió la cabeza—. ¿En qué le puede perjudicar? Es muy inteligente, inquieto y quiere aprender. ¿Están locas?

—Son de otra época, no les hagas caso.

—También mi madre le ha dicho a la tía Caroline que es una lástima que no se parezca en nada a Henry.

—¿Qué?

—Que siendo Henry y tú morenos de ojos oscuros, ¿cómo este niño ha salido tan rubio y con los ojos tan claros?

—Menuda tontería, nuestra familia es así, Pat y Sean son rubios de ojos claros, Robert tiene el pelo negro y los ojos verdes, y Kevin y yo tenemos el pelo y los ojos oscuros, vosotras, mis primas hermanas, sois pelirrojas, y tres cuartos de la familia tiene los ojos claros.

–No te justifiques, no abras la boca. Por eso te lo cuento, para que no hagas ni puñetero caso y no entres a dar explicaciones. En nuestra familia hay de todo, morenos, rubios, pelirrojos, iris de todos los colores. Además, que yo sepa, tu suegra era muy rubia y de ojos claros, Jack podía salir como le diera la gana.

–Está bien, tienes razón.

–Aunque es clavado a su padre, pero eso solo lo sabemos tú y yo... –soltó como si tal cosa, se levantó y se miró el vestido–. ¿Crees que es necesario que me cambie?

–Yo diría que sí.

–Qué pereza. En fin, os dejo un ratito solos. Voy a mirar mi equipaje, a ver si encuentro algo decente. Hasta ahora, vida mía.

Besó al pequeño en la cabeza y desapareció. Virginia se quedó quieta observando como Jack pasaba las páginas de *Los viajes de Gulliver*, el libro que le había regalado Thomas Kavanagh en su decimonoveno cumpleaños, despacio y con mucho cuidado. Era un niño tan despierto y tan adorable, que una vez más sintió como se le llenaba el corazón de amor por él, se acercó y se sentó en el suelo a su lado, le acarició el pelo y él la miró con esos enormes y almendrados ojos celestes tan preciosos, y sí, tan parecidos a los de su padre.

Capítulo 31

—¿De verdad piensas quedarte en Inglaterra para siempre? —preguntó la madre de Virginia a Tracy durante la cena, y ella dejó de comer para asentir muy seria—. No creo que a tus padres les guste la idea, están convencidos de que este viaje era tu vuelta definitiva a Nueva York.

—Ya les he dicho por activa y por pasiva que me encanta vivir en Gran Bretaña, tía Caroline.

—¿Y por qué te gusta tanto? —quiso saber el dueño de la casa desde la cabecera de la mesa, y su sobrina lo miró con paciencia.

—Es un país precioso, tío Patrick, a mí me tiene subyugada. Aylesbury es un paraíso, tenemos Londres, que es la metrópoli más importante del mundo, a un tiro de piedra, al igual que Oxford. Puedo pasear, montar a caballo, disfrutar de su impresionante biblioteca y, lo más importante, puedo estar con Jack y con Gini.

—Hasta que ella vuelva a casarse y entonces a ver qué opina su marido de tenerte allí —soltó Caroline O'Callaghan, y Virginia frunció el ceño.

—No te preocupes, mamá, que eso no va a pasar. Y para que quede claro, estamos encantados de que Tracy se haya quedado con nosotros en Inglaterra, no sé lo que hubiese hecho sin ella.

—Gracias, primita.

—¿Y por qué eso no va a pasar? ¿Sigues pensando en guardar luto eternamente?

—No, mamá, simplemente no entra en mis planes casarme otra vez, lo único que me importa es criar a Jack lo mejor posible, ¿sabes?, todo lo demás me sobra.

—Un buen marido te vendría bien —sentenció su padre y Virginia bufó—. Solo tienes veinticuatro años, un patrimonio inmenso y un hijo pequeño, necesitas un hombre al lado y Jack necesita un padre. Un buen matrimonio con un marido en condiciones no me parece una idea tan descabellada. Y eso también va por ti, Tracy.

—Espero que también vaya por Sean, que tiene veintinueve años y sigue soltero.

—Tu hermano puede casarse cuando le venga en gana. Los hombres se casan cuando quieren y las mujeres cuando pueden, y cuanto antes mejor...

—¡Por el amor de Dios! —protestó Virginia, pero se calló al ver llegar a su hermano al comedor.

—Siento llegar tan tarde. Es Diana, que está un poco insufrible... —Kevin se sentó a la mesa y sus padres lo miraron de reojo—. En fin, ya sabéis como se ponen las novias antes de la boda.

—Aún faltan dos meses... —comentó su madre moviendo la cabeza.

—Siete semanas.

—Bueno, siete semanas. Sinceramente, Kev, me preocupa la inestabilidad de esa muchacha.

—Solo está nerviosa, es lo habitual, ¿no?

—Lleváis un año prometidos y planeando la boda, no debería estar tan, tan... Es igual. Te has perdido el consomé, ¿quieres que te sirvan un tazón o pasas directamente al pescado?

—Lo quiero todo, me muero de hambre.

—¿Y qué tal en Washington? —quiso saber Tracy, y Kevin levantó la mano.

—Todo genial, gracias, prima, pero hay una cosa más... antes de que se me olvide. Diana quiere pediros prestada la diadema que Virginia llevó en su boda, dice que está enamorada de ella y que no encuentra nada ni remotamente parecido en Nueva York.

—Esa diadema pertenece al ducado de Aylesbury desde hace siglos, Kevin, no era nuestra, era de Henry, él se la regaló a tu hermana.

—¿Ah sí? ¿Y no puedes prestármela, Gini? —la miró a ella muy atento—. Diana se muere por llevarla.

—No la he traído. Está en una caja fuerte en Inglaterra, lo siento.

—¡Madre de Dios! Pues se quedará muy desilusionada.

—Y en todo caso, hijo, aunque Gini la hubiese traído consigo, no se la iba a prestar a tu prometida para que la llevara como un capricho. Son tesoros familiares de un valor incalculable, con historia, recuerdo de la familia Chetwode-Talbot desde hace muchísimo tiempo, no cualquier alhaja para cualquier novia. Seguramente, la próxima vez que la luzcan en una boda, será cuando Jack se case.

—Muy bien, madre, entendido —bufó y Virginia le guiñó un ojo—. Y a propósito de la familia de Henry, no os imagináis a quién me encontré en Washington.

—¿A quién? —quiso saber Virginia—. ¿A Andrew Somerset? Creo que al fin lo han destinado a la embajada británica en los Estados Unidos.

—No, aunque sí me lo encontré en la embajada británica.

—¿A quién? –preguntó su padre con el ceño fruncido.

—A Thomas Kavanagh –Virginia se atragantó y Tracy se apresuró a golpearle la espalda mientras miraba a su primo Kevin con una sonrisa.

—¿Ah sí? ¿A Tom? ¿Y qué estaba haciendo en Washington?

—Negocios para su gobierno. Resulta que ahora es asesor legal del Foreign Office. ¿No lo sabías, Gini?

—¿Yo? No, la verdad es que desde el fallecimiento de Harry no lo he vuelto a ver.

—Ese muchacho es un buen tipo. Trabajador, muy inteligente, brillante diría yo, irlandés –puntualizó Patrick O'Callaghan mirando a su familia–. Espero que lo hayas invitado a Nueva York, me gustaría verlo.

—Sí, pero no creo que pueda. Estaba muy liado y solo ha venido por negocios.

—Tendrá que embarcar desde aquí de vuelta a casa, o sea, que hay que insistir. Dime en qué hotel se aloja y le mandaremos una invitación formal, ¿no, Caroline?

—Claro, querido.

—¿Y qué clase de negocios estaba haciendo? ¿Nos interesa alguno?

—Acero, petróleo y algo de cereales, no pudo decirme más.

—De acuerdo, mañana mismo le mandaré un telegrama. Quiero saber qué se está cociendo entre Washington y Londres, y por qué a mí no se me ha informado.

—No siempre nos tienen que informar de todo –opinó la dueña de la casa, y Virginia la miró intentando no vomitar encima de su primorosa mesa. Los nervios se le asentaron justo en el estómago y tuvo que beber un poco de agua para disimular el tremendo desconcierto que le provocaba saber que Thomas andaba cerca.

—¿Cómo qué no? No financio la campaña de seis congresistas para que luego me dejen al margen.

—Yo intenté contrastarlo con McMillan, pero me dijo que no llegaba a todas las esferas diplomáticas.

—Con mayor razón hay que traer a Thomas a casa. Somos casi familia y seguro que, con un buen puro y un buen trago de whiskey irlandés, conseguimos que comparta un poco de información.

—No lo creo, papá, Tom es un tipo muy prudente.

—Como debe ser, pero intentaremos que nos ayude –dejó los cubiertos sobre la mesa y miró a su hija–. Buen elemento ese Kavanagh, deberías casarte con él, Virginia.

—¿Cómo dices?

—Conoce el ducado mejor que tú, era el mejor amigo de tu marido, se crio con los Chetwode-Talbot, os conocéis bien, es un hombre brillante, abogado y encima irlandés. Seguro que sería un padre estupendo para Jack.

—Y tan tremendamente atractivo –intervino Caroline O'Callaghan suspirando–. Pero ¿no se ha casado ya? ¿Te dijo algo, Kevin?

—No se lo pregunté, madre.

—Disculpad –Virginia se puso de pie un poco mareada y les sonrió–. No sé qué me pasa, no me encuentro bien. Me subo a mi cuarto, si no os importa.

—Deberías escribirle tú también, Gini –le dijo su padre, y ella asintió–. Perfecto, mañana le mandas tú un telegrama y yo otro. No podrá negarse a visitarnos.

Subió las escaleras corriendo y en cuanto llegó al cuarto de baño se dobló sobre el lavabo y vomitó la cena, la comida y todo lo que tenía en el estómago.

No podía ser que él estuviera en los Estados Unidos. Se acercó al joyero, sacó su último telegrama y buscó el sello de la oficina de correos desde donde había sido enviado. Normalmente aparecía el origen del documento y no le costó mucho dar con él: *Washington D.C. Distrito de Columbia.*

—¡Santa madre de Dios! —exclamó sentándose en la cama.

Ni se había molestado en mirarlo antes, cómo iba a imaginar que hacía una semana, cuando el cumpleaños de Jack, Tom estaba en América. Ni en sueños podía especular con algo así, era completamente insólito, pero cierto, y la evidencia casi la partía por la mitad.

—Virginia... —Tracy entró en su dormitorio con una tisana y movió la cabeza al verla en la cama abrazada a Jack—. ¿Otra vez durmiendo juntos?

—Lo necesitaba —respondió limpiándose una lagrimita rebelde—. Le encanta la cama grande y a mí me encanta estar con él.

—Lo sé —buscó una banqueta y se sentó a su lado—. ¿Qué quieres hacer?

—Tal vez sea el momento perfecto para llevar a Jack a conocer Savannah.

—¿Hablas en serio?

—Podríamos salir mañana por la tarde. Les diré a mis padres que quiero ver aquello y saludar a la tía Blanche.

—No puedes salir huyendo cada vez que se pronuncia el nombre de Thomas Kavanagh.

—No quiero ver a Thomas, Tracy, y mucho menos aquí, delante de la familia. No quiero que se acerque a Jack.

—¿Por qué? No le hará ningún daño.

—Por supuesto que no, pero es capaz de abrir la boca y soltar que él es el padre, que... en fin... —tragó saliva—. No lo conoces como yo, su sentido del honor y el deber, el orgullo, la familia y todos esos principios que para los demás son entelequia, para Thomas Kavanagh son sagrados. No creo que resista mucho tiempo delante de mis padres sin sentir la necesidad imperiosa de decir la verdad. Eso no lo pienso consentir.

–Aunque te largues a Savannah, el tío Patrick moverá cielo y tierra para verlo. ¿Crees que si no estás delante mantendrá la boca cerrada?

–Supongo que si no ve a Jack será más fácil que obvie el tema y no diga nada.

–¿Estás totalmente segura?

–No, pero prefiero no estar aquí para verlo.

–Pues esta vez no puedo apoyarte, prima. Tú eres una mujer adulta y valiente, deberías verlo y plantarle cara. No tienes que esconderte de nada y de nadie, Jack es tu hijo y punto, no tienes que dar explicaciones a nadie y mucho menos, te lo digo en serio, huir de Tom.

–Es que no quiero... –se echó a llorar y Tracy le cogió la mano.

–Creo que lo que realmente pasa es que aún no eres capaz de reencontrarte con él. Aún te duele todo lo que pasó, lo entiendo, pero tal vez haya llegado la hora de encarar al destino, Gini. No puedes pasar el resto de tu vida huyendo del pasado.

Capítulo 32

Literalmente, odiaba ese tipo de celebraciones femeninas, tan pretenciosas, tan improductivas, tan... Entró en la casa de su prima Susan, que esperaba su cuarto hijo para la primavera, y se quitó el abrigo arrepintiéndose enseguida de haber accedido a ir hasta allí presionada por su madre, que la había torturado durante días para que colaborara un poco con las damas neoyorquinas amantes de las obras sociales. Era una pesadez todo aquello, sin embargo, ya que estaban allí pretendía comportarse como una persona educada y paciente, y sonrió a su anfitriona con amabilidad, entrando al salón donde se había organizado un elegante y colorido almuerzo «solo para chicas», pensando en escabullirse lo antes posible.

Miró a Tracy, que parecía aún más fastidiada que ella misma de tener que estar presente en la reunión de su hermana, y le hizo un gesto para que la acompañara al fondo del enorme comedor, donde sus tres cuñadas charlaban muy animadas con una copita de licor en la mano. Pam, Anne y Diana las recibieron con grandes muestras de afecto y enseguida se enzarzaron en una conversación interminable que repasó los temas propios de esos compromisos sociales: maridos, hijos, la moda de París o sus diversas obras benéficas.

Le caían bien las mujeres de Pat y Robert, y la futura esposa de Kevin, aunque las había tratado poco, y charló muy atenta con ellas hasta que su mente empezó a volar y, como le sucedía muchas veces, perdió el hilo de lo que contaban y se retrotrajo en sus propias cuitas y preocupaciones, en sus pensamientos más recurrentes. En Thomas Kavanagh, por ejemplo, del que no había vuelto a tener noticias. Afortunadamente.

Por supuesto, no le había mandado ninguna invitación para visitarlos, como le había pedido su padre. Había ignorado el encargo y seguía esperando con calma a ver cómo se desarrollaban los acontecimientos.

Haciendo caso a Tracy, y más tranquila después del primer impacto al saber que estaba en los Estados Unidos, se quedó en Nueva York, desechó un viaje al sur con Jack y se concentró en sus vacaciones que pasaban volando, y así llevaban diez días de absoluta tranquilidad. Ninguna noticia más de Tom, ninguna aparición estelar e inesperada, ningún problema. Al parecer, él se había excusado alegando una agenda de trabajo llenísima en Washington y su padre se había resignado a no contar con su valiosa presencia en Manhattan. Incluso se hablaba de que Pat y Robert viajaran a la capital para hablar allí directamente con él, y eso la tranquilizaba aún más. Ahora solo le faltaba oír que Thomas Kavanagh había acabado su misión comercial en Washington y ya navegaba de vuelta a casa.

—Prima, querida, te quería presentar a Maddy y Kate Shaw —dijo de pronto Susan y ella se giró para mirarla a la cara—. Acaban de celebrar su puesta de largo, ya empiezan a participar en nuestras reuniones y estaban deseando conocerte.

—¿A mí? –preguntó con sorpresa, pero al ver sus caras tan emocionadas, no pudo evitar sonreír–. ¿Qué tal? Encantada.

—Oh, encantada, duquesa, o milady o... –soltó la más joven, la tal Maddy, cogiéndole la mano–. La verdad, no sé cómo llamarla, señora Chetwode-Talbot, es la primera persona de la realeza que conozco.

—Puedes llamarme Virginia, y no soy de la realeza, nací en Manhattan –bromeó y las dos chicas no movieron un solo músculo de la cara pendientes de su ropa y su peinado–. En todo caso, mi marido era el aristócrata, no yo.

—Pero sigue siendo noble. Tom, mi novio, sí que sabe tratar a todos los miembros de la realeza.

—Miembros de la realeza son los que pertenecen a la familia real –intervino Tracy–, el resto de nobles se llaman aristócratas.

—Bueno, como sea. Lo que no quiero es cometer un error y ofenderla, duquesa de Aylesbury.

—Eso es imposible, y puedes llamarme Virginia.

—Es usted tan guapa... Cuando se casó con su esposo, que en gloria esté, recortamos todas las fotografías que salieron de ustedes en la prensa. Qué vestido más hermoso el de su boda y su marido tan elegante, tan apuesto.

—Muchas gracias, y encantada de conoceros –hizo amago de irse y Susan la detuvo por el brazo.

—Maddy ya tiene novio formal y no te vas a imaginar quién es, Gini.

—¿Quién?

—Acaba de decírmelo, nada menos que Tom Kavanagh –soltó el nombre mirando a Tracy con retintín y Virginia sonrió, fingiendo absoluta normalidad.

—¿Acaso usted conoce a mi Tom? –preguntó la muchacha mirándolas indistintamente y, antes de poder hablar, Susan intervino muy orgullosa.

–¿Estás bromeando? Thomas Kavanagh era el mejor amigo de Henry, el marido de mi prima, se criaron juntos en Inglaterra. Eran íntimos amigos, como hermanos, ¿no te ha contado nada de su vida en Aylesbury?

–La verdad es que Tom y yo no hemos tenido mucho tiempo para hablar de nuestro pasado –respondió un poco azorada y se cogió al brazo de su hermana–. Es un hombre muy reservado, ya sabes, no tiene dieciocho años, es todo un caballero mayor.

–¿Mayor? –interrogó Tracy, y la muchacha se sonrojó.

–Tiene más de treinta años.

–Se conocieron en Washington, nuestro padre es secretario del tesoro en el gobierno del presidente Theodore Roosevelt –intervino Kate Shaw levantando la barbilla–. Y fue lo que se dice un flechazo. Ahora solo falta cerrar el compromiso y hacerlo oficial. Estamos todos muy contentos, aunque Maddy se nos vaya a vivir a Inglaterra.

–Enhorabuena –susurró al fin Virginia un poco confusa–. Me alegro mucho por los dos.

–¿Cuando llegue a Londres podré verla, duquesa? –preguntó la muchacha cruzándose en su camino, y Virginia se detuvo y la miró con más atención. Tenía el pelo rubio y los ojos verdes, era muy guapa y muy joven, perfecta para Tom.

–Seguramente coincidiremos alguna vez, pero yo no vivo en Londres, vivimos en el campo.

–Oh, qué pena. Estoy muerta de miedo con el cambio de país. Vivir sin mi hermana, sin mis padres. No sé, no sé si seré capaz. Soy muy joven aún.

–Gini se casó a los dieciocho y se marchó tan feliz, se integró enseguida, ¿verdad, prima?

—Lo cierto es que sí.

—Igual yo no soy tan valiente como usted, duquesa, aunque ame a mi futuro marido.

—Todo irá bien. Ahora si me disculpáis, tengo que irme. Mi hijo me espera en casa. Tracy, ¿te vienes o...?

—Me voy contigo. Buenas tardes.

—Pero, Gini... —Susan las siguió hasta el recibidor y se puso las manos en las caderas—. ¿Ni una hora podéis quedaros en mi casa? Apenas nos hemos visto y queríamos hablarte de los proyectos de caridad en...

—Muy bien, todo me parece perfecto. Toma —agarró un cheque que ya tenía preparado y se lo puso en la mano—. En mi nombre y en el de Jack. Gracias por todo, pero tenemos que irnos, Susan. Me ha encantado verte.

—¿Y por qué no venís más a menudo, eh?

—Porque eres muy aburrida, hermanita. Adiós —sentenció Tracy, le dio un beso en la mejilla y agarró a Virginia del brazo—. ¿Volvemos andando y así tomamos un poco el aire?

—Por favor —llegaron a la acera y se puso el abrigo mirando al cielo—. Dime que yo no era tan idiota cuando tenía dieciocho años y me iba a casar con Harry.

—Por supuesto que no. Siempre has sido muy inteligente y madura, no vas a comparar y, en todo caso, no me creo que esa chiquilla insulsa vaya a casarse con Thomas.

—¿Por qué no? Tarde o temprano la gente se casa y, si es con una saludable y joven beldad de ojos verdes, mejor.

—¿En serio? —Tracy se detuvo y la miró a los ojos—. Parece que no conocieras a Tom. Dudo mucho que pudiera compartir su vida con alguien así, vamos, estoy segura de que no lo haría, es imposible.

—Hace mucho que no lo vemos, igual ha cambiado,

se ha vuelto menos exigente y solo busca una chica joven y agradable con la que formar una familia.

—¿Qué nos apostamos?

—Yo no apuesto.

—Porque te ganaría —bromeó apurando el paso.

Casi enseguida llegaron a Washington Square, giraron en la primera manzana, entraron en la casa de sus padres, donde a esas horas Jack estaría acabando de dormir la siesta, y se quitaron los abrigos en silencio. Saber que Thomas Kavanagh tenía novia y pensaba comprometerse era mucho más de lo que podía asimilar, así que no tenía ganas de charla, ni de ver gente. Solo quería subir a su cuarto, encerrarse allí e intentar olvidar que él amaba a otra persona, que pronto pasaría por el altar y que seguramente ya ni se acordaba de ella.

—Señora, su padre está en su despacho con sus hermanos. Me dijo que si llegaba pronto entrara, porque le quería comentar algo —la doncella se hizo cargo de sus cosas y ella miró a Tracy con los ojos muy abiertos.

—Gracias, Poppy. ¿Y el niño?

—Durmiendo aún, la niñera está con él en su cuarto.

—Muy bien, muchas gracias. Avíseme en cuanto se despierte, por favor.

—Claro, señora.

—Te acompaño.

Tracy la siguió y en cuanto llegaron a la puerta de madera y cristal del enorme despacho de su padre, oyeron voces masculinas hablando muy animados. Seguro que se trataba de una reunión de esas secretas y delicadas que su padre solía celebrar con sus hijos en la intimidad de su hogar, lejos de la oficina, de sus empleados o de oídos curiosos. De esas que duraban horas y que siempre acababan acordando entrar o no en algún negocio multimillonario. Patrick O'Callaghan era así, muy celoso con la privacidad de sus decisiones de cara a los extraños, pero extremadamente abierto con sus cuatro hijos varones, en los que confiaba con los ojos cerrados.

Virginia tocó la puerta y la abrió con decisión. Frente a ella, apoyado en la chimenea, vio a su hermano Pat fumándose un puro, a su lado Robert hacía lo mismo y en un sillón lateral pilló a Kevin a punto de dormirse. Les sonrió a todos y entró con Tracy, cerrando la puerta a su espalda. Se entretuvo medio segundo mirando la alfombra manchada de ceniza y entonces oyó la voz de su padre. Se giró hacia él y solo fue capaz de ver unos zapatos muy lustrados y un traje impecablemente cortado, como esos que solía llevar Henry y que costaban una fortuna. Uno hecho con mimo por un exclusivo sastre de Savile Row, pensó sin poder evitarlo, aunque la situación no era la más favorable para perderse en esas cosas. Levantó los ojos y los vio, los celestes y enormes de Thomas Kavanagh, que la observaban como si acabaran de ver un fantasma.

—Mira a quién hemos conseguido arrastrar hasta aquí, Gini. Sean se lo encontró en Wall Street.

—Sí, culpa mía —comentó su hermano sonriendo de oreja a oreja—. Se resistió, pero lo he traído.

—Hola, buenas tardes, Thomas. ¿Qué tal estás? —atinó a decir sintiendo la mano de Tracy en su espalda.

—Hola, buenas tardes, Virginia.

—Nada menos que Thomas Kavanagh en Nueva York —comentó Tracy muy relajada—. Vaya sorpresa, hombre, hacía siglos que no te veíamos.

—Así es. Tracy, me alegro de verte.

—Bueno, ¿por qué no os sentáis? —los animó su padre y miró al mayordomo—. Smith, traiga algo para las señoras. ¿Qué queréis tomar, chicas?

—No, nada, papá. De hecho, solo hemos entrado porque Poppy me dijo que necesitabas verme.

—Claro, quería que saludaras a Thomas. ¿Hace cuánto que no coincidíais?

—Desde la muerte de Henry —susurró Tom y ella asintió.

—Hace mucho tiempo y me alegro de poder saludarte, Thomas. Pero debemos irnos, yo...

—Jack está durmiendo y con la niñera, relájate un poco, Gini —soltó Kevin, y ella lo miró con cara de asesina—. Es una madre fanática, ¿sabes, Tom? Insoportable.

—Es lo que pasa por tener un hijo único —opinó su padre y ella le dio la espalda y miró a Tracy con cara de angustia.

—Es verdad, tío Patrick —intervino Tracy muy segura—. Tenemos un té benéfico en la quinta avenida, recogemos al niño y nos vamos volando. Lo organiza la esposa del embajador británico, si no llevo a Virginia a tiempo, se montará un drama.

—¿Un té benéfico? ¿No estabais en algo parecido en casa de Susan? —quiso saber Pat, y Virginia decidió que no pensaba seguir allí a punto del desmayo y caminó con decisión hacia la puerta.

—Sí, pero esto es un no parar, ya sabes. Buenas tardes, nosotras nos vamos. Adiós, Thomas, un placer saludarte.

—Gini... —oyó que su padre la llamaba, pero no le hizo caso y salió a la carrera hacia el pasillo.

La respiración le fallaba y se le doblaron las piernas y, aunque solo pensaba en subir a buscar a Jack para sacarlo inmediatamente de la casa, no pudo seguir andando. De pronto se le fue el aire de los pulmones, se mareó y tuvo que sujetarse a la balaustrada de la escalera para no caerse al suelo.

—Tranquila, respira despacio. Vamos, no pasa nada —oyó que le decía Tracy acariciándole la espalda—. ¿Puedes andar?

—Virginia... —la voz de Thomas pasó por encima de la de su prima y ella hizo un esfuerzo, cuadró los hombros y lo miró a la cara—. ¿Podemos hablar un segundo?

—Lo siento mucho, Thomas, en otro momento si no te importa. Ahora tengo un compromiso ineludible.

—No te robaré mucho tiempo —se acercó con esa estampa espectacular que tenía y ella reculó y se arregló inconscientemente el pelo—. Tracy, por favor, ¿podrías dejarnos unos minutos a solas?

—Qué casualidad verte precisamente hoy aquí —soltó Tracy acercándosele un poco desafiante—. Acabamos de conocer a tu futura prometida en casa de mi hermana. Maddy Shaw, ¿no?

Él guardó silencio, frunció el ceño, la ignoró y se dirigió directamente a Virginia.

—No quiero molestar, Virginia, solo me gustaría hablar un momento contigo.

—No quiere hablar contigo, Tom.

—¿Te lo he preguntado a ti? —la miró muy enfadado y Tracy se calló moviendo la cabeza—. Ya que estoy en Nueva York y nos hemos encontrado, me gustaría que charláramos. Quiero ver a Jack.

—Dios bendito... —ella negó con la cabeza y tomó aire para poder explicarle que jamás iba a dejarle acercarse a su hijo. Pero antes de poder abrir la boca sintió como el niño llegaba corriendo a su lado para abrazarse a sus piernas.

—¡Mamá!

—¡Hola, mi vida! ¿Cómo estás?

—Lo siento, milady —Margaret, su niñera, apareció un segundo después azorada y moviendo la cabeza—. No para de correr, ya le he dicho que tenga más cuidado.

—No pasa nada, Margaret, tiene mucha energía.

Se inclinó, cogió a Jack en brazos y le besó las mejillas peinándolo con los dedos. El niño se le acurrucó en el cuello y ella notó el silencio sólido que los había envuelto de repente. Subió los ojos y observó a Thomas, que parecía una estatua de sal mirando al pequeño con los ojos brillantes. Se había quedado sin color en la cara y parecía completamente conmocionado. A Virginia no le importó, abrazó a Jack más fuerte, le dio a él la espalda y subió las escaleras a la carrera.

Capítulo 33

Conocía a su hijo. Había visto al pequeño John Patrick Henry Chetwode-Talbot casi desde su nacimiento gracias a las fotografías que su madre le mandaba hacer con regularidad a un conocido fotógrafo de Londres. La señora Wilkes, que era amiga de sus padres desde hacía décadas, y que prácticamente los había criado a Henry y a él, era sus ojos en Aylesbury House y, además de mantenerlo informado de todos los progresos y movimientos del niño, le había facilitado los datos del profesional que hacía aquellas imágenes, le avisaba de cuándo se realizaban las sesiones delante de la cámara, y a él no le había costado demasiado sobornar al artista para que le vendiera por una pequeña fortuna unas copias.

De ese modo había logrado confeccionar un gran álbum de fotografías, con un seguimiento exhaustivo de Jack, como lo llamaba Virginia, que le había permitido prácticamente verlo crecer.

Tenía muchas imágenes suyas que le contaban muchas cosas sobre él, y un par de veces al año lo espiaba desde lejos cuando Virginia lo llevaba a su residencia de Londres. Todo aquello lo ayudaba a seguir respirando con algo de cordura, lo emocionaba hasta las lágrimas. Sin embargo, nada podía compararse a la experiencia de haberlo tenido cerca, de haber oído su voz por primera vez, de ver cómo adoraba a su madre y cómo ella lo trataba a él.

Jack era un chico estupendo y Virginia una gran madre. Ella se entregaba a la maternidad con toda su energía, con todo su espíritu, como hacía con todos los demás aspectos de su vida y, aunque él viviera en una angustia perpetua por no poder compartir la crianza de su hijo, por no poder estar a su lado, por no poder ser su padre, el que ella fuera una madre entregada y responsable solo podía proporcionarle paz y sosiego.

Esa realidad aplacaba en parte la angustia que lo mataba por dentro, que lo estaba destrozando desde hacía cuatro años, cuando ella lo había echado a patadas de su vida, aquel terrorífico día en la biblioteca de Aylesbury House, tras el funeral de Henry, cuando le había gritado sin ninguna compasión: «Si eres un hombre de verdad, vete sin mirar atrás, Thomas. Si realmente Harry era tu hermano ahora es un buen momento para demostrarlo».

Esas palabras, dichas en uno de los momentos más duros de su vida, le hicieron replantearse toda su existencia, todos sus principios, todos sus valores, y lo empujaron a respetar sus deseos, salir de Aylesbury y alejarse de los dos para siempre.

Se levantó del escritorio y se asomó a la ventana de su lujoso hotel de Nueva York, el mismo donde seis años antes se había alojado con Harry. Descorrió las cortinas y se quedó abstraído, mirando la lluvia caer a raudales sobre Manhattan. No hacía mucho frío, pero la gente iba muy abrigada y corría esquivando el agitado tráfico entre los charcos de agua.

Siempre le había gustado Nueva York, lo contrario que a Henry, para quien separarse de Londres representaba un verdadero sacrificio. Sonrió recordando a su añorado amigo ahí mismo, burlándose de los estadounidenses y de las «princesas del millón de dólares» con una copa en la mano e impecablemente vestido. Tan irónico y divertido, siempre con la sonrisa fácil y esa manera suya de mirar la vida sin ningún apego, sin ningún drama, con total confianza y desparpajo. Ese era Henry Chetwode-Talbot, un tipo estupendo, inteligente, seguro de sí mismo, el mejor amigo que un hombre podía desear.

Por un momento rememoró su paso por París, cuando lo había sacado al borde de la muerte de un tugurio propiedad del impresentable Daniel Drogheda, pero cerró los ojos e hizo el esfuerzo por espantar aquellos terribles momentos. Había sido un infierno mantenerlo con vida hasta conseguir llevarlo de vuelta a casa. Una lucha inútil, porque en cuanto lo vio intuyó que de ese episodio no salía. No hizo falta que se lo advirtieran los médicos, porque enseguida comprendió que esa era la última vez para Harry y que su amigo, su hermano, se moría irremediablemente sin que pudiera hacer nada por impedirlo.

No le gustaba recordar a Henry de ese modo. Había entrenado su mente para obviar aquellos últimos momentos, durísimos para Harry y para toda la gente que lo quería. Pero muy difíciles también para él, que por aquellos días no podía soportar la culpa que lo atormentaba a diario, la congoja y la vergüenza que le impidieron cuidarlo como siempre había hecho, y que lo mantuvieron lejos de Aylesbury hasta el mismo día de su muerte.

Había traicionado su confianza enamorándose de su mujer, había roto cualquier pacto de lealtad, de caballerosidad y de amistad intimando con ella. Se había comportado como un maldito traidor, un cobarde y un infiel, y aquello no se lo perdonaría en la vida. Aunque Henry sí lo hubiese perdonado en su lecho de muerte, él no se lo perdonaría jamás.

Respiró hondo y volvió a sus papeles, se sentó frente al escritorio y buscó la fotografía más reciente que llevaba de Jack entre sus documentos. Era de unos días antes de su viaje a los Estados Unidos y salía junto a Virginia, vestido muy elegante y sonriéndole a la cámara. Sonreía igual que ella, era muy guapo, rubio y de ojos azules como los Kavanagh, pero también tenía mucho de su madre, sobre todo ese aspecto saludable y lleno de luz que siempre la había caracterizado. Ella siempre había irradiado una luminosidad especial, brillaba en medio de la gente, era preciosa y elegante y sus ojos oscuros eran los más increíblemente hermosos que había visto en toda su vida. Lástima que ahora lo miraran con tanta desconfianza y dolor.

—¿Thomas? —oyó los golpes en la puerta y automáticamente guardó la fotografía de Jack en la cartera, se levantó y abrió mirando la hora en su reloj de bolsillo—. ¿No estás listo, hombre?

—Pasa, Kevin. Ni había mirado la hora, estaba trabajando. Me visto en un momento, ¿quieres tomar algo?

—No, gracias, ya llevo demasiadas copas encima, creo.

—Como quieras, dame un segundo —se metió en el dormitorio y descolgó el chaqué de la percha. Kevin O'Callaghan, que era un tipo muy agradable, apenas se había separado de él desde su reencuentro en Nueva York, y esa noche había organizado una cena de negocios con su padre, sus hermanos y unos importantes empresarios neoyorquinos en su exclusivo club de caballeros. Una oportunidad magnífica para informarse y tomar el pulso al dinero local–. Ya estoy, ¿nos vamos?

–¿Qué os pasa a mi hermana a ti, Tom?

–¿Cómo dices? –se detuvo y lo miró frunciendo el ceño–. ¿Por qué lo preguntas?

–Porque yo os conocí siendo muy amigos, inseparables. Ella no podía prescindir de Henry ni de ti, incluso lo dijo una vez en voz alta, delante de mi madre en Inglaterra, y le costó una tremenda reprimenda. Y ahora...

–¿Una tremenda reprimenda?

–Mi madre no consideraba ese comentario muy propio de una mujer casada.

–Vaya por Dios.

–¿Qué os ha pasado? Supongo que Henry hubiese querido que ella contara contigo tras su fallecimiento.

–La relación se enfrió. Ella se quedó en el campo mucho tiempo, yo en Londres... Imagino que Harry era el vínculo que nos unía y, sin él, la amistad se resintió –mintió, buscando su pitillera.

–Pero... ¿cuatro años sin veros? ¿En serio? –Thomas asintió y se puso el abrigo–. ¿No te gustaría pasar tiempo con Jack? Al fin y al cabo, es el hijo de tu mejor amigo, seguro que al pequeñajo le encantaría. Es un chico estupendo, ¿sabes?, y tan listo; con cuatro años ya sabe leer.

–Me gustaría mucho pasar más tiempo con Jack, pero no depende solo de mí, Kev. ¿Nos vamos?

–¿Y de quién depende?

–De su madre, que al parecer no tiene demasiado interés en propiciar esa relación.

–Buah, Virginia es muy suya a veces –comentó y lo siguió escaleras abajo hacia el *hall* del hotel–. Oye, y lo siento, pero hay un pequeño cambio de planes.

—¿Ah sí? ¿Qué ocurre?

—La reunión será en casa de mi hermano Pat. Es el cumpleaños de su mujer y... en fin, allí habrá más intimidad, cenaremos y estaremos más a gusto. ¿Te importa?

—En absoluto.

Llegaron a la mansión de Patrick O'Callaghan Junior, al que todo el mundo llamaba Pat, quince minutos después. Se trataba de una casa reformada, un *petit hôtel*, como se conocía a esas viviendas tan elegantes en Nueva York, ubicada muy cerca de Washington Square. Es decir, muy cerca de la propiedad de sus padres, e inconscientemente recordó que los O'Callaghan eran dueños de medio Manhattan. Un dato de esos que había recopilado con gran interés hacía siglos, en otra vida, cuando había desembarcado con Harry en los Estados Unidos buscando a su codiciada princesa del millón de dólares.

Descartó rápido el recuerdo y entró en el enorme salón de Pat y Pamela O'Callaghan saludando a todo el mundo. Estaban celebrando una pequeña recepción de cumpleaños en honor de la dueña de casa y enseguida comprobó que allí se encontraba la flor y nata de la alta sociedad neoyorquina. Toda la familia, todos menos Virginia, confirmó de un vistazo, y sus amigos más allegados, un cuarteto de cuerda y un amplio servicio de camareros que se paseaban entre los elegantes invitados con bandejas repletas de delicias varias. Un verdadero lujo.

Sonrió, estrechó manos y charló muy animado, un poco desbordado por la excesiva atención que le prodigaban algunas mujeres y sin perder de vista lo que ocurría a su alrededor, esperando que el cielo fuera generoso y que Virginia apareciera por allí en cualquier momento. Una posibilidad bastante plausible que empezó a ser improbable cuando el tiempo comenzó a transcurrir y llegó la hora de la cena.

—Ya ha llegado Gini —les avisó Pamela agarrando a su marido del brazo—. Cenamos en diez minutos.

—Gracias, Pam. Vamos subiendo al comedor. ¿Thomas?

—Sí, sí, gracias. Ahora voy.

Se giró hacia el *hall* de entrada y efectivamente vio a Virginia. Acababa de llegar y estaba entregando su abrigo al mayordomo. Llevaba un elegante vestido negro, muy ceñido, el pelo recogido y unos sencillos pendientes de diamantes. Preciosa, discreta y distinguida, como era ella, tan guapa que se quedó un segundo sin aliento, observándola sin moverse, quieto y silencioso. Hasta que la imagen del tipo que iba a su lado, y que la cogía del brazo, lo despertó de golpe y lo lanzó hacia ellos con decisión, con un enfado tan enorme subiéndole por el pecho que tuvo que detenerse y carraspear antes de poder hablar.

—Virginia.

—Thomas, vaya, no sabía que ibas a estar aquí.

—Y yo tampoco que trataras con ese individuo —miró al aludido metiéndose las manos en los bolsillos y él lo observó ceñudo.

—¿Cómo dices?

—¿Campbell, no? Creo que te dimos una buena lección hace unos años en Londres.

—¡Vaya por Dios! —exclamó ese americano al que Henry había expulsado de su casa de Westminster hacía unos cinco años, el mismo día que había muerto lord John—. ¿El guardaespaldas del duquesito?

—¡¿El qué?! —Virginia se giró y lo miró a los ojos—. ¿Qué has dicho, Beau?

—Es una forma de hablar, Gini, estoy de broma.

—No lo estabas aquella noche en Westminster, por eso no me quedó más remedio que partirte la cara.

—Pero ahora todos somos más viejos, estamos en mi país y te vas a cuidar bien de actuar como un matón irlandés, ¿de acuerdo, Kavanagh? ¿No te llamabas así? ¿No sé qué Kavanagh?

—¡Maldito hijo de la…! —dio un paso hacia él con los puños cerrados y Virginia se interpuso entre ambos.

—¡Ya basta!

—¿Ahora te relacionas con este tipo de escoria, Virginia?

—¿Qué? Mira… —lo miró a los ojos sin apartar la mano de su pecho y respiró hondo—. No es asunto tuyo y ahora os vais a calmar los dos. No voy a permitir un escándalo en casa de mi hermano.

—Salgamos fuera —se oyó decir como un patán, y avanzó con la clara intención de matar a ese gilipollas si le ponía un solo dedo encima.

—¿Quién demonios te crees que eres, capullo? Y lo más importante, ¿quién te ha dejado entrar en los Estados Unidos? —Campbell se arregló la chaqueta y Virginia lo miró con la boca abierta—. Maldito cerdo irlandés.

—¡Cabrón! —apartó a Virginia y casi lo agarró por la pechera, pero la voz clara y autoritaria de Patrick O'Callaghan detuvo el movimiento en el aire.

—¡Alto, Thomas!

—Papá, yo… —balbuceó Virginia, y él le hizo un severo gesto para que se quitara de en medio.

—¿A quién llamas cerdo irlandés, Beau Campbell? —bajó las escaleras y se acercó al susodicho para mirarlo a los ojos. Tom dio un paso atrás y por el rabillo del ojo localizó a Kevin, Sean y Pat, que se habían asomado para ver qué estaba pasando.

—Es una forma de hablar, señor O'Callaghan —Beau Campbell soltó una risa nerviosa y buscó el apoyo de

Virginia con los ojos–. Este señor me ha atacado gratuitamente y sin mediar palabra. Creo que tiene un grave problema.

–Lo dudo mucho. Thomas es de nuestra entera confianza –le puso una mano en el hombro y miró a sus hijos–. Y tan irlandés como nosotros, así que ya me explicarás como te atreves a ofender a un amigo y paisano mío de esta forma y en casa de mi hijo.

–Le repito que solo ha sido un exabrupto, señor O'Callaghan, sin ninguna intención de ofender a nadie. Le pido disculpas, si hace falta.

–Hace años, cuando tuvimos que largarte a patadas de la casa de mi cuñado en Londres –intervino Kevin– te dejamos claro que te apartaras de mi hermana, Campbell.

–Kevin, por el amor de Dios –susurró Virginia muy nerviosa y blanca como el papel.

–La culpa es tuya por traerlo aquí, Gini, así que mejor te callas.

–¡Kevin!

–¡Suficiente! –Patrick O'Callaghan levantó una mano–. Me da igual por qué este caballero se presenta aquí escoltando a mi hija y por qué la ronda desde hace tanto tiempo. Me es igual, lo que tengo claro es que no lo quiero delante de mis ojos, así que fuera, Campbell, y la próxima vez que hables de cerdos, hazlo con tu familia, que eran los que se dedicaban a criarlos en Escocia.

El patriarca se dio la vuelta y volvió al comedor subiendo las escaleras despacio. El mayordomo entregó el abrigo a Campbell y Pat se encargó de acompañarlo a la puerta.

Thomas sintió de repente un desconcierto enorme por haber sido capaz de provocar semejante escena y bufó incómodo. Kevin se acercó y le palmoteó la espalda sin abrir la boca, y lo mismo hicieron Sean y el propio Pat, que se le acercó para animarlo a subir a cenar. Él asintió y miró a Virginia a los ojos. Ella permanecía allí sin moverse, aunque temblaba entera. Quiso hablarle, explicarse, pero ella entornó los ojos indignada, se agarró la falda del vestido y subió los peldaños a la carrera camino de la cena.

Capítulo 34

—No quiero casarme con él, jamás le he dado esperanzas y por supuesto lo he rechazado claramente media docena de veces, papá.

—¿Y por qué apareces con él en el cumpleaños de Pam? —interrogó su madre, y Virginia la miró moviendo la cabeza. La habían llamado a la biblioteca para charlar, pero en realidad no querían charlar, sino interrogarla tras la cena en casa de Pat, la víspera, cuando Thomas Kavanagh se había comportado como un zoquete delante de todo el mundo.

—No aparecí con él, me lo encontré en la puerta cuando bajaba del carruaje y entramos a la casa juntos. Lo conozco de toda la vida, estudió con Pat y...

—Y desde siempre ha querido echarte el guante —soltó su padre y su madre asintió—. Y eso no lo pienso consentir.

—Por el amor de Dios...

—Me acuerdo perfectamente de que en vuestra casa de Westminster, Henry lo echó a la calle porque se tomaba demasiadas confianzas contigo —Caroline sacó el abanico y se abanicó, aunque estaban a diez grados.

—A veces Henry era muy susceptible.

—Y Kevin nos contó anoche que cuando Thomas y él lo acompañaban a la calle, en Londres, Beau Campbell insultó a tu marido, te llamó princesa del millón de dólares, dijo que tu padre y yo te habíamos comprado un título y que, cuando te divorciaras, él estaría allí para hacerse cargo de ti. Por eso Tom lo golpeó aquella vez y por eso anoche estalló al verlo de tu brazo.

—Solo defendía la memoria de su mejor amigo —opinó su padre muy serio— .Y eso lo honra.

—¿Qué? ¿Aprobáis su comportamiento?

—Por supuesto, es un hombre y solo hizo lo correcto.

—No soy nada suyo, no tenía ningún derecho a avergonzarme de esa manera.

—Deberías estar agradecida de que quiera protegerte.

—No. Para eso ya cuento con cuatro hermanos y con vosotros dos, que no me dejáis en paz.

—¡Gini!

—Tengo veinticuatro años, un hijo, soy viuda y administro un condado enorme en el Reino Unido. A ver si empezáis a respetarme un poco y a tratarme como una mujer adulta. No necesito ningún espontáneo de buen corazón que quiera protegerme.

—Thomas Kavanagh es un buen amigo, lo era de tu esposo y lo es nuestro. Lo respeto y por mi parte, hija, tiene todo mi apoyo para velar por ti o por el bienestar de cualquier miembro de mi familia. Incluido el de mi nieto Jack, que era algo que también quería Henry, así que espero que sepas ser agradecida con él y dejes de tratarlo como si fuera culpable de algo.

—¿Perdona?

—Ya me has oído.

—Está bien, se acabó. Me voy. Tengo muchas cosas que hacer.

—Te sentirás muy adulta, Virginia, pero eres viuda y

tras la muerte de tu marido, que en paz descanse, nosotros, a todos los efectos, volvemos a tener la responsabilidad de protegerte, de guiarte, de velar por ti y por tu hijo. Somos tu familia y hasta que no vuelvas a casarte, procuraremos lo mejor para ti. Y eso también cuenta para Thomas, que era un hermano para Henry.

—Santa madre de Dios...

—Y que a ese Campbell ni se le ocurra venir a pedirme tu mano.

—No vendrá a nada y, en todo caso, soy yo la que decide sobre mi vida.

—De eso nada, ya te he dicho que vuelves a estar bajo nuestro amparo y ese escocés de medio pelo no es digno de ti. Y mucho menos de criar a Jack, así que ya lo sabes.

—Y luego os preguntáis por qué no quiero vivir en Nueva York... —soltó muy enfadada y salió de la biblioteca sin cerrar la puerta.

Era increíble que la trataran como a una cría estúpida y sin criterio. Daba igual si había demostrado madurez, temple e inteligencia para superar la muerte de Harry y para seguir adelante con su hijo, administrando con bastante fortuna un ducado como el de Aylesbury. Eso daba igual, carecía de importancia porque para sus padres, hermanos, e incluso para personas como Thomas Kavanagh, solo era una mujer sola, viuda e indefensa a la que había que dirigir, llevar de la mano y proteger del mal.

—Creo que voy a adelantar la vuelta a Inglaterra —cogió a Tracy del brazo y la animó a subirse al carruaje—. ¿Te vienes conmigo?

—Sí, pero no podemos, faltan dos semanas para la boda de Kevin, no puedes dejarlo tirado.

—¿Dejarlo tirado? Ni se dará cuenta.

—Eso no es verdad, pobre Kev —la miró de reojo y le cogió la mano—. ¿Qué ha pasado?

—Mis padres dicen que vuelvo a estar bajo su amparo, que a Beau Campbell mejor ni se le ocurra pedir mi mano, que ser viuda significa volver a ser una mujer dependiente de sus padres y que Tom Kavanagh es prácticamente un héroe.

—¿En serio?

—Te lo juro por Dios.

—Pero a ti Campbell no te interesa.

—Les da igual todo, pero lo que más me duele es esa confianza ciega que depositan en Tom. No saben nada de él, nada de lo que me hizo... En fin, mejor voy a relajarme e intentar disfrutar de la velada musical. Lástima que no pudiéramos traer a Jack.

—Han pasado casi cinco años de aquello, Gini. Deberías...

—No pienso olvidar lo que pasó entre nosotros, cómo me rechazó, me abandonó y me dejó tirada a través de una carta. No creo que me lo mereciera, ninguno de los dos merecíamos lo que decidió hacer de *motu proprio* y sin importarle para nada el dolor que estaba provocando.

—Prima...

—Ni siquiera pasó tiempo con Harry en sus últimos meses de vida —sacó un pañuelo y se enjugó las lágrimas—. No sabe la desazón que le provocó a él también.

—Siempre fue un buen amigo. Hizo mucho por Henry, lo salvó de mil desgracias, tú misma me lo contaste. A lo mejor ha llegado la hora de enterrar el hacha de guerra.

—¿Para qué? Ya no volveré a fiarme de él en la vida.

—Está bien, olvídalo. Ya hemos llegado.

Bajaron en la residencia de los Vanderbilt y entraron a la enorme mansión saludando a las amigas y conocidas que esa tarde se reunían allí para escuchar en concierto a una famosa cantante de ópera francesa. Consuelo Spencer-Churchill, la duquesa de Marlborough, de soltera Consuelo Vanderbilt, también andaba de paso en Nueva York y su familia le había organizado esa recepción tan elegante a la que los caballeros solo podrían acceder a última hora, después del recital.

Se acercó a saludar a la duquesa, sin poder evitar pensar que ella había sido una de las princesas del millón de dólares más famosas de los Estados Unidos e Inglaterra, y le hizo una pequeña venia antes de saludarla con dos besos. Se habían visto alguna vez en Londres, antes de la última recaída de Harry, e incluso había asistido junto a su esposo a los funerales que el rey Eduardo VII había encargado en la abadía de Westminster en honor de lord John primero y después de Henry. Sin embargo, jamás habían cruzado más de dos frases, algo extraño teniendo en cuenta que eran compatriotas, las dos de Nueva York y ambas casadas con dos ilustres ducados de Gran Bretaña.

–Querida duquesa, ¿cómo está? Gracias por venir –la saludó muy cariñosa, con un acento salpicado de consonantes británicas. Virginia sonrió–. Me habían dicho que estaba en Manhattan, pero no sabía si podría asistir a la velada musical.

–No me la iba a perder por nada del mundo. ¿Cómo está usted, y los niños?

–Los dejé en Inglaterra, solo vengo por un mes y su padre y yo…–se le acercó y le susurró al oído–. ¿Qué tal si nos tuteamos, Virginia?

–Por favor, me encantaría.

–Bueno, pues, su padre y yo acabamos de separarnos y he venido sola, John e Ivor se han quedado en Blenheim con él.

–No sabía nada, lo siento mucho.

–Debes ser la única de Inglaterra que no se ha enterado –soltó una risa muy simpática y Virginia observó con atención lo guapa y elegante que era. Su cuello de cisne era célebre en medio mundo y se preguntó cuántos años tendría.

—Yo no lo siento. La verdad es que fue un matrimonio de conveniencia, muy conveniente para él, claro –le guiñó un ojo–, y no teníamos demasiado futuro. Mi marido no es ni una décima parte de lo encantador que era tu Harry.

—Bueno...

—Aún lloramos su muerte. Henry Chetwode-Talbot era un ser especial y adorable, seguro que vuestro hijo ha heredado mucho de él.

—Es un chico estupendo –sin querer se estrujó la falda y miró a su alrededor. Las habían dejado solas, pero la mayoría de las damas presentes no perdían detalle de su charla.

—¿Qué edad tienes, Virginia?

—Veinticuatro.

—¿Y tienes muchos pretendientes? Conozco a media docena entre Inglaterra y los Estados Unidos que matarían por seducirte.

—No tengo ningún interés al respecto. La verdad es que solo me dedico a mi hijo y al ducado, que me da mucho trabajo.

—Porque quieres. Hay personas que pueden llevarte la administración mientras tú te dedicas a disfrutar.

—Lo sé, pero me gusta estar encima de Aylesbury.

—Yo tengo veintinueve años, hago treinta el próximo marzo y espero volver a casarme lo antes posible. No he renunciado al amor, tú tampoco deberías...

—Duquesa, vamos a empezar –anunció el mayordomo y las dos se encaminaron al salón principal donde estaban dispuestas las sillas de manera semicircular para el evento.

Virginia se sentó junto a Consuelo Spencer-Churchill y buscó a Tracy con los ojos. Su prima se había quedado en una de las últimas filas, junto a Susan, y las saludó con la mano antes de enfrascarse en el magnífico recital que la soprano francesa les regaló durante una hora.

La música era maravillosa. Le encantaba la ópera y estar allí la sustrajo durante sesenta minutos de sus preocupaciones, de sus padres, de Campbell, de Thomas Kavanagh, y de todo lo demás. Rememoró con ternura las veladas similares que había llegado a compartir con Henry, en Inglaterra y también en Irlanda, cuando la cogía de la mano, se mostraba arrebatadoramente atento con ella y la hacía sentir la mujer más importante del universo. Era cierto, como le acababa de recordar la duquesa de Marlborough. Henry había sido un ser humano especial y adorable. Lo querría toda su vida, no con la locura de amor y la pasión que había llegado a sentir por Tom, pero sí con un cariño tan profundo y genuino, que le compensaba el poquísimo tiempo que habían pasado juntos.

—¡Gini! —sintió la voz de Susan y se giró hacia ella con una sonrisa—. No os vayáis todavía, mira quién quiere saludarte.

—Buenas tardes, milady —esa chica, Maddy Shaw, la novia de Thomas, se les acercó con timidez y seguida por su hermana. Tracy no dejó de ponerse el abrigo y ella solo atinó a estrecharle la mano.

—Buenas tardes. Ya te dije que puedes llamarme Virginia.

—Claro, es que la admiro tanto… —se sonrojó y Susan la abrazó por los hombros.

—Vamos, Maddy, no seas niña y enséñales a mi hermana y a mi prima tu precioso anillo de compromiso —la jovencita estiró la mano y enseguida pudieron vislumbrar el zafiro rodeado por pequeños brillantitos que componían su enorme anillo de pedida–. ¿A que es precioso?

—Muy bonito, sí. Enhorabuena –las piernas se le doblaron un poco y buscó apoyo en Tracy, que se asomó a la joya como quien mira un desastre natural.

—Gracias. Mi Tom tiene muy buen gusto.

—Se comprometieron el fin de semana pasado, la boda será en marzo.

—Enhorabuena, me alegro mucho. Pero nosotras nos tenemos que marchar, Jack está un poco resfriado y...

—¿No puede quedarse unos minutos más? Tom está a punto de llegar y me gustaría que la saludara.

—Otro día, hoy es imposible. Buenas tardes. Adiós.

Salió de la casa Vanderbilt con el corazón en la garganta y maldiciéndose a sí misma por sentir esa revolución de sentimientos tan absurda. Era ridículo que le afectara tanto esa pobre muchacha, su ilusión y su flamante prometido, era una idiotez, pero no podía controlarla.

«Maldito seas, Thomas Kavanagh», pensó caminando con energía por la acera, maldito seas tú y tu boda, por reaparecer en mi vida precisamente ahora, cuando ya no te necesito, y por pasearte por ahí como mi salvador, defendiendo mi honra y el recuerdo de Henry, mientras tienes otras cosas mucho más importantes de las que ocuparte.

—¿Virginia? –oír su voz de repente le pareció resultado de su propia imaginación, así que la ignoró y siguió caminando hacia su carruaje sin apartar los ojos del suelo, un par de metros, hasta que su manaza la detuvo con firmeza por el codo–. Virginia.

—¡Eh! No me toques.

—Lo siento, pero no me haces caso.

—No te he oído. ¿Qué quieres? –observó de arriba

abajo su estampa impecable, tan varonil, y él saludó a Tracy con una venia–. Vamos, que tengo prisa y tú querrás entrar a la cena, ¿no?

–¿Sales de allí? –preguntó, mirando hacia la mansión, y ella entornó los ojos–. Tenemos que hablar, quiero ver a Jack.

–Estamos muy ocupados.

–No me mientas.

–¿Perdona? –abrió mucho los ojos y él movió la cabeza con una sonrisa.

–Quiero ver a mi hijo –susurró, observando como Tracy se subía al coche –. No quiero llevármelo de viaje a Irlanda, solo quiero estar con él, en tu casa y contigo delante, si lo prefieres.

–¿Por qué?

–¿Cómo que por qué?

–No te conoce, no necesita verte y no pienso...

–Ya está bien, por el amor de Dios. Siempre has sido una persona razonable, Virginia. Nosotros...

–¿Nosotros? ¿Qué nosotros? Nunca hubo un nosotros, así que déjame en paz y entra allí, que tu prometida te está esperando.

–¿Qué? –frunció el ceño y ella se arremangó la falda para subirse al carruaje–. Muy bien, nunca hubo un nosotros, nunca fuimos ni siquiera amigos, pero el caso es que tenemos un hijo en común y quiero verlo. No voy a secuestrarlo ni a intervenir en su vida, solo quiero pasar tiempo con él. Es imposible que no puedas comprenderlo.

–Henry y yo tenemos un hijo en común, creí que ese tema ya estaba zanjado, Thomas, así que déjanos en paz. Y –se giró y le clavó los ojos negros– la pura verdad es que ni siquiera fuimos amigos, me lo dejaste meridianamente claro en Dublín, aquella triste Nochevieja de

1901, así que no intentes ahora mostrarte cercano conmigo. No te quiero en mi vida.

–No puede ser que aún no entiendas...

–Olvídate de nosotros y no vuelvas a dirigirte a mí o tendré que decirle a mi padre y a mis hermanos que me estás acosando y que me das miedo.

–No te creerán.

–¿Quieres comprobarlo?

–No creerán que me tienes miedo, todos sabemos en el trozo de hielo en el que te has convertido, Virginia, es improbable que tú puedas sentir miedo por algo –le hizo una venia, le dio la espalda y caminó con paso firme hacia la cena de los Vanderbilt.

Capítulo 35

Se movió y un dolor lacerante le atravesó el costado impidiéndole respirar. Se tocó el pecho, intentando coger un poco de aire, y entonces notó las vendas que le cubrían el torso. Abrió los ojos y lo recordó todo: unos individuos lo habían atracado antes de llegar a su hotel y solo gracias a la intervención divina seguía vivo. Maltrecho sí, pero continuaba respirando.

–Señor Kavanagh, ¿quiere un poco de agua? –la voz femenina le habló bajito y él asintió intentando sentarse–. No se mueva, por favor, el doctor Fitzpatrick dice que el reposo es fundamental.

–Gracias –tomó un par de sorbos de agua y se desplomó sobre una nube de cojines soltando un quejido. Entreabrió los párpados y recorrió con la mirada la habitación donde se encontraba. Era blanca, amplia, elegante y luminosa. Seguía en casa de Caroline y Patrick O'Callaghan, donde su salvador, Kevin O'Callaghan, se había empeñado en llevarlo tras el brutal ataque.

–Voy a avisar de que ha despertado.

–No, por favor, yo…

–La señora me ordenó que la avisara, señor Kavanagh. Espere un momento –la enfermera salió con prisas y él intentó calcular cuánto tiempo llevaba allí y en esas condiciones. Levantó una mano y se miró los nudillos heridos. Había hecho lo posible por defenderse, pero habían sido al menos seis los atracadores y contra eso poco pudo hacer. Afortunadamente, Kev y sus amigos habían aparecido por allí y habían parado el linchamiento. Así lo había llamado él, un linchamiento en toda regla, como en el lejano oeste.

–Thomas, hijo, ¿cómo estás? –Caroline O'Callaghan entró en la habitación seguida por una doncella y dos enfermeras y le sonrió–. Espero que hoy puedas comer un poco.

–Muchas gracias, Caroline.

–Nada, por Dios –buscó una silla y se sentó al lado de la cama–. El embajador británico y la delegación de negocios te siguen enviando telegramas, lo mismo nuestros amigos y conocidos. Patrick no puede estar más preocupado por ti, pero hoy te veo mejor cara.

–¿Cuánto tiempo ha pasado...?

–Cuatro días se cumplen esta noche, querido.

–Oh Dios, apenas recuerdo nada. Debo estar un poco conmocionado.

–No es para menos, aunque ya estás mucho mejor. Hoy tendrás que comer te guste o no, se lo he prometido al doctor Fitzpatrick.

–Muchísimas gracias, Caroline, yo...

–Shhh, calla y descansa un poquito más.

–¿Ya has despertado? –Tracy entró con un libro entre las manos y lo observó con atención–. ¿Quieres compañía?

–Sí, quédate con él, yo tengo un almuerzo abajo y no puedo saltármelo –la dueña de la casa le sonrió y besó a su sobrina en la mejilla–, pero no lo agotes, en cuanto lo veas cansado, déjalo dormir.

—Por supuesto, tía, no te preocupes —los dos vieron como Caroline se iba y después se miraron a los ojos—. Si quieres te leo un poco, Tom.

—Gracias, pero no tienes que molestarte.

—No es molestia —buscó una butaca y se sentó a una distancia prudencial—. ¿Necesitas algo?

—No, gracias —hizo un esfuerzo y se sentó mejor—. ¿Y Virginia?

—Estupendo, vengo a acompañarte y solo preguntas por ella —le guiñó un ojo y suspiró—. Es broma. Tenía una reunión con sus abogados o algo así, pero está bien, gracias por preguntar.

—No le debe hacer mucha gracia que su hermano me haya traído aquí. En cuanto pueda ponerme de pie me voy a mi hotel.

—¿Recuerdas algo del atraco?

—No mucho, salvo que a una manzana del hotel aparecieron seis tipos y se me echaron encima. Me quitaron el reloj, la cartera, no sé... —se atusó el pelo y miró por la ventana—. Está todo muy borroso, creo que me dijeron algo concreto en medio del revuelo, pero no puedo recordarlo.

—Eso te pasa por no ir armado.

—Jamás he llevado un arma.

—En los Estados Unidos todo el mundo las lleva, deberías comprarte una.

—Tampoco es que vaya a quedarme mucho tiempo más por aquí, tengo que volver a Londres en enero.

—¿Enero? —entornó los ojos y él asintió—. Creí que te casabas en marzo.

—¿En marzo? ¿Con quién? —forzó una sonrisa y Tracy se puso de pie y se le acercó un poco más.

—¿Cómo que con quién? Con esa Maddy Shaw. Nos la presentó mi hermana, nos contó que os habíais conocido en Washington, que había sido un flechazo, y hace cinco días, en la velada musical de los Vanderbilt, nos enseñó su anillo de compromiso.

—¿Maddy Shaw? No sé quién es.

—Pero ¿qué diantres estás diciendo, Thomas Kavanagh? No me mientas, no te lo consiento.

—Te lo juro por Dios, no sé quién es... a ver —entornó los ojos y trató de situar el apellido y a la muchacha—. Ya, sí, ya sé quién es.

—¿Ah sí? Menos mal...

—Es hija del secretario del tesoro, Leslie Mortier Shaw.

—Eso ya lo sabemos.

—Y es cierto, nos conocimos en Washington, durante una cena oficial y hubo un flechazo, sí, pero no conmigo, sino con mi compañero de delegación Thomas Kaplan.

—¡¿Qué?! No me lo puedo creer. Esta mujer es idiota y mi hermana más.

—Tracy, no me hagas reír —se sujetó las costillas y ella se sentó a su lado.

—Nos la presentaron como tu novia. Susan le dijo que Virginia te conocía, que habías sido un hermano para Harry y la chiquilla insulsa esa, obnubilada por Gini, a la que confesó «admirar», solo atinó a decir que su Tom no le había contado nada al respecto. Claro, cómo le iba a contar nada si no eras tú. Voy a matar a Susan, nació un poco torpe, pero con los años se ha superado a sí misma.

—Se habrá confundido por las iniciales.

—¿Quién confunde el apellido de su futuro marido? Es tonta de capirote y Virginia...

—¿Virginia?

—Ahora me explico que no apareciera por aquí estando tú malherido.

—¿Qué pasó con Virginia? ¿No se habrá creído que...?

—Nada. He traído *El retrato de Dorian Gray* de tu paisano Oscar Wilde, ¿lo has leído ya?
—Virginia no se puede haber creído que me iba a casar con esa chiquilla.
—¿Y por qué no? —lo miró suspicaz y él guardó silencio.
—Es igual. Ya he leído *El retrato de Dorian Gray*, pero no me importaría oírlo si quieres leérmelo.
—Sé lo que pasó entre vosotros, Thomas, mi prima me lo contó al poco de nacer Jack, cuando entró en una espiral de tristeza bastante severa y no tuvo más remedio que confesarme lo que le estaba pasando.
—No lo sabía —sintió un vuelco en el estómago y volvió a mirar hacia la ventana—. Tampoco que había estado tan triste.
—Os perdió a los dos a la vez, a Harry y a ti, y eso no ha podido superarlo. No creo que lo haga jamás.
—Yo quise quedarme y estar con ella, pero me echó de Aylesbury a patadas, me prohibió acercarme a ella o al bebé —tragó saliva y Tracy movió la cabeza—. No supe que había nacido hasta una semana después del alumbramiento. Me dijo que, si de verdad era un hombre y quería respetar la memoria de Henry, debía alejarme de ellos y eso hice.
—Hasta ahora.
—No era mi intención importunarla en Nueva York. Su familia me buscó, su hermano me presionó para venir a su casa y ya que nos reencontramos, y han pasado tantos años desde… En fin, pensé que me dejaría hablar con ella y ver al pequeño.
—Para ella no han pasado tantos años. Al contrario, creo que para Virginia todo aquello pasó ayer, lo recuerda cada día, cada vez que mira a su hijo, y sufre por ello. Tienes que darle tiempo.

—No creo que sea cuestión de tiempo, sino de voluntad, y de eso carece bastante, sobre todo en lo referente a mí.

—Eres tan injusto con ella que no sé ni como sigo hablando contigo. El otro día, cuando le dijiste que era un trozo de hielo..., ¿sabes cómo se sintió? ¿Puedes imaginar remotamente el daño que le haces con tus palabras, Thomas?

—Lo siento, pero ¿has visto cómo me trata? Es frustrante y doloroso. Yo también sufrí hace cinco años cuando tuve que hacer lo correcto y renunciar a ella. Sin embargo, soy consciente de que ha pasado mucho tiempo y que no podemos seguir anclados en ese dolor. El tiempo...

—El tiempo, el tiempo... —repitió indignada—. El tiempo no supone nada para Gini, que solo tenía diecinueve años cuando la dejaste abandonada en Dublín para «hacer lo correcto» y correr en busca de Henry.

—Si no hubiese hecho aquello, Harry habría muerto como un perro en París.

—En eso estamos de acuerdo, ella también lo está, pero no se trataba solo de Harry. Se trataba de una mujer joven y sola que llevaba un año entero siendo rechazada por su flamante marido. Un tipo adorable en público que en privado la trataba como a una hermana, una amiga o una dama de compañía. Ponte en su lugar, Tom, y piensa un poco, por el amor de Dios.

—Lo sé, yo...

—No tienes ni idea lo que supone para cualquier persona vivir en ese repudio constante. Virginia se resignó a vivir así por vergüenza y por falta de experiencia, porque quería a Henry y porque en realidad no tenía ni idea de lo que significaba el matrimonio. No lo sabía y se adaptó a esa vida sin oponer resistencia, pero en medio del proceso se enamoró de ti, te entregó su corazón y al final intimó contigo, y tú respondiste anteponiendo tus altísimos principios morales, tu honor y tu dichosa amistad con Henry para dejarla tirada. La abandonaste, Thomas, y en una situación muy vulnerable. También acabaste rechazándola y repudiándola, entérate de una vez, ¡maldita sea! ¿Cómo quieres que ella te trate?

Thomas guardó silencio, absolutamente conmocionado por esas palabras tan claras, y sintió cómo las lágrimas empezaban a mojarle la cara. Sintió un dolor tan concreto en el alma que fue incapaz de responder como un hombre y contenerse, no pudo, y se echó a llorar como un niño.

–Lo siento, Tom, perdona –Tracy le acercó un pañuelo y un vaso de agua–, pero llevo muchos años viendo sufrir a Virginia, que es una mujer excepcional que no se merece nada de esto. Tampoco tú te lo mereces y alguien tenía que hablar claro de una vez. Los dos os estáis haciendo daño, pero está en tu mano subsanar en algo este despropósito.

–Haría cualquier cosa por reparar en parte el daño que le hice.

–Empieza por pedirle disculpas.

–No deja que le explique...

–No quiere que le expliques nada, ya se lo explicaste con tu nota en Dublín y luego cuando Harry murió. Sé que entiende tus razones, pero no le sirven. Virginia necesita que, por una vez, la mires a los ojos, abras tu corazón y le pidas perdón sinceramente. No es tan difícil.

–Le pedí perdón en Aylesbury, cuando el funeral de Harry, y me echó a la calle.

–¿Y estos últimos años? ¿Por qué no lo intestaste de alguna manera?

–Porque me pidió que la dejara en paz y eso he hecho. He respetado su deseo, aunque nunca... –se limpió las lágrimas y respiró hondo–. Nunca la he olvidado y siempre he intentado saber cómo crecía nuestro hijo.

–Lo sé, lo de tus telegramas de felicitación ya son un pequeño acontecimiento... –le sonrió–. Venga, cálmate, no estás en condiciones para soportar tantas emociones.

–Lo siento.

–No pasa nada, pero recuerda que no puedes aparecer aquí, después de cinco años, saludarla y decirle que quieres ver a Jack, así, de repente. No es normal y solo contribuyes a que ella se aleje aún más de ti, ¿comprendes?

–Sí.

–Muy bien. Intenta acercarte con más tino y luego negocia lo del niño.

–¿Está Jack en casa?

–No, Virginia se lo lleva con ella a todas partes.

–¿Se puede? –Kevin se asomó al cuarto y, al ver que estaba despierto, entró sonriendo de oreja a oreja–. ¿Qué tal, hombre?

–He tenido tiempos mejores, gracias, Kev.

–Ahora sube Sean para comentarte una novedad, pero, de momento, te voy a dar un regalito –sacó un estuche y se lo pasó–. Una Colt 1902, calibre 38, semiautomática. La perfecta pistola americana.

–¿Una pistola? Vaya...

–Le estaba diciendo que debía ir armado –intervino Tracy observando el arma con mucha atención–. Es una pieza fantástica.

–Está inscrita y con licencia, Tom, es un regalo de todos los hermanos O'Callaghan. No queremos que vuelvas a andar indefenso por estos mundos de Dios.

–Muchas gracias, pero...

–¿Qué tal? –Sean entró y se puso en el centro de la habitación con las manos en las caderas–. Dos de los delincuentes detenidos han cantado esta mañana, Thomas.

–¿Cómo que han cantado?

–Les han apretado las tuercas y los dos coinciden en lo mismo: No son rateros, son matones profesionales. Fueron contratados expresamente para atacarte.

–¿Y quién podría querer hacerle daño? –preguntó Tracy.

–No lo sé, pero lo averiguaremos. ¿Tienes enemigos en los Estados Unidos, Tom?

–No, que yo sepa.

–Muy bien, nos pondremos a ello. Por ahora, sigue recuperándote –intervino Kevin–. Me caso en una semana y te necesito entero, amigo. No lo olvides.

–No te preocupes, no me perdería tu boda por nada del mundo.

Capítulo 36

Jack y tres de sus primitas participaban activamente en la boda de Kevin, el penúltimo de los O'Callaghan que se casaba, y la cosa se estaba descontrolando bastante. Virginia se levantó de su asiento con cuidado, se acercó al pequeño y le hizo un gesto muy serio para que se callara y dejara de juguetear con las niñas. Sin embargo, él corrió y se abrazó a sus piernas muerto de la risa.

Toda la iglesia se echó a reír y los novios la miraron con paciencia desde el altar. Ella les pidió disculpas, agarró a Jack en brazos y se lo llevó a su sitio para intentar que dejara de importunar hasta que acabara la ceremonia. Ya había cumplido como paje y no le gustaba la idea de tenerlo sentado lejos y a su libre albedrío haciendo de las suyas. Era muy travieso cuando le daban cuerda, muy risueño, y la situación se prestaba para que siguiera revolviendo a los demás niños y dando espectáculo, para disgusto y preocupación de la novia, claro.

Lo sentó sobre sus rodillas, respiró hondo y sintió los ojos celestes de Thomas Kavanagh fijos sobre ellos. Besó al niño en la cabeza y lo miró de reojo. Iba impecable de chaqué, tan alto, guapo y elegante como siempre, pero las huellas del ataque que había sufrido hacía unos días aún se evidenciaban en su rostro. Se había tratado de una paliza tremenda, salvaje, casi lo habían matado, y ella lo sabía bien porque cuando Kev había llegado con él a casa de sus padres, había colaborado en atenderlo y limpiar sus heridas mientras esperaban la llegada del médico.

La primera noche veló su sueño agitado, preocupadísima y muy asustada de verlo tan indefenso y sufriendo, y al día siguiente ayudó a asearlo y vestirlo para dejarlo más a gusto en su cama. Colaboró en todo lo que pudo hasta que empezó a recuperar el sentido, a abrir los ojos y a balbucear frases. Justo en ese momento se retiró de su habitación y no volvió a visitarlo. No quería que supiera que ella moría de preocupación por él, eso jamás.

Cerró los ojos y pudo rememorar perfectamente el efecto que le había producido tocar su piel otra vez, notar su aliento de cerca y verlo desnudo. Todo su organismo había reaccionado al tenerlo tan próximo y no había sido capaz de contenerse, así que había acabado acariciándole el pelo, los hombros y las manos, besándole la frente y los párpados, mientras le susurraba infinitas palabras de consuelo. Una muy mala idea, porque desde entonces una especie de estado febril la recorría de vez en cuando, de arriba abajo, y solo soñaba con poder besarlo y amarlo como en Dublín. Deseaba a Tom, seguía enamorada de él, y eso no había quien que la ayudara a superarlo.

La ceremonia de pronto acabó y espantó de inmediato aquellos pensamientos tan impropios para una iglesia. Se puso de pie para saludar a los novios, abrazó a Jack y salió con paso firme hacia la calle, donde una fila muy ordenada de carruajes los esperaban para llevarlos a la residencia de los padres de la novia. El banquete nupcial sería allí y ella había pactado con su madre quedarse solo un ratito. No le apetecía nada andar de fiesta con un niño tan pequeño y menos aún con Thomas Kavanagh cerca, aunque eso último no se lo confesó a Caroline, claro.

Tom era uno de los invitados estrella de Kevin y seguramente acabarían juntos, posando para las fotografías oficiales o sentados cerca, y eso no era viable, no podía ser, y mucho menos si en medio del barullo se encontraba su hijo.

—Vaya por Dios, tú siempre tan espectacular, prima —le susurró de cerca Damian FitzRoy, el marido de Susan, y ella inconscientemente dio un paso atrás sin perder de vista a Jack, que en esos momentos andaba en brazos de su abuelo, mientras él saludaba a sus amigos—. Si te hubiese conocido antes que Henry, no habrías salido indemne.

—¿Cómo dices?

—Me hubiese casado contigo.

—Si yo te hubiese aceptado, que no es el caso. ¿Dónde está tu mujer?

—¿Eres consciente de que no somos primos carnales, no? —preguntó mirándole el escote y ella frunció el ceño.

—¿Qué?

—Podríamos ser amantes y no cometeríamos ningún pecado.

—¿Tú eres idiota?

—Eso es, duquesa, una mujer con carácter y personalidad, una fiera en la cama, seguro.

—Si no te cruzo la cara ahora mismo es porque no quiero avergonzar a tu esposa, Damian, pero no tientes a la suerte y déjame en paz.

—¿Damian? —Susan apareció de la nada y lo agarró del brazo suplicante, como siempre hacía y Virginia suspiró mirando al cielo—. ¿Dónde te metes? No me haces ningún caso y estoy cansada.

—Cómo no vas a estar cansada si estás gorda como un tonel.

—¿Cómo te atreves a hablarle así, estúpido arrogante? —Virginia se le acercó con muy malas intenciones y Susan se puso en medio levantando las manos.

—¡Gini! No hables así a mi esposo.

—¿Has visto cómo te trata? ¿Estás ciega?

—Déjanos en paz, te has vuelto una envidiosa, igual que mi hermana. Yo no tengo la culpa de que te hayas quedado viuda tan pronto y que ahora estés triste y sola, ¿sabes? —agarró a su marido y se largó dándole la espalda con bastante desprecio. Virginia respiró hondo y miró a Tracy, que los obscrvaba desde lejos.

—¿Qué ha pasado? —se le acercó y ella movió la cabeza.

—Tu hermana está cada día más loca y ese individuo acabará con ella.

—Lo sé, mis padres lo saben y todo el mundo que los conoce, pero ella solo ve por los ojos de Damian —imitó a Susan y se echó a reír—. «Sarna con gusto no pica», o eso dicen. Ella lo quiere y ya está.

—Bueno, yo estoy pensando en marcharme, de momento he capeado bastante bien a Tom y no quiero jugármela más. Voy a pedir un coche. ¿Te vienes?

—No sé, yo… —oyó que decía su prima, pero ya no oyó nada más porque en su campo visual se cruzó la imagen de su padre hablando con Thomas y dejando que cogiera en brazos a Jack. Se le subió el corazón a la garganta, abandonó a Tracy con la palabra en la boca y atravesó el salón como un suspiro para llegar hasta ellos en medio segundo. Se detuvo justo delante y estiró los brazos hacia el niño, que observaba a Tom con mucha curiosidad.

—Buenas tardes, me llevo a Jack a casa. Vamos, cariño –pronunció con calma, pero él no le hizo ningún caso–. Mi vida, ven con mamá.

–Deja que esté un rato con su tío Thomas, seguro que puede contarle muchas cosas sobre su padre, ¿verdad, campeón? ¿Verdad que quieres saber cosas de tu papá?

–Otro día –opinó forzando una sonrisa y mirando a Tom, que parecía sereno, aunque ella sabía que no lo estaba en absoluto–. Es tarde y ha tenido un día duro.

–Claro, ve con mamá, Jack –le entregó al pequeño y ella notó sus ojos húmedos, pero solo atinó a regalarle una venia y a salir de allí cuanto antes.

Media hora después estaba en casa, acostando a Jack para que durmiera la siesta. Llevaba en pie desde las siete de la mañana y ya era hora de que descansara un poco. Además, había comido fatal y picado de todo, así que había que rogar a Dios porque no sufriera una indigestión. Le tocó la frente, le besó las mejillas y él la miró con esos ojos celestes tan parecidos a los de Thomas. Le sonrió con lágrimas en los ojos y se inclinó para acariciarle el pelo rubio y ondulado, sintiendo una congoja enorme en el pecho.

–Te quiero mucho, mi vida.

–Yo también te quiero, mami.

–Lo sé, mi amor, y ahora vas a descansar un poquito, ¿quieres?

–No quiero.

–Solo cierra un ratito los ojos, yo me quedo aquí contigo.

Se sentó en la cama y le cogió la manita. Era un niño tan dulce y cariñoso... Estaba segura de que Tom sufría horrores por no poder estar cerca de él, por no poder disfrutar de su crecimiento, de sus progresos, de ese amor inmenso que era capaz de desplegar con todo el mundo. Lo sabía, era consciente, pero no podía ser, no podía estar con ellos, y aquella certeza la partía por la mitad.

Suspiró acariciándole el pelo y se preguntó cuánta gente podría notar el parecido, cuánto tiempo tardaría alguien en ver que Jack era el vivo retrato de Thomas Kavanagh, el mejor amigo de su marido muerto.

Esa posibilidad era más que plausible, era bastante probable, y con el tiempo podría llegar a ser aún más evidente, así que no podían estar juntos. No lo iba a permitir, y lo sentía por Tom, pero él también tenía parte de culpa en esa decisión. Él había podido elegir quedarse con ella, pero no lo hizo. Había decidido poner el mundo entero por delante de su amor y de su futuro, y aquellas eran las consecuencias.

—¿Milady? —Margaret, su niñera inglesa, que era la única que la llamaba milady en Nueva York, entró sigilosa y la miró muy seria—. Lo siento, milady, pero un caballero pregunta por usted y dice que es urgente.

—¿Un caballero? ¿Quién? ¿No será el señor Kavanagh?

—No, milady, el señor Beau Campbell. Ha insistido mucho en verla.

—¿Beau Campbell?, qué extraño —se puso de pie y miró al niño—. Quédese con Jack, por favor, voy a ver qué quiere ese hombre.

—Claro, milady.

Dejó a Margaret a cargo del pequeño y bajó las escaleras con energía, llegó al recibidor y se encontró de bruces con Campbell, al que no había vuelto a ver desde su incidente con Thomas en el cumpleaños de su cuñada Pam.

—Buenas tardes, ¿en qué puedo ayudarte, Beau?

—Virginia —le hizo una venia, con el sombrero entre las manos, y luego la miró con cara de preocupación—. Siento importunar a estas horas, pero alguien me dijo que ya no estabas en la boda de Kevin, y es preciso que hablemos.

–¿Quién te dijo qué?

–Pasé por el banquete, pero te habías ido.

–Bueno, pues tú dirás.

–Es confidencial y muy delicado, tenemos que hablar en privado.

–¿Ah, sí? –lo observó con atención y decidió darle una oportunidad–. Está bien, pasemos al despacho de mi padre.

–Gracias –la siguió hasta la biblioteca y ella lo invitó a sentarse, pero él no quiso y sacó un sobre del interior de su chaqueta–. Me han llevado esto a mi oficina del puerto.

–¿De qué se trata? –cogió el sobre, lo abrió y sacó de su interior una fotografía donde aparecía posando junto a Jack unos días antes de embarcar rumbo a Nueva York. Se sorprendió un poco, pero no dijo nada y comprobó de un vistazo que procedía de su estudio de fotografía habitual en Londres, la giró y lo que leyó a continuación le congeló la sangre en las venas: *Virginia y nuestro hijo Jack, a un mes de cumplir los cuatro años*. La letra era la de Thomas Kavanagh y tuvo que tragar saliva antes de hablar–. ¿De dónde la has sacado?

–Me la ha hecho llegar un intermediario junto con la cartera y la documentación de tu amigo Kavanagh. Al parecer se la quitaron hace unos días durante un atraco. El dinero no apareció, tampoco las joyas que llevaba encima, pero sí esto, y tuve que pagar una pequeña fortuna para que me la entregaran.

–Muy bien, muchas gracias por traerla –sintió como le temblaba la voz y le dio la espalda–. Dime cuánto has pagado y te haré un cheque por las molestias.

–¿O sea, que finalmente ese tipo es el padre de Jack?

–¿Cómo dices?

—No estaba seguro, pero acabas de confirmármelo –soltó una risa y se sentó en una butaca–. La cara es el espejo del alma, Gini.

—No digas estupideces, Beau y dime, ¿cuánto te debo?

—Siempre supe que tu duquesito no estaba a la altura y... –se acarició el mentón moviendo la cabeza– el crío es clavadito a su padre. A Kavanagh, claro, no sé cómo no lo advertí antes. ¿Lo sabe tu familia?

—¿Cuánto pagaste por la fotografía?

—Mil dólares. Si llegan a ir a ver a tus hermanos antes que a mí, la noticia hubiese provocado un pequeño cataclismo familiar, ¿no?

—¿Mil dólares? Perfecto. Dame un minuto y te bajo el talón –hizo amago de salir y él se puso de pie cortándole el paso.

—Por ahora. Esa gente también ha visto negocio en esto –le arrebató la fotografía y la movió delante de sus ojos–, y no se conformarán con mil dólares, teniendo tú lo que tienes aquí y en Inglaterra.

—Estás cometiendo un grave error, Beau, y si no quieres que te denuncie ahora mismo por extorsión, será mejor que cojas el cheque por los mil dólares y te largues de una vez... –quiso recuperar la fotografía, pero él se la guardó otra vez en el bolsillo de la chaqueta y se alejó de ella riéndose.

—¿Esperamos a que llegue tu padre y negocio con él?

—¿Crees que mi padre creerá la mentira que te acabas de inventar? Y qué casualidad que los atracadores de Thomas Kavanagh te conozcan precisamente a ti, ¿no?

—No hace falta ser muy listo para ver que ese niño tuyo no tiene nada que ver con Henry Chetwode-Talbot, que por otra parte no era más que un señorito malcriado, drogadicto e impotente. Todo el mundo lo sabía en Londres.

Virginia guardó silencio, dio un paso al frente y le cruzó la cara de un bofetón. Beau Campbell trastabilló y se quejó con sorna.

—Ahora te quedas aquí y tendrás que dar una explicación a la policía, con mi padre y mis hermanos delante, Beau, porque todo este asunto huele muy mal.

—No hace falta, me largo, pero dame mis mil dólares —ella abrió la puerta, llamó a una doncella y le pidió que fuera a por su chequera, volvió al escritorio y esperó con los brazos cruzados, aparentando estar muy tranquila, a que regresara.

—Aquí tienes tu dinero —firmó el talón y se lo entregó indicándole la salida—. Lárgate, pero antes devuélveme la fotografía de mi hijo.

—No, de momento.

—¡Beau! —llamó, pero él ya había desaparecido camino de la calle.

Un error de manual, pensó, desplomándose en un sofá bastante desconcertada. Jamás debió pagar sin haber conseguido primero la foto, jamás, pero estaba demasiado angustiada como para actuar con algo de cordura. Se atusó el pelo y pensó en todo Nueva York, y por ende en medio Londres, hablando a sus espaldas y observando a Jack con suspicacia, a él, que era el menos culpable en todo ese asunto, si a ese impresentable se le ocurría soltar el rumor de que no era hijo de Henry.

No lo podía permitir.

Se levantó y se arregló el vestido, se miró en un espejo que había junto a la puerta y respiró hondo acordándose de su abuela Hope, de ella en primer lugar, y después de Tom. Salió al pasillo y pidió un coche.

Capítulo 37

Como todas las bodas, la de Kevin y Diana O'Callaghan había sido aburrida y un poco agobiante. Mucha gente, mucho revuelo, muchas flores, muchas solteras buscando ser la próxima en pasar por el altar. Una pequeña pérdida de tiempo, estimó Thomas, quitándose la chaqueta y la corbata, y reconociendo que se estaba convirtiendo en un cínico recalcitrante.

Descorrió las cortinas para ver caer la nieve sobre Manhattan y encendió todas las lámparas de la habitación. Al día siguiente tenía que volver a Washington para cerrar los últimos asuntos pendientes que se habían retrasado por culpa de su «atraco», y pretendía trabajar hasta tarde, por lo menos hasta que su aún maltrecha espalda se lo permitiera.

Se sirvió un vaso de whiskey y se sentó en el escritorio pensando, una vez más, en Virginia y en Jack. Ella preciosa vestida de color lavanda, mucho más radiante y estilosa que la propia novia, y el pequeño Jack, que había revolucionado un poco la ceremonia religiosa jugando y riéndose con sus primitas. Era fuerte, despierto y travieso, estaba claro, y esos rasgos de personalidad le encantaban. Era un chico estupendo y haberlo podido tener en brazos, por primera vez en su vida, aunque solo fuera por unos minutos, había sido lo mejor de todo el día, en realidad lo mejor de sus últimos cinco años.

Sonrió, rememorando sus enormes ojos claros y su sonrisa, y unos golpecitos en la puerta lo sobresaltaron. Miró la hora, se puso de pie y abrió arreglándose el pelo.

—Señor Kavanagh, una dama solicita verlo —soltó con mucha ceremonia el recepcionista del hotel y él frunció el ceño.

—No estoy para nadie —se apresuró a contestar, imaginando que se trataba de alguna de sus atrevidas pretendientes neoyorquinas.

—Asegura que es importante, señor.

—Pues...

—Soy yo, Thomas. Por favor, solo será un minuto —Virginia apareció por la espalda de aquel individuo sacándose los guantes y con semblante bastante serio.

—¿Virginia? Vaya, claro, pasa —la dejó entrar en la suite y miró al recepcionista con los ojos muy abiertos. Sacó un billete del bolsillo y se lo puso en la mano—. Gracias, Hamilton.

—De nada, señor.

—Siento venir así, sin avisar, pero es importante —le dijo ella desde la chimenea, y él asintió un poco impresionado de verla allí—. No te quitaré mucho tiempo.

—No pasa nada, tú no tienes que avisar. ¿Qué sucede? ¿Jack está bien?

—Perfectamente, no se trata de Jack... o bueno, sí, se trata de él.

—¿Qué pasa? —le indicó una silla y él se sentó enfrente, sin poder evitar espiar con atención su piel de porcelana, sus ojos negros, su pelo oscuro recogido de manera tan elegante—. Si es por lo que pasó en la boda, no fue mi culpa, tu padre me...

—No es eso, Tom, déjame hablar.

—De acuerdo —apoyó la espalda en el respaldo de la butaca, intentando parecer un hombre sereno y despreocupado, y ella respiró hondo antes de seguir hablando.

—Beau Campbell se presentó hace media hora en mi casa... —levantó la mano para acallar sus protestas y continuó sin mirarlo a los ojos— y me enseñó una fotografía, una hecha en Londres, donde aparecemos Jack y yo justo antes de embarcar hacia Nueva York.

—¿Y? —preguntó al ver que se callaba, e inmediatamente se acordó de la fotografía que había perdido durante el atraco.

—Dice que un «intermediario» se la hizo llegar después del ataque que sufriste. No apareció ni tu dinero, ni tu reloj, o lo que llevaras de valor encima, eso no, pero sí la fotografía que al reverso tiene escrito: *Virginia y nuestro hijo Jack, a un mes de cumplir los cuatro años*.

—¡Dios! —se puso de pie y se pasó la mano por la cara.

—La letra es la tuya, Thomas, la conozco perfectamente, y no quiero ni imaginar cómo conseguiste esa imagen, pero...

—Tu fotógrafo me vende copias de las fotografías que le encargas regularmente de Jack. Es la única forma que tengo de ver crecer a mi hijo, no pienso crucificarme por ello.

—Increíble... —también se puso de pie y se quitó el abrigo, dejando a la vista su estupenda figura enfundada en el mismo vestido que llevaba durante la boda. Thomas la miró de reojo y se alejó un poco de ella—. Sin embargo, en otro momento discutiremos eso, ahora hay algo mucho más importante que tratar.

—Tú dirás.

—Beau dice que pagó mil dólares por recuperar la fotografía.

—¡¿Qué?!

—Ya le he devuelto el dinero, pero me insinuó que seguirán pidiendo más y más porque con ella se puede probar que Jack es hijo tuyo y no de Henry.

—Eso es absurdo.

—Cuando me la enseñó me quedé tan sorprendida que al parecer fui incapaz de disimular o mantener la calma y encima... encima me dijo que era igual que tú, que no se parecía en nada a Harry, del que, además, todo Londres sabía que era un drogadicto impotente... –lo último lo dijo a punto de echarse a llorar y Thomas sintió como le hervía literalmente la sangre.

—Se va a enterar el muy hijo de puta –miró su chaqueta, la agarró de un tirón para salir a la calle a buscar a ese cabrón y Virginia le cortó el paso sujetándolo por el pecho–. Voy a matar a ese hijo de perra, no te preocupes.

—¡No! ¿Estás loco? No quiero que hagas nada de eso, nada, ¿me oyes? ¡¿Me estás oyendo, Thomas?!

—Mira, Virginia...

—Nada de mira, Virginia. No harás nada, júramelo por Jack. ¡Vamos, júramelo!

—No me pidas eso.

—Júramelo o no volverás a ver a Jack en toda tu vida, te doy mi palabra de honor.

—Igualmente no me dejas verlo.

—¿Crees que no sé que nos espías cuando vamos a Londres? ¿Qué te mantienes muy bien informado sobre él gracias a tus contactos de Aylesbury House? Eso puedo terminarlo con un chasquido, así que prométeme que no te acercarás a ese impresentable o... –guardó silencio, lo soltó y le clavó los ojos negros con firmeza–. Te necesito entero, Tom, no en la cárcel por haber matado a un hombre semejante, así que respira, cálmate un poco y piensa con la cabeza. Si me juras que no buscarás a Beau Campbell, yo te prometo que… —se atusó el pelo y susurró— que podrás tener más contacto con tu hijo.

—No creo que pueda contenerme, ese maldito…

—Podrás. Jack no se merece perder a otro padre, ¿sabes?

—¡Mierda! —tiró la chaqueta al suelo y se le acercó con las manos en las caderas—. ¿Y qué diantres quieres que haga? ¿Qué permita que ofenda la memoria de Henry sin hacer nada? ¿Dejar que te amenace sin mover un solo dedo? ¿Eso quieres? ¿Crees que puedo quedarme de brazos cruzados? ¡Joder, Virginia!

—Eres un tipo razonable y frío. Piensa en Jack y serás capaz de hacer cualquier cosa por él.

—Es un chantajista.

—Lo sé, no soy idiota.

—¿Y cuáles son tus planes? Si puede saberse.

—He pensado en mi abuela Hope.

—¿Perdona?

—Hace muchos años, cuando mi madre y sus hermanos eran adolescentes —se sentó nuevamente y miró el fuego de la chimenea—, un chantajista apareció en su casa asegurándole que tenía pruebas de que su esposo, mi abuelo, mantenía en Brooklyn a un hijo ilegítimo. Un asunto imperdonable para un famoso empresario católico, que se podía convertir rápidamente en un gran escándalo en Nueva York. Hope Fermanagh, que al parecer siempre fue consciente de los escarceos amorosos de su marido, le agradeció la información y lo emplazó a ir unos días después a buscar el dinero que le pedía. El tipo aceptó, pero antes de tener tiempo de regresar a Manhattan, ella organizó una gran cena, con todas sus amistades, y anunció oficialmente la existencia de Andrew Smith, el hijo natural que mi abuelo tenía con una modista de Brooklyn. De ese modo acalló de golpe los rumores y dejó con un par de narices al chantajista.

—¿Quieres hacer oficial que Jack es mío? —se sentó buscando sus ojos y ella lo miró.

—¿Estarías dispuesto a...?

—Por supuesto.

—Tal vez deberíamos hacerlo y acabar de una vez por todas con todo esto porque, es obvio, hoy es Campbell el que intenta extorsionarme, pero dentro de un año, o de diez, será otra persona la que también pretenda hacerlo.

—Si quieres, esta misma noche hablo con tus padres y mañana... —vio como se levantaba limpiándose unas lágrimas y respiró hondo—. ¿Es lo que realmente quieres hacer, Virginia? Porque si es lo que quieres, yo estaré feliz de poder asumir mi paternidad.

—No quiero ofender la memoria de Henry, ni dejar al ducado sin heredero, ni perjudicar a Jack, no... —se echó a llorar. Él se levantó y le puso una mano en la espalda—. No es por ti, es por todo lo que hay detrás de nosotros.

—Lo sé... —la giró hacia él y, saltándose cualquier acuerdo tácito entre ambos, la sujetó por la nuca y la abrazó contra su pecho, con mucha fuerza, sintiendo su perfume y el calor de su cuerpo pegado al suyo, mucho rato, hasta que ella dejó de sollozar e hizo amago de apartarse de él.

—No, Thomas, no...

—Escucha... —dejó que se apartara y se inclinó para mirar sus ojos de cerca—. No haremos nada que pueda perjudicar a Jack, a Henry, al ducado o a ti. Buscaremos la mejor solución, los dos juntos, ¿de acuerdo?

—No sé qué solución puede haber salvo pagar o...

—Lo pensaremos. Lo que quiero que entiendas es que no estás sola en esto, es algo que me preocupa tanto o más que a ti. Mi único afán en la vida es saber que Jack y tú estáis a salvo, protegidos, y haré todo lo que esté en mi mano para que así sea.

—Bien —lo miró y buscó un pañuelo para sonarse—. Gracias.

—No tienes nada que agradecer. ¿Quieres tomar algo? ¿Un vaso de licor? ¿Un té?

—Un té estaría bien, gracias —él llamó al timbre del servicio de habitaciones y ella volvió a su sitio junto a la chimenea—. Contaré contigo solo si me prometes que no te ensuciarás las manos con ese tipo.

—No soy un salvaje.

—Eres un hombre, tan salvaje como los demás —amagó una sonrisa y él le respondió moviendo la cabeza.

—Gracias, milady.

Abrió la puerta, encargó un servicio de té a la camarera que acudió para atenderlos y luego regresó a su lado un poco más tranquilo.

—No haré nada que no sea estrictamente necesario, te doy mi palabra de honor.

—No sé si fiarme, pero me es suficiente —estiró la espalda y suspiró—. Tracy me contó que no eras tú el prometido de la señorita Maddy Shaw.

—¿Cómo? —frunció el ceño—. Ah, sí, lo había olvidado. Claro que no.

—La pobre muchacha le contaba a todo el mundo que su prometido se llamaba Thomas Kavanagh.

—Al verdadero afortunado, Thomas Kaplan, no le habrá sentado muy bien enterarse del error.

—¿Te acuerdas mucho de Henry, Thomas? —cambió de tema y él asintió.

—Por supuesto, a diario.

—Yo también. Solo viví un año y medio con él y sigo echándolo de menos. No puedo ni imaginar lo que su pérdida significa para ti, que pasaste toda tu vida a su lado.

—¿Sabes que en nuestro primer viaje a Nueva York, cuando te conocimos, nos alojamos en esta misma suite?

—¿De verdad? —él asintió, sin poder dejar de admirar lo preciosa que era y se cruzó de brazos—. ¿Y qué crees que diría Harry de Beau Campbell?

—Diría que le diéramos una paliza y lo tiráramos al río.

—Es cierto —sonrió y prestó atención a la puerta, que se abrió de pronto para dar paso a una mesita con el té y las pastas. Los dos agradecieron la atención y ella se apresuró a servir dos tazas—. Gracias a Dios. Necesitaba un té caliente como respirar.

—No creo que Henry accediera a un chantaje, y nosotros tampoco lo haremos. Denunciamos a ese imbécil o...

—Creo que tenemos una pequeña oportunidad de parar este despropósito, no la has visto porque te has enfadado muy rápido, pero...

—Los atracadores.

—Exacto. Qué curioso que un «intermediario» acudiera a él y no a alguien de mi familia para algo así de grave. Campbell no es rico, ni un hombre conocido, ni un amigo íntimo nuestro, y después del encontronazo que tuvo contigo en el cumpleaños de Pam, mi hermano Pat le retiró la palabra, así que...

—Lo más probable es que esté relacionado con el atraco.

—Un ataque que se produjo solo unos días después de que tú lo dejaras en evidencia delante de mi padre, y que le proporcionó un regalo inesperado. No consiguieron liquidarte, pero sí consiguieron la dichosa fotografía de Jack.

—Es demasiado sencillo, no sé...

—Solo se trata de un gallito con el orgullo herido, por ti y por mí, y esta es su oportunidad de oro para hacerme daño, para hacérnoslo a los dos. Así que, por simple o estúpido que parezca el plan, seguro que ha sido capaz de idearlo.

—¿Tú también le has herido el orgullo?

—Bah, no tiene importancia.

—Es necesario que sepa lo que ocurre.

—Lo he rechazado media docena de veces. Desde que murió Harry no ha hecho más que pedirme matrimonio.

—Claro —soltó, volviendo a sentir un enfado monumental en el pecho, pero carraspeó y se tomó el té de un trago.

—Hay que demostrar que está detrás de todo, desde el ataque al chantaje, y de ese modo volveré a negociar con él. Y si no funciona...

—Funcionará.

—Si no funciona —repitió poniéndose de pie—, hablaré con mis padres primero y luego haré pública la verdadera paternidad de Jack. Si tú estás de acuerdo, lo haremos oficial y acabaremos con el problema de un plumazo.

—Muy bien.

—Gracias. Ahora debo irme, Thomas, Jack debe estar preguntando por mí, cena en una hora y...

—Te acompaño, ¿has traído coche?

—Sí, pero le he pedido que se fuera, quiero volver andando, estamos muy cerca. No hace falta que salgas a la calle, ya te he quitado suficiente tiempo.

—Tú jamás podrías quitarme tiempo. Vamos, te acompaño.

Se puso el abrigo y salió detrás de ella. Llegaron a la calle y caminaron a buen paso hacia Washington Square. Virginia en silencio y él haciendo un esfuerzo sobrehumano por mantener las distancias, porque se moría por ofrecerle el brazo.

–Si quieres, puedes entrar y saludar a Jack. Mi padre tiene razón, seguro que puedes contarle historias de Henry –se giró a un paso de la casa y lo miró a los ojos–. Hoy he comprendido que podemos volver a tratarnos con algo de normalidad, Tom, si tú estás de acuerdo.

–Yo nunca he querido dejar de tratarte con normalidad, has sido tú la que...

–¿Quieres pasar o no? –interrumpió poniéndose seria de golpe, y él levantó las manos con una sonrisa–. No hagas que me arrepienta de la oferta.

–Está bien, encantado y agradecido, pero... –pasó por su lado y le abrió la reja para dejarla entrar– no pretendas que viva mordiéndome la lengua.

Capítulo 38

En cuanto regresaran a Aylesbury, un tutor de Oxford y una institutriz francesa se harían cargo de la educación de Jack. Desde muy pequeñito, Tracy y ella habían procurado estimular su curiosidad y su inagotable capacidad de aprendizaje. Era muy despierto e inteligente, y a los cuatro años ya sabía leer, le encantaba pintar y escuchar música. Jugaba como todos los niños de su entorno y se divertía con normalidad, pero también disfrutaba de pasar tiempo entre los libros de la biblioteca y no se cansaba de hacer preguntas.

Era un chico especial y, aunque el jefe de estudios de Eton le había hecho llegar una carta asegurándole que el honorable lord John Patrick Henry Chetwode-Talbot, duque de Aylesbury, ya contaba con su plaza en el Colegio del Rey de Nuestra Señora de Eton, donde se habían educado todos los varones de su familia desde el siglo XVII, ella seguía pensándose si iba a ser capaz de soportar alguna vez mandarlo a estudiar interno fuera de casa. Así que había optado, al menos de momento, por la alternativa del tutor y la institutriz.

Henry y el propio Thomas habían ingresado en Eton a los ocho años, así que tenía tiempo de sobra para decidir lo que haría con Jack en un futuro. Un futuro que también podía pasar por educarlo en los Estados Unidos, algo un poco insólito para un duque de la Corona británica que, sin embargo, podía acabar siendo la opción más beneficiosa para todos.

Se levantó del escritorio de su padre, donde repasaba algunos documentos, y se asomó a la salita de su madre, donde a esas horas Jack comía con ella y con Thomas. Era la tercera vez que se veían de ese modo y el resultado desde el primer momento había sido inmejorable. Se entendían a la perfección. Tom no se mostraba nada ansioso o inquieto por pasar tiempo con su hijo y encima Jack se divertía mucho con él.

Observó con calma el innegable parecido físico que compartían, y luego volvió a pensar en su tutor, el señor McNamara, un catedrático de Oxford retirado, amigo de su suegro y de Henry, que era un intelectual muy reconocido y un verdadero experto en el ducado de Aylesbury. El señor McNamara no solo iba a introducir a Jack en la génesis del conocimiento, le explicó una tarde en Aylesbury House, sino que, por encima de todas las cosas, pretendía instruirlo profundamente en la historia de su familia, desde el primer duque de Aylesbury, que había obtenido su título tras salvar heroicamente la vida del rey Ricardo III durante una batalla en el siglo xv, hasta llegar al siglo xx. Un recorrido apasionante que esperaba animar al pequeño a amar, conocer y honrar el ducado que le había tocado en suerte.

Bruce McNamara era un entusiasta y se mostraba adorable con Jack, al que llamaba milord y al que visitaba desde su nacimiento con regularidad. Sin embargo, un par de horas con Thomas habían logrado estimular el interés del niño por su ducado y por Aylesbury mucho más que cualquier esfuerzo del viejo profesor.

Tom le había contado algunas historias de Ricardo III, de su reinado, de su antepasado más ilustre, el primer duque de Aylesbury, que se llamaba Jeffrey Billinghurst, y ante las preguntas del pequeño, había acabado explicándole detalles de las tierras que pertenecían al título y que tanto Henry como él se conocían al dedillo porque las habían recorrido mil veces a caballo y también a pie.

La experiencia estaba siendo inmejorable y tuvo que reconocer que su padre, y muchas personas más, tenían razón cuando decían que Thomas era la persona más idónea para hablar de Harry y hacerlo más presente en la vida de Jack. No sabía si para el propio Tom el asunto podía resultar a veces doloroso, porque al fin y al cabo se trataba de «su» hijo y no del de Henry, pero ahí estaban, intentando un acercamiento.

—Buenas tardes —la voz de su hermano Sean la sacó de golpe del espionaje silencioso que estaba realizando sobre Jack y Thomas, y se volvió hacia él sonriendo—. ¿Qué haces, Gini?

—Nada, estaba mirando cómo come Jack. Está almorzando con mamá y con Thomas Kavanagh y no quiero que se despiste.

—¿Y por qué no comes con ellos?

—Es pronto para mí y tenía unos documentos que revisar —fijó los ojos en los azules de su hermano y él levantó las cejas con cara de duda—. ¿Qué haces a estas horas por aquí? ¿Hay alguna novedad?

—Creo que sí. Nada importante, pero ya que dentro de hora y media tengo una reunión aquí al lado, aprovecho para comer y contártela.

—Genial.

Lo vio entrar a grandes zancadas en la salita y lo siguió en silencio. Después de Kevin, Sean era su hermano más cercano, con el que más confianza compartía, y en ausencia de Kev, que a esas horas iba rumbo a Europa de luna de miel, había acudido a él para comentarle sus sospechas sobre Beau Campbell y su posible implicación en el ataque contra Thomas.

Sean, como abogado, manejaba muchos contactos en las altas esferas de la policía y el Ayuntamiento de Nueva York, se había hecho cargo desde un principio del asunto y había sido el primero en saber que los atracadores no eran unos simples rateros, sino más bien unos matones a sueldo contratados por alguien que quería ver a Thomas Kavanagh muerto.

Esa gente había hablado durante el interrogatorio policial, no habían revelado ningún nombre, pero al menos habían dejado claras sus intenciones, y con esa evidencia en la mano había sido fácil interesar a Sean en su teoría, sin mencionar, claro está, la existencia de la fotografía con la que había intentado chantajearla. En lugar de la fotografía mencionó un documento de vital importancia para Thomas y su gobierno, que Beau Campbell decía tener gracias a un intermediario que pedía dinero por él, y Sean había comprendido sin más explicaciones el asunto.

—Mamá –besó a su madre en la frente y luego revolvió el pelo rubio de su sobrino–. Hola, campeón, ¿qué tal comes?

—Muy bien –respondió Jack muy animado, y Sean le guiñó un ojo antes de dar la mano a Thomas.

—Tom. Madre, ¿puedes darme de comer?

—Por supuesto, hijo, espera un segundo –Caroline se levantó y se encaminó enseguida hacia la cocina.

—Antes de que vuelva mamá os diré que Campbell no está en Nueva York –soltó sentándose en una silla frente a Thomas–, pero volverá pronto.

—¿Dónde está? —Virginia se acercó a la mesa y acarició la cabeza de su hijo.

—En Pensilvania, cerrando un negocio. Pidió financiación a O'Callaghan Investments y por eso sé que anda por ahí en algo relacionado con la construcción.

—¿Lo habéis financiado? —preguntó Thomas y Sean negó con la cabeza—. No, no nos pareció viable. Si lo hubiese sido nos habríamos sumado como socios capitalistas, pero no nos convenció. Bueno, no a nuestro gerente, Peter O'Reilly, ni a Robert ni a mí.

—¿Y Robert sabe...?

—Sí, se lo comenté, por supuesto. ¿No has crecido en esta familia, hermana? Aquí todo se comparte.

—Ya, pero... —cruzó una mirada con Tom y él sonrió tranquilizador.

—En cuanto vuelva lo buscaremos y le presionaremos, el muy hijo de puta recibirá su castigo.

—¡Sean!

—¡¿Qué?! —le contestó a su madre, que había vuelto sigilosa al saloncito, y Jack se echó a reír a carcajadas.

—El niño, ¿no ves que está delante? Tanta palabrota, tanta palabrota, santísima madre de Dios, parece que os hubieseis criado en el puerto.

—Las palabrotas son parte del idioma que hablamos los hombres, mamá, no sufras tanto.

—¿Has visto lo que tengo que soportar, Thomas? Unos brutos, eso es lo que son. La sangre irlandesa, diría mi madre.

—Y a mucha honra —comentó Sean viendo como le servían un enorme plato de estofado, y Virginia decidió sentarse al lado y acompañarlos.

—¿Ya hay fecha para el inicio de la campaña de Pat? —preguntó Tom—. En Washington no se hablaba de otra cosa.

—¿Ah, sí?

—Sí, hay mucha expectación.

—Un neoyorquino católico-irlandés en el Congreso de los Estados Unidos, eso sí que está levantando ampollas, ¿no?

—No es el primero —apuntó Caroline—. Está...

—Lo sé, mamá, pero hay muy pocos y, con algo de fortuna, tu primogénito será el primer presidente católico de este país.

—Ya veremos.

—Nos dejaremos la piel en ello, tú confía un poco, madre. Por cierto, Tom —Sean lo miró a los ojos—, ¿por qué no te quedas para trabajar con Pat? Necesitaremos toda la ayuda posible en la campaña y una mente preclara formada en Oxford siempre es un buen elemento.

—Bueno, yo...

—No te canses, vuestro padre ya ha intentado convencerlo para que se quede trabajando con él y tampoco ha querido.

—¿Y eso? —Virginia levantó los ojos y lo observó con atención. No sabía nada de esa propuesta y vio que él dejaba la servilleta encima de la mesa y pegaba la espalda al respaldo de la silla. Siempre tan sereno, educado y elegante. Siempre tan atractivo—. No sabía nada.

—El señor O'Callaghan es muy amable, pero me es imposible vivir aquí. Mi trabajo con el gobierno británico es un compromiso a largo plazo.

—¿Y qué haces tú trabajando para esos ingleses? —bromeó Sean.

—Lo mismo dijo tu padre.

—Seguro que si Gini se viene a vivir a Nueva York no te importaría mudarte a los Estados Unidos... —todos guardaron silencio y Virginia sintió claramente como le subían los colores a la cara—. Lo digo porque Henry quería que estuvieras cerca de Jack, eso les decía a mis padres en su última carta.

—En fin… —interrumpió Virginia poniéndose de pie—. Jack se despide porque es la hora de su siesta.

—Adiós, Jacky, hasta otra —le dijo su tío, y Thomas se levantó para acariciarle el pelo.

—Hasta pronto, Jack.

—Adiós —se despidió el pequeño besando a su abuela y Virginia lo agarró de la mano para llevárselo a su cuarto. Todo muy normal hasta que salió al pasillo y oyó claramente como su querido hermano soltaba otra perla de las suyas. Una demasiado inapropiada como para ignorarla y seguir andando con normalidad.

—También te podrías casar con Virginia, Tom. Piénsalo, luego os venís los tres juntos a Nueva York y todos felices.

—No incomodes a nuestro Thomas, por el amor de Dios, hijo.

—Estoy seguro de que Henry lo aprobaría, nosotros encantados y ella…, solo hay que ver cómo te mira.

—¡Sean Joseph O'Callaghan! Calla de una vez, ¿quieres?

Virginia ya no oyó nada más. Cogió a su hijo en brazos y subió corriendo a su habitación, entró y cerró la puerta con un golpe seco. «¿Solo hay que ver cómo te mira?» Madre de Dios, ¿en serio? Mataría a Sean, lo haría trocitos, eso lo primero y después…, después adelantaría su vuelta a Inglaterra.

Capítulo 39

Cinco días en Washington que se le habían hecho eternos. Desde que Virginia le dejaba pasar tiempo con Jack, las horas se le hacían interminables hasta que podía volver a verlo, así que ese viaje inexcusable a la capital de los Estados Unidos casi lo volvió loco. Lo único que quería era pisar nuevamente Nueva York y había cerrado toda su agenda y cumplido con todos sus compromisos pendientes en un tiempo récord. No se había detenido a cenar con nadie, a charlar con nadie más de lo necesario y finalmente había dejado a sus compañeros de delegación a cargo de los últimos flecos de su misión comercial. Ya estaban a treinta y uno de diciembre y solo les quedaban diez días para embarcar de vuelta a Inglaterra, así que tampoco estaba mal darse un poco de prisa con todo el papeleo.

Miró la hora y comprobó que ya eran las siete de la tarde. Se dio el visto bueno en el espejo de cuerpo entero de su habitación y bajó a la calle silbando. Los O'Callaghan lo habían invitado a la cena y al baile de Nochevieja que organizaban cada año en su mansión de Washington Square, y no pensaba perdérselo.

Desde que había sufrido el ya famoso atraco, el tiempo se le había pasado volando. Kevin se había casado el domingo veinticinco de noviembre y desde entonces él se había recuperado muy rápido de sus heridas. A esas alturas, fin de año, ya había visitado seis veces a su hijo, habían compartido comidas, un par de paseos, muchos juegos y podía decir, con el corazón en la mano, que se sentía un hombre afortunado. Solo le quedaba romper el último resquicio de desconfianza que le profesaba Virginia, acercarse a ella definitivamente, pedirle matrimonio y todo sería perfecto.

Algo en su corazón le decía que ella lo seguía amando, que nada se había roto entre los dos y que, a pesar de los pesares, seguían estando enamorados. Así pues, no pensaba gastar más el tiempo, no pensaba seguir mostrándose como un tipo pusilánime y pasivo. No, eso se había acabado y estaba decidido a terminar de una vez por todas con esa relación tensa y extraña que habían estado desarrollado en las últimas semanas. No era humano seguir tratándose con esa cortesía tan falsa e innecesaria, ni aparentar distancia cuando le hervía la sangre cada vez que la miraba, cada vez que la tenía cerca. Estaba locamente enamorado de ella, incluso más que al principio, y el límite de su paciencia acababa de rebasarse, así que en cualquier momento tiraría las barreras a pedradas, saltaría el muro y le diría lo que sentía.

Se pusiera como se pusiera. Ya estaba bien de seguir jugando a que lo odiaba, porque no era cierto.

—Thomas, hijo, bienvenido —Patrick O'Callaghan lo recibió con un enérgico apretón de manos en la puerta y lo invitó a pasar al salón principal, donde a esas horas los invitados esperaban ansiosos la elegante cena de Nochevieja.

—Vaya, muchacho, romperás más de un corazón inocente —le susurró Tracy al verlo llegar, y él movió la cabeza–. Cada día más imponente, Thomas. Eres como el buen whiskey irlandés, mejoras con los años.

–Estás muy guapa, Tracy.

–Muy galante, gracias.

–¿Virginia y Jack?

–Los dos arriba, lo está acostando.

–¿A las siete y media? Pensé que hoy lo iba a dejar hasta un poco más tarde.

–Se caía de sueño. Ha tenido un día movido. Fuimos al despacho del tío Patrick en la Quinta Avenida y se pasó media tarde despidiéndose de los empleados.

–¿Despidiéndose?

–Hemos adelantado el viaje, nos vamos el próximo domingo.

–¿El domingo?

–Sí, señor, el domingo cinco de enero. Lo estoy deseando, la verdad.

–¿Y por qué?

–¿Por qué nos vamos antes? –él asintió–. Virginia está un poco agobiada con el control excesivo de la familia, la falta de autonomía, por lo de Campbell... en fin. Mira, ya sirven la cena, vamos, creo que te han sentado a mi lado.

Un poco perplejo porque había visto a Virginia antes de irse a Washington y no le había comentado nada de ese adelanto del viaje, se sentó en el sitio que le habían asignado junto a Tracy, y frente a Sean y su acompañante, dispuesto a disfrutar de la espectacular cena que los anfitriones habían organizado para sus casi cuarenta invitados. Se deleitó admirando los candelabros, las servilletas y los elaborados platos que una docena de camareros servían con mucha ceremonia, pero sin perder de vista las puertas por donde debía entrar ella en cualquier momento.

—Ya viene Gini, está preciosa —comentó Sylvia, la novia de Sean, y todos desviaron los ojos hacia la cabecera de la mesa donde ella ocupaba en ese momento su sitio junto a su padre—. ¿Cuánto tardará en volver a casarse, Tracy? Seguro que tú debes saber algo.

—No lo sé, no suele hablar de eso.

—Es muy joven para quedarse sola..., ¿no creéis? Podría tener al menos seis o siete niños más. Jack es tan guapo y tan listo...

—Lo es, sí... —respondió Tracy un poco cortante, y él fijó la vista en Virginia sin ningún decoro y sin disimular en absoluto la impresión que le causaba verla así de radiante. Estaba increíblemente preciosa con un vestido dorado y el pelo recogido en un moño de última moda adornado con pequeños broches también dorados, hablando y sonriendo con esa naturalidad suya.

—¿Y tú, primita? ¿Vas a pasar por el altar alguna vez?

—¡Dios me libre! —exclamó Tracy soltando una carcajada y él ya no oyó una palabra más.

Se dedicó a probar los manjares y el buen vino en silencio, deseando que acabara aquello, y cuando el dueño de la casa brindó y los animó a esperar las doce de la noche bailando en la terraza trasera, donde habían acondicionado una improvisada pista de baile, él se levantó, se disculpó con sus animados compañeros de mesa y partió directo a buscar a Virginia, que había desaparecido del comedor incluso más rápido que él.

Recorrió media casa buscándola y, cuando estaba a punto de subir a las plantas superiores para intentar dar con su dormitorio o el de Jack, vislumbró que había luz en la biblioteca. Caminó hacia allí decidido y entró sin llamar, sorprendiéndola junto a la chimenea a punto de tomar un sorbo de su taza de té.

—¡Thomas! Me has asustado, ¿no sabes llamar?

—Llevo veinte minutos intentando encontrarte —cerró la puerta a su espalda y se le acercó con las manos en los bolsillos.

—¿Ah, sí? ¿Y eso por qué? ¿Pasa algo?

—Estás preciosa.

—Gracias —respondió dándole la espalda—. ¿Qué ocurre? ¿Tienes alguna novedad sobre Campbell?

—¿Por qué te escondes de tu familia y de sus invitados?

—No me gusta demasiado el fin de año, me trae pésimos recuerdos —soltó apoyándose en la pared, y él movió la cabeza.

—No tengo ninguna defensa ante eso.

—Igual no es todo culpa tuya, Tom, no seas tan egocéntrico.

—No sé cómo tolero que me hables así. Supongo que es el sentimiento de culpa que me impide defenderme como es debido.

—No te hablo de ningún modo.

—¿Ah, no? ¿Estás segura?

—Es igual. ¿Qué quieres?

—Te pido perdón de rodillas, por enésima vez, por lo que ocurrió en Dublín. Estoy dispuesto a hacer cualquier sacrificio, lo que quieras, por conseguir un poco de tu compasión.

—Ya ha pasado mucho tiempo de eso y no...

Él se acercó de dos zancadas y la arrinconó contra la pared. Ella lo miró cuadrando los hombros, haciéndose la fuerte, pero él notó perfectamente como su respiración empezaba a ser cada vez más agitada.

—Te amo, te amé desde el primer segundo que te vi y te seguiré amando el resto de mi vida, Virginia. Perdóname, por favor, perdóname de verdad, de corazón, olvidemos el pasado y empecemos de nuevo. Tenemos a nuestro hijo...

—No metas a Jack en esto —trató de irse, pero él apoyó la mano en la pared y la dejó encajonada. Sin posibilidad ninguna de huida—. Apártate o me pongo a gritar.

—Grita, me da igual.

—¿Sabes qué? Acabas de cargarte tus visitas a Jack. Se acabó, no se puede tratar contigo.

—¿No era que no había que meter a Jack en esto?

—¡Mierda! —lo empujó, pero obviamente no lo pudo desplazar ni medio centímetro y bufó como una cría—. Esto es insólito, ¿qué te ocurre? ¿Estás borracho? ¿La nochevieja te vuelve idiota?

—No, llevo demasiado tiempo tragando, esperando y purgando mis pecados y no puedo más, te quiero y quiero zanjar esto ahora. Además, me han dicho que te marchas a Londres dentro de cinco días, no me queda mucho tiempo y no pienso seguir jugando contigo, comportándome como un pobre cretino suplicante.

—¿Cretino suplicante? ¿Tú? Estás loco, Thomas.

—Llevo semanas portándome bien y cumpliendo con tus dichosas reglas. Para mí ya es suficiente, y mírame cuando te hablo.

—¡Déjame en paz!

—Mírame a los ojos y dime que ya no me quieres.

—¡No! —volvió a empujarlo y él la agarró por la nuca y la apoyó contra la pared para obligarla a mirarlo a los ojos—. Creo que tu último viaje a Washington te ha trastocado la cabeza, Thomas.

—Puede ser, sí. He tenido tiempo de pensar y de tomar decisiones. Mírame.

—Pues toma las decisiones que quieras, pero a mí me dejas en paz, que vivo muy tranquila y no te he dado pie a nada, más bien todo lo contrario, así que…

—Calla de una vez, Gini… —se inclinó y le plantó un beso en la boca. Ella se puso tensa y lo empujó con las dos manos, pero en cuanto le separó los labios y le acarició la boca con la lengua empezó a ceder y acabó devolviendo el beso con bastante pasión–. Te amo, te amo tanto que me duele.

Ella se calló y lo miró a los ojos con los suyos llenos de lágrimas.

–Dime que ya no me quieres. Dímelo. Venga, miente y dime que no me quieres.

–Yo... –hizo amago de hablar, pero él la hizo callar con otro beso eterno, húmedo y delicioso, la agarró por las caderas decidiendo hacerle el amor ahí mismo, y en ese preciso instante una voz chillona los hizo separarse de un salto.

–¡Gini! Vaya, lo siento... –Susan se paró en seco y abrió los ojos como platos, se sonrojó y reculó mirando hacia el pasillo–. Tus padres te llaman, falta poco para la medianoche.

–Ya voy. Gracias, prima.

–De acuerdo... –Susan se quedó quieta y Virginia rodeó a Thomas, respiró hondo y caminó hacia ella decidida.

–Vamos, no los hagamos esperar.

–Virginia... por favor... –susurró él completamente desconcertado, pero ella no le hizo caso y desapareció por la puerta sin mirarlo.

Capítulo 40

Se miró al espejo y se acarició los labios con la lengua. Los tenía un poco irritados, sensibles, y todo su cuerpo se estremeció recordando los besos que habían provocado aquello.

Thomas acababa de irse tras almorzar con Jack y, al despedirse, sin mediar palabra, la había llevado al invernadero, la había empujado contra la pared y la había besado sin tregua y con mucha pasión durante varios minutos. Imposible resistirse a eso, imposible porque medía un metro noventa centímetros de estatura y pesaba al menos el doble que ella. E imposible, porque se moría de ganas de besarlo.

Era la segunda vez que la pillaba a traición tras su acalorado encuentro de Nochevieja. Aquel día tuvo ganas de asesinarlo, sobre todo porque su imprudencia le podía costar muy cara teniendo en cuenta que Susan los había descubierto de plano y ella no era la más sensata ni la más discretas de las criaturas.

La evidencia no pudo negarla delante de su prima, simplemente la ignoró y se mantuvo lejos de él hasta que llegó la medianoche, celebró el año nuevo con la familia y consiguió escurrirse a su cuarto con el cuerpo revuelto y la cabeza hecha un lío. Estaba claro que Thomas Kavanagh se había saltado todas las reglas de cortesía, e incluso le había faltado al respeto besándola sin permiso y con esa confianza bajo el techo de sus padres. Pero, por otra parte, ella tampoco lo había detenido y se había dejado llevar como una adolescente sin criterio.

Se miró nuevamente la boca y sonrió, sintiendo aún su sabor, la calidez de su saliva, su delicioso aliento pegado al suyo... Amaba a ese hombre, no podía negarlo, no, al menos a sí misma, y por esa razón el uno de enero, cuando apareció pidiendo ver a Jack, lo dejó merendar con ellos y se mostró cordial. Tanto, que acabó besándolo otra vez, en la sala de juegos de su madre, con el niño a un metro de ellos y sin hablar tampoco. Simplemente sucedió y deseó con todas sus fuerzas haber estado solos en Aylesbury, en Londres o en Dublín, para no parar aquello y acabar haciendo el amor con él. Así de simple y así de complicado.

–Mira, Thomas –le había dicho hacía una hora en el invernadero–. Mañana nos vamos a Londres, tú te vas dentro de cinco días y allí...

–Shhhh... –la besó y le deshizo el moño con las dos manos.

–¡Tom!

–Esta noche vas a venir a mi hotel y te haré el amor hasta que me supliques un descanso.

–Imposible, salimos mañana temprano y...

–Vendré a tu cena de despedida, podemos hacerlo en tu cuarto si quieres.

–No voy a intimar contigo.

–¿Por qué no?

–No quiero quedarme embarazada. Así no, no tendría como justificar...

–En cuanto nos reencontremos en Inglaterra te casarás conmigo.

—Ya, ya, claro, muy seguro te veo.

—Tus padres me darán su bendición en cuanto se la pida.

—Eres un arrogante, ¿lo sabías? Hace unos días ni siquiera éramos amigos y ahora crees que lo tienes todo bajo control.

—Y así es. Ven aquí.

—No y déjame ya. Mírame —se estiró el vestido, se tocó el pelo suelto y él se inclinó nuevamente para darle otro beso de los suyos—. Thomas, por Dios te lo pido.

Se apartó, la señaló con el dedo, le guiñó un ojo y desapareció dejándola con las piernas temblorosas y ese calor descomunal subiéndole por todo el cuerpo. Era increíble cómo habían cambiado las cosas en cuestión de horas y lo cierto era que se sentía alegre e ilusionada, como hacía años que no se sentía.

Se apartó del tocador para revisar los últimos baúles que quedaban en su cuarto y leyó sin mucha concentración la lista de regalos que había completado esa mañana temprano. Más de cien presentes para su gente de Aylesbury, cada uno de ellos buscado con mimo y con la ayuda de Tracy, que sabía harían muy felices a sus destinatarios.

—Señorita Virginia —Dotty se asomó al dormitorio y se le acercó muy seria—, abajo hay un mensajero que trae carta urgente para usted, pero dice que solo se la dará en mano, que no puede dársela a nadie más. Le hemos dicho que en esta casa las cosas no se hacen así y que los empleados somos de fiar, pero nada, en sus trece. Está esperando en la cocina, ¿qué le digo?

—Ahora voy —dejó la lista encima de la mesilla y salió hacia las escaleras pensando emocionada, que se trataría de una nota de Thomas—. Mira a ver si Jack sigue con su siesta, por favor, no quiero que duerma demasiado.

—Está con la niñera y con la señorita Tracy.

—Perfecto, pero ve a decirles que ya lleva más de una hora durmiendo ¿puedes hacerlo?

—Claro, señorita.

—Gracias... –entró en la cocina, donde el ama de llaves, la cocinera y algunas doncellas ya estaban inmersas en el menú de su cena de despedida, las saludó y se acercó a la puerta de servicio, donde un muchacho muy abrigado la esperaba silbando–. Buenas tardes, soy Virginia Chetwode-Talbot. ¿Tienes algo para mí?

—¿Usted es la duquesa de Aylesbury, señora?

—Sí –el chiquillo la valoró con los ojos entornados y finalmente sacó un sobre de su abrigo y se lo entregó–. Muchas gracias.

—¿No hay propina, duquesa?

—Un momento.

Con un gesto le pidió al ama de llaves que le diera una moneda y abrió el sobre volviendo a la caldeada cocina. Sacó el papel que contenía y de un vistazo supo que no era de Tom. Bajó los ojos hacia el firmante y leyó con mucha sorpresa: Beau Campbell.

Querida Virginia, regreso de viaje casi sin fondos. Tenemos que hablar. Me encantará compartir contigo mis nuevos planes y mis propósitos de año nuevo. Te veo hoy, cuatro de enero, a las cuatro en punto de la tarde en el salón de té del hotel Excelsior. Está en la Quinta con la Doce, seguro que lo conoces. Sé puntual y ven sola. Hablaremos de negocios que solo nos interesan a los dos.
Siempre tuyo
Beau Campbell

Se apoyó en la encimera, miró la hora en el reloj de la pared y comprobó que ya eran las tres y diez. Subió corriendo a su cuarto, buscó tinta y papel y escribió dos notas, una para Sean y otra para Thomas, alertándoles de la cita. Luego agarró el abrigo, su bolso y bajó pidiendo un coche y dos mozos para que llevaran las cartas a toda prisa a sus respectivos destinatarios.

A las tres y media apareció su cochero y se subió al vehículo con el corazón disparado en el pecho, sin saber muy bien cómo se iba a enfrentar a ese hombre, pero decidida a zanjar el asunto que tenían pendiente lo antes posible.

—Vaya, qué puntual, preciosidad —le dijo Campbell en cuanto la vio entrar en el *hall* del hotel. Ella asintió y lo miró muy seria.

—Y eso que apenas me has dado margen de tiempo. ¿Qué quieres, Beau?

—Un pajarito me contó que te largas mañana a Londres. ¿Qué ocurre? ¿Ya te aburres entre nosotros?

—Si me dices qué necesitas, te lo agradecería. Dentro de tres horas tengo un compromiso importante en casa de mis padres.

—Tu cena de despedida, ya lo sé, aunque a mí no me han invitado, claro. Pat se ha vuelto muy desconsiderado conmigo. Tal vez debería ser más cortés con los viejos amigos ahora que pretende triunfar en la política.

—Eso díselo a él.

—Lo haré. Vamos, acompáñame —le indicó un pasillo lejos del salón de té y ella no se movió—. Vamos, Gini, solo es un salón privado, no pienso secuestrarte.

—Mejor si hablamos en un sitio público.

—No, necesito algo de intimidad. Vamos, no seas niña. ¿No tenías prisa?

—De acuerdo —lo siguió a una sala privada con chimenea y creyó ver que los seguían dos tipos, dos escoltas o algo parecido. Inconscientemente se encomendó a Dios y entró aparentando estar muy tranquila—. Tú dirás.

—Hace tres días regresé de Pensilvania. Tengo negocios allí, inversiones que tus hermanos no han querido financiar, ¿sabes? Quince años de amistad, pero un incidente sin importancia con tu amigo Kavanagh y todo al carajo, para que luego digan que los irlandeses no son escoria.

—¿Cómo dices?

—Tu padre no anda cerca, así que solo soy sincero. En fin, preciosa, necesito pasta, y mucha, a ver qué puedes ofrecerme.

—Ya te devolví el dinero que pagaste por la fotografía de mi hijo, ¿qué más quieres que te dé?

—¿Qué valor le das a la dignidad, el honor y la memoria de tu puñetero marido inglés? Eso quiero que me des, lo que cueste mantener en secreto que tu hijo es fruto de la infidelidad y la traición. La preciosa esposa con el mejor amigo. Habéis sido unos cabrones muy desconsiderados, Virginia.

—Esa idiotez te la has inventado tú, Beau.

—Es la pura verdad, cariño, a mí no me engañas —se le acercó y le acarició la mejilla con el dorso de la mano—. Tal vez deberías casarte conmigo y estaríamos en paz. Llevo años deseándote y ya es hora de que pruebes un buen hombre americano.

—Apártate —lo esquivó y se pegó a la puerta.

—Muy digna ahora, sí, después de haberte comportado como una zorra con el mejor amigo de tu marido, muy bonito.

—Suficiente, yo me largo.

—No te largas, porque has venido por algo, ¿no? ¿Quieres zanjar el tema? ¿Te preocupa? ¿Te asusta que la gente pueda saber que Jack es fruto del pecado?

—Eres un cobarde resentido y lamentable. Un parásito, un... ¿cómo te llaman mis hermanos? —comentó intentando ganar tiempo y ponerlo nervioso–. Un mediocre que nunca llegará a nada, eso es, un perdedor que solo puede ganar dinero mintiendo y extorsionando a la gente.

–Y tú eres una puta, una tan sucia como las del puerto… No, mucho peor porque al menos esas viven y mueren con algo de dignidad –de dos zancadas se le acercó y la agarró por el cuello–. Si quisiera, ahora mismo te tomaría en el suelo, haría lo que me diera la gana contigo, no te olvides de eso, así que muéstrame un poco de respeto o atente a las consecuencias.

–¡Suéltame! –le dio una patada en las canillas y él se apartó riéndose.

–Tu prima Susan dice que te pilló besuqueándote con Kavanagh en la fiesta de fin de año. Escondidos en la biblioteca y a punto de fornicar como animales sobre el escritorio de tu padre. Tendrías que oír la historia, es muy divertida.

–Me voy… –quiso abrir la puerta, pero no pudo. Estaba cerrada con llave y Campbell se echó a reír a carcajadas.

–Te vas cuando yo te deje, Gini. Siéntate y saca la chequera, a ver cuánto puedes ofrecerme.

–No pienso darte nada –respiró hondo y pidió al cielo un poco de serenidad–, a menos que me devuelvas la fotografía de mi hijo. No quiero que la lleves encima.

–Está bien –sacó la cartera y de ella la fotografía, luego se tocó el chaleco y le enseñó un precioso reloj de bolsillo–. ¿Y por esta joya qué me das? También es de tu amante, ¿lo ves? Tiene una inscripción: *Para Thomas, con el orgullo de ser tu padre*.

–¿Cuánto quieres por todo?

–Un millón de dólares.

–No puedo acceder a un millón de dólares desde aquí.

—Pero puedes darme un cheque o un pagaré que lo cubra, lo sabes.

—¿Quieres dejar pistas de tu delito?

—¿Qué delito? Tú eres mi socia capitalista en una infinidad de proyectos empresariales.

—Dame las dos cosas —estiró la mano y se sentó en una mesilla auxiliar. Él las puso encima y las señaló con el dedo.

—Se quedan aquí, a la vista de los dos, hasta que termines con el cheque.

Virginia guardó silencio y sacó la chequera. Él le acercó tinta y una pluma y se quedó de pie a su lado.

—¿Te suena el nombre de William Ferry, Gini?

—¿Quién?

—William Ferry. Un colaborador del consulado británico en Nueva York, hombre ilustre en varios exclusivos clubs de caballeros.

—Creo que sí.

—Es una alcahueta, ¿sabes? —ella dejó de escribir y él le sonrió—. Experto en las princesas del millón de dólares como tú. Investiga, clasifica y cataloga a las herederas más ricas de los Estados Unidos y luego vende esa información a los putos aristócratas británicos que vienen por aquí ofreciendo títulos nobiliarios a cambio de abultados fideicomisos. Él fue el intermediario al que acudió tu honorable marido para dar con la mejor pieza de la ciudad: la señorita Virginia O'Callaghan, nada menos que veinte millones de dólares en el banco, sin contar con la incalculable fortuna de tu familia. Henry Chetwode-Talbot fue muy listo y se llevó a la reina del baile, a la princesa del millón de dólares más codiciada.

—No me cuentes lo que ya sé. Me da igual todo eso.

—El caso es que Henry no fue el listo de la clase, ya sabemos que era un poco disperso y le interesaban pocas cosas salvo el opio. El verdadero cerebro de la operación fue su perrito faldero, tu Thomas Kavanagh, ¿sabes?

—Déjalo, Beau... —prestó atención al talonario, pero él no cesó el relato y se alejó de la mesa.

—Su abogado, Thomas Kavanagh, contactó con Ferry desde Londres, le pagó sus valiosos consejos y luego negoció con él cuando pisaron Manhattan. Se reunían a menudo en el despacho del viejo, me lo ha contado él mismo, y mientras Henry pasaba bastante del asunto, su mano derecha, o sea, tu amante, se empeñó en que tenías que ser tú la futura duquesa de Aylesbury, porque eras la más rica y la más fácil de embaucar. La segunda en la lista era Frances Richardson, ¿te acuerdas de ella? Al final se la llevó un barón de tres al cuarto, pero ella es feliz siendo baronesa, viven en Gales.

—Voy a hacer varios talones con diferentes fechas o mis administradores pondrán el grito en el cielo —susurró, bastante conmocionada por lo que estaba oyendo, y se limpió disimuladamente una lágrima estúpida que le rodó sin poder controlarla por la mejilla.

—Kavanagh lo ideó todo, lo organizó, pagó las comisiones a Ferry, animó a Chetwode-Talbot para que te cortejara sin medias tintas, no permitió que se viniera abajo cuando tu padre se negó en un principio a la boda y finalmente se alió con tu madre para conseguir llevarte al altar del brazo de su mejor amigo. Trabajó mucho sin perder el ánimo y, contra todo pronóstico, logró cobrar los dos millones de la dote que él mismo había fijado, y seguro que también se embolsó una buena comisión. Un tipo listo, un asesor de primera, con grandes dotes negociadoras y diplomáticas. Dicen que es un abogado cojonudo, muy profesional, y en la operación «Princesa del millón de dólares» lo demostró con creces.

—Ya acabo...

–Un perro de presa muy concienzudo, lo llama William Ferry. En cuanto tuvo claro que tú eras el objetivo perfecto, nada lo detuvo, presionó al duquesito para que te sedujera y no soltó su presa hasta que consiguió llevarse el trofeo a casa.

–Tengo que irme –se puso de pie y él agarró los talones para mirarlos por encima.

–Todo correcto, Gini. Buena chica.

–Espero que ahora nos dejes en paz.

–Deberías casarte conmigo y olvidar toda aquella indignidad. Que alguien te estudie y clasifique como al ganado no es muy honorable, querida, ser una princesa del millón de dólares no es nada elegante.

–Beau, abre la puerta, por favor –hizo amago de irse otra vez, porque estaba a punto de echarse a llorar y él, al percibirlo, le acarició el brazo con lástima.

–Kavanagh jugó sus cartas magistralmente. Consiguió cerrar el mejor negocio que se ha firmado jamás en Manhattan, salvó el patrimonio de su amigo del alma y encima, ante la incapacidad de Henry, te folló y te dejó preñada... ¡Si hasta le dio un heredero! Yo quiero un mejor amigo así, en serio...

De pronto la puerta sonó con un golpe seco y acto seguido cayó al suelo de cuajo. Beau reculó con los ojos abiertos como platos y Virginia saltó sin entender lo que estaba pasando. Miró al frente y vio entrar a Thomas seguido por Sean, dos empleados de su padre y unos policías. Se le paralizó el pulso durante unos segundos, viendo como Tom agarraba a Campbell por la pechera, y sintió la mano de alguien sobre el hombro, pero lo esquivó, se acercó a la mesa y agarró de un tirón la fotografía y el reloj.

–¡No, Thomas! ¡No! –gritó Sean conteniéndolo por el pecho, mientras Thomas intentaba matar a Beau Campbell a golpes–. Déjalo, no te ensucies las manos. ¡Tom!

—¡Alto, señor! ¡Deténgase! —vociferó uno de los policías, y entre cuatro consiguieron apartarlo de su presa—. Nosotros nos hacemos cargo, apártese.

—Gini —su hermano la miró de cerca y le besó la cabeza—, ¿estás bien? ¿Cómo demonios vienes sola a...?

—Recoge los cheques —le susurró, y él se apresuró a recuperarlos del suelo.

—¡Virginia! —chilló Campbell con la nariz rota y la cara y la camisa manchadas de sangre—. Pregúntale, pregúntale a ese cabrón interesado por William Ferry. Pregúntale cómo te compró para su amiguito.

—¡Cállese! —ordenó el policía al mando y le pusieron unas esposas.

Virginia lo miró y le entregó el reloj de bolsillo.

—Llevaba esto encima, oficial, prueba de que está relacionado con el atraco y...

—Gracias, señora.

—Olvídate de eso ahora... —Sean la abrazó por los hombros y le pasó un pañuelo. Al parecer estaba sollozando, completamente desolada, pero no lo hacía por Campbell o por la violenta escena que acababa de presenciar. No, su dolor iba mucho más allá, era muchísimo más profundo y se sujetó al respaldo de una silla para intentar recomponerse—. Vámonos a casa.

—Dame un segundo a solas con Thomas, por favor, Sean. Solo será un segundo.

—De acuerdo —su hermano la soltó y pasó junto a Tom, que seguía bufando como un toro. Le dio un golpecito en el hombro y desapareció por el hueco de la puerta rota—. Os espero en el pasillo.

—¿Estás bien? —Thomas se acercó e intentó tocarla, pero ella le apartó la mano—. ¿Virginia?

—Tengo la fotografía de Jack.

—Bien, aunque no hacía falta, ¿cómo pudiste venir...?

—¿Quién es William Ferry, Tom?

Él guardó silencio y entornó los ojos.

—Ya sé que negociaste con él para que te recomendara solteras ricas para Harry, que le pagaste una comisión por mi nombre, y que te esmeraste mucho en tu trabajo para conseguir que Henry no se aburriera y consiguiera casarse conmigo.

—Ya sabes que Henry...

—Sé que Henry estaba desesperado por salvar el ducado, el patrimonio de su padre, sé que yo era su princesa del millón de dólares. Lo que no sabía es que tú fuiste el artífice de todo, que tú —levantó la mano para hacerlo callar— planificaste, planeaste y pusiste toda tu capacidad negociadora en el compromiso. No tenía ni idea.

—Yo era el abogado de Harry.

—Y un abogado cojonudo, como dice Campbell, uno tan bueno que fuiste capaz de todo, de cualquier sacrificio, con tal de llevarte a la mejor presa a Inglaterra. Ese era tu trabajo, ¿no? Y no te importó nada más.

—¿Vas a hacer caso a las palabras de un delincuente como Beau Campbell?

—No, simplemente me ha iluminado un poco. Sé sumar dos más dos y sé sacar mis propias conclusiones, entre otras cosas, porque lo viví todo y ahora lo entiendo mucho mejor.

—Cumplí con mi deber, yo era su abogado e hice mi trabajo, lo que no excluye el hecho de que Henry se prendara de ti.

—No me mientas, por el amor de Dios, los dos sabemos lo que Harry sentía por mí.

—Está bien —volvió a intentar tocarla, pero ella se apartó con brusquedad—. Estás conmocionada, vayámonos a casa, descansa un poco y...

—Fuiste capaz de todo por cumplir con tu trabajo.
—Virginia...
—Incluso de ocultarme que me casaba con un adicto al opio reincidente, incapaz de formar una familia y llevar una vida normal.
—Eso no es cierto, estaba rehabilitándose.
—Tarea inútil. Tú lo sabías mejor que nadie porque lo llevabas padeciendo muchos años. Lo sabías y me lo ocultaste deliberadamente para no perder mis veinte millones de dólares, ¿verdad? No te importó engañarme y embarcarme en un matrimonio destinado al dolor y al fracaso.
—No es verdad.
—Una vez te pregunté por qué no me habías advertido de los problemas de Henry y me hablaste de la utopía de la rehabilitación. Yo te creí, pero ya no, ahora ya sé la verdad y se me parte el alma en dos.
—Virginia, por favor... —notó que le temblaba la voz, pero ella lo ignoró y le dio la espalda para salir cuanto antes de allí.
—Desde que tuve la desgracia de que vosotros dos pusierais los ojos sobre mí, mi vida se convirtió en un mar de renuncias, responsabilidades, problemas y frustraciones. Yo no os había hecho nada, pero eso os dio igual, lo único que importaba era mi dinero, y para hacerte con él simplemente sacrificaste al eslabón más débil.
—No fue así.
—Fue exactamente así y yo apenas tenía dieciocho años —lo miró y él bajó la cabeza—. Para vosotros solo era un buen partido, lo entiendo, pero se trataba de mi vida. Una vida que seis años después de aquello sigue estando incompleta y llena de malos recuerdos.
—No sé qué veneno ha intentado inocularte ese hijo de perra, pero...

–Lo que pasó entre nosotros en Dublín me hizo muchísimo daño, me destrozó, pero esto... Esto ni siquiera sé cómo encajarlo.
–Si lo hablamos, verás que no...
–No pienso seguir viviendo con este dolor aquí dentro –lo interrumpió tocándose el pecho–, para mí ya es suficiente. No quiero seguir así, no quiero y no puedo.
–Virginia, escúchame...
–Adiós, Thomas. Y hazme un favor: déjame de una maldita vez en paz.

Capítulo 41

Londres, Inglaterra
Septiembre 1907

Virginia leyó una vez más el telegrama de su hermano y se puso de pie. Afortunadamente, la dichosa «crisis financiera» que había sembrado el pánico entre los industriales y empresarios estadounidenses durante 1907 se estaba superando sin la intervención del gobierno, y Robert le confirmaba que todo estaba en orden con sus inversiones e intereses en los Estados Unidos. Estupendo, una preocupación menos.

Se acercó a la chimenea y se quedó observando el cuadro que se había traído de París y que había mandado colgar en su cuarto en cuanto pisaron la casa de Westminster. Se trataba de un bodegón de Paul Cézanne, un pintor galo que había fallecido justo un año antes y que la había enamorado al primer vistazo. Era precioso, con unos colores muy tenues, y se alegró de haber invertido una pequeña fortuna en él. De hecho, esa adquisición iba a suponer su primer paso hacia el mundo del coleccionismo de arte y estaba muy ilusionada.

Retrocedió por el dormitorio sin apartar la vista del Cézanne y pensó en París.

Nada más zarpar de Nueva York, tras pasar las peores horas de su vida por culpa de Beau Campbell y su última y definitiva conversación con Thomas Kavanagh, se planteó la idea de viajar un poco, ver mundo y disfrutar de su dinero. A ella la habían criado con la premisa del trabajo duro, la discreción y la austeridad como forma de vida. Su abuela Hope repetía siempre que nadie necesitaba diez casas porque solo se podía vivir en una y que el despilfarro y el derroche eran casi un pecado mortal. Así pues, aunque al parecer era una de las personas más ricas de su país, Virginia O'Callaghan jamás gastaba más de lo necesario, administraba muy bien su dinero y se podía considerar una mujer discreta.

Todos sus esfuerzos económicos de los últimos años los había dedicado a las dos principales propiedades del ducado, Aylesbury House en Buckinghamshire y Aylesbury House en Londres, y estaba encantada con el resultado de la inversión porque, a pesar de haber sido millonaria, iba a proporcionar a Jack un patrimonio totalmente saneado y en óptimas condiciones, y eso era lo único que le importaba.

Teniendo claro ese punto, y después de haber superado con bastante fortuna la difícil travesía en barco embargada por los recuerdos, la pena, el dolor y el desamor, llegó a Londres y le propuso a Tracy viajar a París. Sería su primer viaje por Europa y su prima aceptó enseguida. Mandaron parte de su equipaje y los regalos a Aylesbury, se quedaron cinco días en Londres y luego partieron hacia el continente en el primer barco que pudo capear la mala mar del Canal de la Mancha.

Harry le había prometido alguna vez llevarla a la capital más romántica de Europa, decía él, pero por supuesto eso jamás sucedió y, en cuanto pisó París, se acordó de él y de lo que habría hecho allí sin el opio y sus problemas de por medio. Henry Chetwode-Talbot era un experto en disfrutar de la vida y siguiendo su espíritu alquiló un palacete en la zona más cara de la ciudad y se dedicó a pasarlo bien, así de simple, a divertirse acogida por el exclusivo y cordial grupo de amigos de los Chetwode-Talbot que los recibieron, a ellas y a Jack, con los brazos abiertos.

En París salieron de compras, de museos, pasearon, aprendieron francés, se fueron de fiesta y tomaron clases de baile. De pronto, toda esa sombra de tristeza y seriedad que la perseguía desde que se había casado la abandonó y empezó a sentirse mejor, comenzó a olvidar a Thomas Kavanagh y todo lo que él representaba y decidió ser feliz. Necesitaba ser feliz, solo tenía veinticuatro años, la bendición de un patrimonio económico propio e independiente y podía lograrlo, podía vivir a su manera y eso hizo.

Durante casi seis meses toda su existencia cambió. Conoció a mucha gente interesante, descubrió el arte y el mundo de los coleccionistas, empezó a ser más tolerante y relajada e incluso aceptó con la mente abierta y mucha alegría que su prima Tracy se enamorara, y no precisamente de un buen hombre, como esperaban sus padres, sino de una mujer, la maravillosa y adorable escritora feminista Celine Dumont. Gracias a Celine descubrió que el amor no tenía nada que ver con géneros y estereotipos preconcebidos, y también que había miles de mujeres alrededor del mundo luchando por sus derechos fundamentales, como el derecho al voto.

Por supuesto, se sumó a la causa y estaba decidida a

trabajar firmemente en Inglaterra y los Estados Unidos por el sufragio femenino y los derechos de sus iguales, a la par que criaba a su hijo, administraba sus intereses económicos y seguía soñando con formar una familia y vivir de una vez por todas con un compañero que la quisiera de verdad y estuviera a su altura. Sus principios y la política no estaban reñidos con ese anhelo suyo de amar, ser amada y tener muchos hijos, le explicó Celine, y con esa idea en la cabeza regresó al Reino Unido, siendo honesta y sincera consigo misma y reconociendo lo que de verdad le importaba en la vida.

A dos semanas de cumplir los veinticinco años se sentía en su mejor momento y estaba abierta al amor verdadero. En Francia los pretendientes hacían cola cada tarde en su casa y se dejó cortejar y rondar con una serenidad pasmosa, pero ninguno llegó a llamar su interés. Ninguno salvo Antoine de Armagnac, un conde francés rico y despreocupado, muy guapo, que desde el primer momento le recordó a Harry y que fue el único que por unos días tuvo muchas posibilidades de convertirse en algo más que un buen amigo.

Antoine era adorable, gentil, culto, divertido y muy apasionado. La colmaba de rosas, besos y palabras de amor. Más de una vez habían acabado besándose acaloradamente en un club nocturno o en una fiesta, pero pronto comprendió que no le decía nada, no le tocaba el corazón y, lo más importante, su indiferencia casi grosera hacia Jack hacía imposible que pudiera enamorarse de él. Con Antoine no funcionó y con ningún otro, pero no perdía la esperanza.

Volvió al escritorio y organizó el correo. Tenía un montón de correspondencia pendiente y una carta de Bridget Kavanagh, la madre de Thomas, por contestar. Mantenía con ella contacto permanente y fluido desde la muerte de Henry y siempre se mostraba pendiente de ellos, lo que le hacía suponer que Tom había cometido la imprudencia de contarle que Jack era hijo suyo, y por lo tanto su nieto. O eso, o es que la buena señora solo era un alma caritativa y muy atenta. No lo tenía muy claro, pero agradecía su cariño y le respondía puntualmente, aunque a veces le costara horrores hacerlo después de leer las novedades que le contaba ella desde Dublín. La última, que Thomas había decidido renunciar a su importante puesto en el Foreign Office para volver a Irlanda y abrir allí un despacho de abogados:

Doy gracias a Dios de que Thomas vuelva a Dublín. Con algo de suerte al fin podrá casarse con una buena chica de aquí y yo podré morir tranquila. Un hombre necesita una mujer, hijos y un buen hogar...

—¿Gini?
—¡Dios, qué susto! —exclamó, girándose hacia Tracy, que había entrado sigilosa en la habitación.
—¿Qué lees tan atenta?
—Nada, la correspondencia pendiente. ¿Y Jack?
—Ya viene. ¿Estás bien?
—Perfectamente. ¿Ha vuelto Celine?
—No, nos veremos con ella directamente en Hyde Park, tenía una reunión importante en Bloomsbury.
—¡Mami! —Jack llegó corriendo y se le subió a la falda de un salto. Ella lo abrazó para comérselo a besos y le peinó el pelo rubio con los dedos.
—¡Hola, mi vida! ¿Ya estás listo para salir?
—¡Sí!
—Vamos, pues.
Salieron a la calle decididos a pasear y disfrutar de ese soleado día de mediados de septiembre y, en cuanto

se subieron al coche, pensó que le quedaba muy poco tiempo para regresar a Aylesbury. Entre el viaje a los Estados Unidos y su inesperada estancia en Francia, llevaban fuera de casa un año entero y sabía que ya era hora de retomar sus obligaciones allí.

Williams había viajado provisionalmente a Londres para hacerse cargo de la casa de la capital, y de paso ver a Jack, dejando a la señora Wilkes a cargo del campo, y le había contado lo mucho que los echaban de menos. Lo cierto es que ella también tenía muchísimas ganas de volver, ver a su gente y retomar la paz y el sosiego de Buckinghamshire.

–Mami.

–¿Qué, amor mío?

–¿Podemos llevarnos una ardillita?

–No, mi vida, las ardillas tienen que vivir en el parque con su familia, ¿ves? –se agachó a su lado junto al césped y le indicó las ardillas que correteaban libres y felices por Hyde Park.

–Yo quiero una.

–En Aylesbury hay muchas ardillas. Tú no te acuerdas, pero en el campo y en el jardín siempre hay ardillitas jugando. En cuanto regresemos a casa te las enseño, ¿de acuerdo?

–Sí.

–Buen chico. ¿Tienes hambre?

–¡Vaya por Dios! –exclamó de pronto Tracy, y ella giró un poco la cabeza para ver que estaba acercándose un hombre muy elegante. Alguien que llevaba unos pantalones grises y un maletín de cuero oscuro, como los que solían llevar los abogados. «Abogado», pensó, se le subió el corazón a la garganta y se incorporó muy rápido, sin soltar a Jack de la mano.

–Buenos días –susurró Thomas Kavanagh en persona, cuadrando los hombros. Se le habían ido los colores de la cara, fue evidente, pero disimuló bien y se les acercó sin apartar los ojos de Jack–. Hola, hombrecito, qué sorpresa verte por aquí, ¿cómo estás?

–Hola –respondió el niño observándolo muy atento. Ella le soltó la manita y se puso junto a Tracy, intentando controlar la impresión y la revolución de emociones que se le agolparon de repente por todo el cuerpo.

–¿Te acuerdas de mí, Jack? –el pequeño asintió y él se puso en cuclillas a su lado– . ¿Sabes cómo me llamo?

–Thomas.

–Eso es –se acercó y le besó la cabeza. Virginia respiró hondo y les dio la espalda para observar el césped y la calle donde los estaba esperando su cochero.

–Vaya casualidad, Tom –intervino Tracy muy sonriente–. ¿Trabajas por aquí?

–Vengo de una reunión –respondió con esa voz serena y grave suya y Virginia no se movió–. Qué mayor está Jack. ¿Cuánto tiempo ha pasado desde Nueva York? ¿Ocho meses? Ha crecido muchísimo.

–Es muy alto para su edad –contestó Tracy–. Crece a una velocidad vertiginosa.

–Y pronto cumples cinco años, ¿no, Jack?

–Sí.

–¿Lo vas a celebrar en Londres?

–No, nos vamos a Aylesbury dentro de unos días –intervino su prima mientras Virginia seguía comportándose como la peor de las maleducadas dándole la espalda–. Llegamos de París hace unos días y nos quedamos en Londres para descansar un poco, pero volvemos al campo enseguida.

–¿Y te gustó París, hombrecito?

–Hola, perdón por el retraso... –de la nada apareció Celine y Virginia la miró con los ojos muy abiertos–.

No sabéis lo que ha pasado... Lo siento, a ti no te conozco.

—Este es Thomas Kavanagh, cariño —se apresuró a presentar Tracy—. Tom, te presento a Celine Dumont, ha venido a Inglaterra para pasar una temporada con nosotros.

—*Enchanté* —susurró Celine dándole la mano—. He oído hablar de ti. En fin, ¿os marcháis ya? No puedo acompañaros a casa porque no os imagináis lo que ha pasado.

—¿Qué?

—Han metido presas a dos compañeras de Bloomsbury. Fueron a una sentada a las puertas del Parlamento y las arrasaron, literalmente. Se llevaron a diez detenidas, soltaron a ocho, pero aún quedan dos en los calabozos y hay que buscar asistencia legal urgente. Ya sabéis lo que hace la policía con las sufragistas. Es terrible.

—¿Dónde están retenidas? —quiso saber Thomas, y Virginia lo miró de reojo.

—En la comisaría de Paddington.

—Si quieres, yo te acompaño a ver lo qué podemos hacer, no tengo trabajo hasta...

—¿De verdad?

—Es abogado, Celine, y de los mejores.

—Y me alegro, pero muchos de sus colegas se niegan en redondo a mezclar sus nombres con la causa sufragista. No quiero poner al señor Kavanagh en un compromiso.

—Ningún compromiso, será un placer ayudar.

—Bendito seas, muchas gracias.

—Podemos conseguir un coche en Park Lane.

—Podéis llevaros nuestro coche —habló al fin Virginia, dirigiéndose solo a Celine—, está ahí mismo.

—*Merci beaucoup, précieuse* —Celine le besó la mejilla y ella percibió como Thomas se despedía de Jack, pero siguió sin mirarlo, tiesa como un palo y la vista perdida en la inmensidad del parque.

—Adiós, Thomas, y muchas gracias —se despidió Tracy, y luego se quedó quieta a su lado. Virginia, después de unos segundos, se volvió y la miró a los ojos.

—¿Qué?

—Ay, Gini, ay, Gini... Venga, busquemos un coche de alquiler y volvamos a casa, ya es hora de comer.

Media hora después, llegó a su casa hecha un flan. Le temblaba todo el maldito cuerpo y se enfadó tanto de su absurda reacción que apenas comió y subió rápido a esconderse en su dormitorio.

Era rematadamente injusto que, ocho meses después de salir de Manhattan, seis de ellos disfrutados al máximo en París, volviera a la casilla de salida solo por tener otra vez a ese individuo delante. Era injusto, pero, sobre todo, era absurdo, infantil y ridículo. Ella ya tenía bastante superado al señor Kavanagh, o eso creía y, de repente, verse así de nerviosa y aturdida por su culpa la sacaba de quicio.

Se tiró en la cama para intentar dormir un poco, pero obviamente fue tarea imposible, así que se fue al tocador, abrió su joyero de viaje y levantó el compartimento secreto donde guardaba sus dichosos telegramas y la última carta que le había hecho llegar en Nueva York, la mañana de su partida, a toda prisa al pie de la pasarela del barco.

En ese momento agarró el sobre de manos del botones de su hotel y lo guardó en el bolso, y ahí permaneció mucho tiempo porque no tenía fuerzas ni ánimo para leer su letra. Tras la travesía llegó a Londres y tampoco la quiso leer, así que la guardó en el joyero, y ahí se había quedado ocho meses sin tocar, muy bien guardada, eso sí, porque no tenía corazón para hacerla pedazos y tirarla a la basura.

Se sentó en un sofá junto a la ventana y miró el sobre mucho rato, pensando que a lo mejor era buena idea leer sus últimas palabras y así volver a enfadarse con él, al menos lo suficiente como para odiarlo un poco más. Necesitaba ese enfado y ese rechazo, lo necesitaba para ignorar su encuentro en el parque y seguir con su vida como si no hubiese pasado nada.

Respiró hondo, cerró los ojos un minuto, se encomendó a Dios y abrió el dichoso sobre con cuidado:

Virginia.
No tengo palabras para intentar modificar la injusta y arbitraria opinión que tienes sobre mí. Ha sido muy doloroso oír tus reproches, tus recriminaciones y tus conclusiones respecto a todo lo relacionado con tu compromiso con Henry, pero mucho más duro ha sido comprender el dolor que te pude provocar y que jamás, lógicamente, quise ocasionar de forma consciente.
Yo solo actué con honestidad y cumpliendo con mi deber. Sé que esto no te sirve y lo entiendo, por lo tanto, no pretendo defenderme ni justificarme, solo quiero que sepas que para mí Henry era, y seguirá siendo, el mejor hombre que he conocido jamás, y aquella certeza me empujó a pensar que sería un buen marido para ti. Lamentablemente, sus problemas fueron más poderosos y acabaron arruinando vuestro matrimonio, pero de eso yo no tuve la culpa. Hice durante años todo lo humanamente posible por él, lo sabes, lo hice todo, y cuando te conoció estaba limpio y rehabilitado, sano, y por esa razón no te conté lo que había sufrido con sus adicciones porque, además, aquella información formaba parte de su intimidad y le correspondía a él haberla revelado.

Con esto no quiero culpar únicamente a Henry y quitarme a mí la cuota de responsabilidad que me corresponde. Solo pretendo explicarme.

Pido perdón por todo el daño causado, por haberte arruinado la vida y por haber puesto los ojos sobre ti. Te pido perdón de rodillas, pero esta es la última vez que lo hago. No puedo pasarme el resto de mi vida suplicando por tu compasión y tu perdón. Hoy por hoy tengo claro que jamás podrás comprender mi proceder, hay demasiado dolor a nuestro alrededor como para conseguir entendernos sin rencor.

Por mi parte, he hecho todo lo que me has pedido. Me he mantenido lejos de mi hijo, he esperado pacientemente a que me otorgaras el mínimo privilegio de verlo de cerca, me he tragado mis deseos y mis necesidades solo por complacerte, por no incomodarte y conseguir de ese modo que volvieras a confiar en mí y me dieras una oportunidad después de lo que pasó entre nosotros en Dublín. Sin embargo, ya sabemos que eso jamás sucederá, así que ha llegado el momento de rendirse y pasar página.

Te amaré siempre. Has sido la mujer de mi vida y fue tremendamente doloroso ver que te casabas con mi mejor amigo y que ante esa realidad yo jamás podría aspirar a tu amor.

Tarde he comprendido que, incluso sin Henry, mis posibilidades contigo siempre han sido inexistentes. Ahora ya entiendo que jamás pude o podré aspirar a tu aprecio y que, a pesar de ser la madre de mi hijo, no eres más que un espejismo que tengo que olvidar de una vez para poder seguir respirando. Ayer me dijiste que no puedes seguir viviendo con tanto dolor, que no quieres seguir así. Yo tampoco puedo, ni quiero.

No forzaré mi acercamiento con Jack. Sigue siendo

mi hijo, siempre lo será y aunque a corto plazo pueda formar una familia lejos de él, seguiré pendiente de su crecimiento. Soy su padre y espero que pasados los años, cuando se convierta en un hombre, pueda hablar abiertamente con él de esta verdad. Se merece conocer sus orígenes y a su verdadero padre, no obstante, por el bien de Aylesbury, y en honor a la memoria de lord John y de Henry, pienso seguir manteniendo silencio, no te preocupes.

Te deseo lo mejor, Virginia. Espero que encuentres esa felicidad que te mereces y que, por culpa de personas como yo, te ha sido tan esquiva estos últimos años.

Thomas Kavanagh

Dejó de leer viendo como sus lágrimas mojaban el papel de seda de la carta, se la puso sobre la falda y se tapó la cara con las dos manos. No estaba preparada para asimilar aquello, no lo estaba, y sintió como un dolor físico profundo y muy tangible, le partía sin piedad el corazón por la mitad.

—¡Gini! —Tracy y Celine entraron de golpe en el dormitorio y ella se puso de pie dándoles la espalda—. No te lo vas a creer. Cuéntaselo, cariño.

—Tu Thomas Kavanagh es un genio. Llegó a la comisaría, pidió los informes, los cargos, todo el papeleo, se puso a exigir el hábeas corpus con una autoridad increíble y al final hasta el comisario le pidió disculpas. Las dos sufragistas libres en menos de una hora. ¿Virginia?

—Enhorabuena, me alegro mucho.

—Y no ha querido cobrar ni un penique.

—Muy bien.

—¿Qué te ocurre? —su prima se acercó y la obligó a mirarla a los ojos—. Madre mía, Virginia, no puedes seguir viviendo así, hundiéndote cada vez que vuelves a ver a Tom. Con lo bien que estabas en París.

—Estoy bien, solo ha sido... Es que he leído su última carta y...

—¿La que lleva ocho meses sin abrir y escondida en tu joyero?

—Sí, pero no pasa nada, ya estoy bien. ¿Pido el té?

—¿Sabes qué te digo, Gini? —Celine la agarró de la mano y la miró con los ojos muy abiertos—. Las grandes oportunidades no se presentan muy a menudo en la vida, no sigas perdiendo la tuya.

—¿Qué? No, no es nada de eso, yo...

—Mientras sigas dando la espalda a tu verdadera esencia, no serás feliz. Sé honesta, di lo que quieres y necesitas, perdona, olvida, reconoce a quién amas y ve a por él.

—No es tan sencillo.

—Es todo lo sencillo que tú quieras que sea.

—Uno no puede poner puertas al campo, ni mantener toda la vida los sentimientos a raya, prima.

—No sé ni por qué estamos manteniendo esta conversación —protestó arreglándose el vestido—. No me pasa nada. Voy a pedir que nos suban el té.

—Mira, Virginia, te conozco desde hace poco tiempo —insistió Celine acariciándole el brazo—, solo sé lo que vosotras me habéis contado sobre Thomas y vuestro *affair*, sobre vuestros problemas y todo ese pasado que parece imposible de ser superado. Y tampoco es que sea una experta en el amor, ni la más sabia de las criaturas, pero tengo instinto. He vivido más que tú y hoy, tras ver cómo es él, y sabiendo cómo eres tú, sé que estáis hechos el uno para el otro.

Virginia guardó silencio y se limpió las lágrimas con el pañuelo.

—Búscalo y habla con él —opinó Tracy moviendo la cabeza—. Resuelve de una maldita vez todo este drama.
—No puedo.
—¿Por qué no?
—Porque ya es demasiado tarde.

Capítulo 42

Según Sean O'Callaghan, Beau Campbell estaba a punto de quedar libre tras solo ocho meses en la cárcel. Algo insólito, porque habían presentado cargos contra él por intento de homicidio, conspiración, robo, extorsión y chantaje, sin contar con que lo habían cazado con las manos en la masa reteniendo a Virginia en aquel salón privado del hotel Excelsior, donde a punto había estado de robarle unos talones bancarios por valor de un millón de dólares.

Los delitos eran indiscutibles. Sin embargo, los dos sicarios que lo habían atacado por orden suya y que habían reconocido a Campbell en comisaría, finalmente se retractaron delante del juez y juraron no haberlo visto en la vida. Esa declaración se había estimado y después de ocho meses de prisión, iba a quedar en libertad bajo fianza antes de que acabara el año. Un verdadero desastre.

Thomas encendió la lámpara de su escritorio y sacó la pluma para escribir el cable que pensaba enviar a primera hora a Nueva York, instando a Sean a apelar y a hacer todo lo necesario para impedir la excarcelación de Campbell. No quería a ese cabrón en la calle y, aunque los hermanos O'Callaghan le habían insinuado en anteriores cartas que el tipo tenía muy buenos contactos en las altas esferas de la ciudad, muy dispuestos a ayudarlo, él pensaba ignorarlo todo y continuar complicándole su libertad a fuerza de papeleo legal. Al menos de eso no se pensaba cansar.

Miró la carta de Sean por encima y volvió a leer esas palabras que le repetía de vez en cuando, desde aquella noche, cuando Beau Campbell salió de la comisaría camino de la cárcel y se había desgañitado insultándolo y preguntándole por la paternidad de Jack. En aquella ocasión, Sean no había abierto la boca, pero pasados los meses sí había mencionado el tema varias veces por escrito, aunque quitándole algo de hierro al asunto:

Campbell sigue asegurando que tenía pruebas de que Henry no es el padre de Jack y que Virginia se las quitó en el Excelsior. Jura que mi hermana le iba a pagar un millón de dólares por ellas y que esas pruebas no tenían nada que ver con los supuestos documentos diplomáticos que ella me dijo que te habían robado a ti en el atraco. Incluso les ha escrito a Pat y a mi padre para explicarles que tú, viejo amigo, eres el verdadero padre de mi sobrino. Es un tipo desesperado y vengativo, no lo tomamos en cuenta, pero hay que reconocer que es perseverante y tenaz el muy hijo de perra. Si Virginia se enterara, querría matarlo con sus propias manos.

Respiró hondo y tomó un sorbo de whiskey. Eran las ocho de la noche, había cenado solo en casa y pensaba pasar la velada adelantando trabajo en lugar de salir a distraerse en algún compromiso social de esos que siempre abundaban en Londres.

Estiró las piernas y se acordó de Harry. Si él hubiese estado allí lo habría obligado a vestirse de punta en blanco para salir de fiesta por la ciudad, pero como no estaba, y no tenía que dar explicaciones a nadie, pensaba quedarse tranquilamente en casa. Tenía mucho que adelantar antes de dejar el Foreign Office a finales de octubre y las semanas pasaban volando, así que era mejor concentrarse en lo importante y trabajar.

Leyó un par de complicados documentos relacionados con las importaciones y exportaciones con los Estados Unidos, perdió enseguida el interés y se apoyó en el respaldo de la silla pensando en su hijo.

Había sido un auténtico milagro habérselo encontrado en Hyde Park, un sitio por el que no solía pasear, pero que aquella mañana lo había llamado poderosamente a cruzar por sus senderos para llegar hasta Marble Arch. Jamás hacía esa ruta, pero la hizo y enseguida los vio, a Virginia en cuclillas junto a Jack, mirando las ardillas, mientras a su espalda Tracy esperaba con una sonrisa a que madre e hijo dejaran de charlar. Una imagen preciosa y tan increíble que durante unos segundos pensó que se trataba solo del fruto de su imaginación.

Hacía ocho meses se habían despedido de muy mala manera en Nueva York y sabía que, tal vez, no volverían a verse en años. Sin embargo, ahí estaba, delante de sus ojos, y solo pudo acercarse a saludar. El pequeño estaba muy mayor, tan despierto y sonriente como siempre, y Virginia... ella... A ella apenas le había visto la cara porque ni siquiera se había dignado a saludarlo.

Mejor así. Lo suyo se había roto definitiva y traumáticamente en aquel hotel de Manhattan y lo cierto era que estaba aprendiendo a vivir sin ella, sin añorarla o desearla. Ya no había nada que esperar, incluso ella había empezado una nueva y alegre vida en Francia tras regresar de los Estados Unidos y aquello le había dejado meridianamente clara una cosa: todo estaba muerto y enterrado, y había tomado la mejor decisión eligiendo olvidarse de ella para siempre.

—Señor Kavanagh —la señora Nash, su casera, llamó a la puerta y él salió del despacho mirando la hora—. Señor, tiene visita.

—¿Quién?

—Una dama muy elegante. No me ha dicho su nombre, pero recuerde, señor Kavanagh, que esta es una casa muy decente para caballeros solteros. No se admiten mujeres, a menos que se trate de su hermana o de su madre.

—Lo sé, señora Nash, no se preocupe... —se asomó al rellano de la escalera y observó con los ojos entornados el recibidor, donde solo pudo vislumbrar un sombrero femenino marrón y, efectivamente, muy elegante. Bajó un par de peldaños y la dama en cuestión se giró hacia él y levantó la cabeza revelando su identidad—. Es mi hermana, señora Nash. Dígale que suba, por favor.

—Vaya por Dios, podría haberme avisado, señor Kavanagh —la casera bajó a buscar a la visita y él regresó a su salón despacio.

—Virginia —susurró unos segundos después, bastante conmocionado de verla allí, y la invitó a entrar en la casa con un gesto. Ella dio un paso al frente y cerró la puerta a su espalda.

—Siento venir a estas horas, Thomas.

—Está bien. Me pillas de milagro, pero tú dirás.

—Si ibas a salir, yo...

—No voy a salir esta noche, tengo trabajo pendiente.

—Este sitio es muy acogedor —comentó muy educada, mirando su diminuto pisito de soltero. Él no dijo nada y se metió las manos en los bolsillos—. ¿Siempre has vivido aquí?

—Desde que vine a Londres, sí.

—Curiosamente, es la primera vez que lo veo.

Se quitó los guantes y él observó que estaba temblando, aunque aparentaba mucha serenidad. Deslizó los ojos por su precioso abrigo de satén marrón y luego observó con calma sus mejillas arreboladas y sus enormes ojos oscuros un poco vidriosos. Estaba nerviosa, muy nerviosa, pero no pensaba tranquilizarla o darle algo de consuelo, así que continuó en silencio.

—Muchas gracias por ayudar a Celine y a sus compañeras sufragistas esta mañana, has sido realmente amable, Thomas.

—De nada.

—Me gustaría cubrir tu minuta, no me parece justo que asumieras la defensa de repente, sin...

—Si has venido a pagarme por mi asistencia legal, ya puedes irte. No pienso cobrar por un trabajo tan insignificante.

—Salvaste a dos mujeres del calabozo, eso no es nada insignificante.

—Gracias por venir, pero no voy a cobrar por ese trabajo —se acercó a la puerta y la abrió—. Te agradecería que te marcharas, tengo mucho que hacer y a mi casera no le gustan las visitas femeninas en su edificio, así que, buenas noches.

—Está bien —subió las manos y se quitó el sombrero—. Me lo tengo merecido. He sido una persona horrible contigo, una maleducada y... bueno, puedes echarme a patadas a la calle, si quieres, pero primero necesitaría decir un par de cosas. Y no es que esté aquí voluntariamente, me ha costado mucho decidirme a llamar a tu puerta, pero le prometí a Tracy y a Celine que vendría y al menos, ya que estoy aquí, quisiera explicarme.

—¿Qué diantres...?

–¿Puedes cerrar esa puerta y volver aquí, por favor? No tardaré demasiado.

–Está bien, pero no tengo mucho tiempo –cerró la puerta y se le acercó sin quitarle los ojos de encima. Ella respiró hondo y cuadró los hombros.

–Esta mañana leí la carta que me mandaste en Nueva York, la última, la que me llegó al barco. No había querido abrirla, porque durante todo este tiempo todo lo relacionado contigo me seguía doliendo. Sin embargo, hoy la abrí, la leí y... Bueno, creo que tienes razón en lo fundamental. Es cierto, fui muy injusta responsabilizándote en exclusiva de mi extraño y erróneo matrimonio, y de todo lo que sucedió entre Harry y yo. Aquí todos tuvimos una parcela de culpa, y hoy soy capaz de reconocerlo.

–Bien.

–Perdona si te hice daño con mis palabras, Tom, te pido disculpas de rodillas si hace falta.

–Disculpas aceptadas.

–Es verdad que mi compromiso y mi boda con Harry fue un error desde el principio, que pasados los meses me sentí engañada y frustrada. Pero también tuve grandes momentos a su lado, ratos de mucha felicidad y mucho cariño, sobre todo al final de sus días. No quiero renegar de aquello, nunca he querido y menos ahora que él no está y que solo soy capaz de acordarme de lo bueno.

Él guardó silencio y ella se cruzó de brazos esperando alguna reacción, pero como no la hubo siguió hablando.

–Eres el menos culpable de lo ocurrido. Entiendo que hacías tu trabajo, y no solo tu trabajo, entiendo que estabas protegiendo a Henry y a su familia, cuidando de sus intereses como te ordenaba tu conciencia y tu amor por ellos. Eso lo comprendo y lo respeto, de hecho, creo que te honra muchísimo el cariño y la consideración que has profesado siempre por los Chetwode-Talbot. Harry fue muy afortunado de tenerte toda su vida a su lado, él te quería más que a un hermano. Te admiraba y respetaba, sé que tú también a él y por eso ahora comprendo que buscar a la mejor candidata, la más idónea para convertirla en su esposa, no fue una conspiración en mi contra, o pretendiendo hacerme daño...

–Toma –le acercó un pañuelo al ver que estaba llorando y ella lo aceptó asintiendo.

–Mi dolor y frustración me hizo buscar culpables, pero si quiero sanear mi vida y vivir más tranquila, debo dejar de culpar a los demás, es decir, a ti, y aceptar que yo también me empeñé en esa boda sin apenas conocer a Henry, y que también tengo mi cuota de responsabilidad.

–Virginia...

–No pienso seguir sintiéndome una víctima, porque no lo soy. Hay miles de mujeres y hombres que conciertan matrimonios de conveniencia y viven el resto de sus vidas siendo tremendamente infelices. Al menos yo sí conocí la felicidad junto a Harry, él me enseñó muchas cosas y me legó una valiosísima herencia, y no me refiero a su patrimonio, me refiero a su sentido de la vida, a su enorme cariño por las personas que le importaban y a su gran generosidad.

–Está bien, lo entiendo y te agradezco que...

–Un momento, por favor... –levantó la mano y él se calló–. Otro de los valiosos legados de Harry fuiste tú, tu amistad, tu lealtad, tu nobleza, tu madurez, tu inteligencia, tu fortaleza... Todas aquellas cosas que te convierten en un hombre íntegro y extraordinario del que me enamoré hasta el punto de acabar teniendo un hijo contigo –lo miró a los ojos y forzó una sonrisa–. Me regalaste lo más grande y prodigioso de mi vida, Thomas, nuestro maravilloso hijo, y en lugar de dar gracias al cielo por ti y por haberlo hecho posible, acabé haciéndote daño y apartándote de mi vida. Te pido perdón también por eso.

—No tienes que decir nada más, yo...

—Si te alejé de nosotros y te rechacé fue porque primero yo me sentí rechazada y abandonada por ti aquella Nochevieja en Dublín. Aquello fue tan tremendamente duro que me cegué en la pena y el dolor y acabé castigándote de la peor forma posible, apartándote de Jack. Lo siento mucho.

—Está bien, es suficiente. Te agradezco en el alma tus palabras, pero no hace falta que digas nada más, Virginia.

—Solo una cosa más y me voy —respiró hondo y se enjugó las lágrimas—. No soy una santa y cuando me enfado o me siento maltratada reacciono de mala manera y digo cosas terribles. Henry lo llamaba «la sinceridad de las colonias», mi abuela Hope «la sangre irlandesa», no lo sé muy bien, pero ante todo lo que pasó tuve derecho a enfurecerme, y a decir cosas que en el fondo de mi corazón no sentía... sé que lo entiendes.

—Por supuesto.

—Todo el mundo tiene un límite y el mío es cortito, pero también sé reconocer cuando me equivoco y pedir perdón.

—Y eso te honra. Muchas gracias.

—Gracias. Ahora me marcho, muchas gracias por escucharme. Necesitaba decirte todo esto para poder seguir adelante —agarró el sombrero y él, completamente superado por lo que acababa de oír, fue incapaz de moverse—. Si quieres ver a Jack puedes hacerlo cuando te venga bien. Pasado mañana nos vamos a Aylesbury y si te apetece acercarte por allí para su cumpleaños serás bienvenido.

—Virginia... —la vio caminar hacia la puerta y al fin le salió la voz—. Yo también creo que tú me has hecho el mejor regalo del mundo con Jack, sé que mi hijo no puede tener una madre mejor... Me siento muy orgulloso de ti, y también de él.

—Gracias, Tom.

—Quiero muchísimo a mi hijo —se le acercó y ella sonrió—, pero si esta noche se trata de ser sinceros, debo reconocer que también te quiero a ti. Sigo enamorado de ti, se me sigue deteniendo el pulso cada vez que te veo, te amo y no me importa si me rechazas una vez más. Yo también necesito decir esto en voz alta para poder seguir adelante.

—Thomas... —se echó a llorar otra vez y él reculó.

—No tienes que decirme que ya es tarde para nosotros, lo sé, yo...

Virginia levantó los ojos y forzó una sonrisa, superó la distancia que los separaba y le acarició el pecho antes de ponerse de puntillas para besarlo en los labios. Thomas Kavanagh se quedó unos segundos completamente inmóvil, con el corazón a punto de salírsele del pecho, pero al final reaccionó, la sujetó por la nuca y la besó. La besó con pasión y sinceridad, con toda la añoranza de tantos meses, y la siguió besando hasta que los dos se echaron a reír en medio de las lágrimas.

Era tan preciosa y tan dulce... Le acarició el pelo y la cara sin poder dejar de tocarla, deslizó las manos por sus caderas, la cogió en brazos y se la llevó al dormitorio sin mediar una palabra más.

Epílogo

Dublín, Irlanda
17 de abril de 1912

Amaba profundamente los hombros de Tom. Eran fuertes, rotundos y olían maravillosamente bien. Se incorporó un poco y le mordió esa piel suave y tensa, deliciosa, con bastante poca delicadeza, luego siguió con su cuello y finalmente él la acomodó nuevamente sobre la almohada para besarla sin tregua, balanceándose aún con más energía dentro de su cuerpo.

Se habían despertado muy temprano para poder hacer el amor con tranquilidad y ella no podía estar más excitada, no podía, y empezó a deshacerse bajo su cuerpo como un azucarillo en agua caliente. No conseguía contenerse o controlarlo, ni poder hacer nada salvo suspirar y sentir un placer tan profundo que acabó gimiendo y temblando de arriba abajo cuando llegaron juntos al clímax.

–Te amo –le susurró él al oído y se apartó solo un poco para acurrucarse sobre sus pechos–. ¿Por qué eres tan perfecta?

–Tú sí que eres perfecto, mi amor.

—¿Estás de broma? —le acarició un pezón sonrosado con el dedo y luego la miró con esos impresionantes y enormes ojos celestes—. Eres un prodigio de la naturaleza, señora Kavanagh, no tienes parangón.

—Muy galante —volvió la cabeza para mirar la hora en el reloj de pared y le alisó el pelo revuelto con los dedos—. Y pensar que si las cosas no se hubiesen torcido a estas horas estaríamos en altamar camino de Manhattan...

—Nunca me convenció demasiado un viaje en estas fechas.

—A mí sí, y mucho.

—¿Por qué?

—Un barco es perfecto para tenerte a mi entera disposición en un sitio pequeño y sin escapatoria.

—Doscientos sesenta y nueve metros de eslora no es precisamente un sitio pequeño.

—Más pequeño que Dublín ya es.

—Y aquí ya me tienes a tu entera disposición.

—Ojalá eso fuera cierto.

—Un hombre tiene que trabajar.

—Ya, ya... —le besó la frente—. A propósito de trabajar, dispones de solo hora y media para vestirte y desayunar, cariño, no te duermas.

—Mmm...

—¡Thomas!

—¿Qué?

—No te duermas.

—Lo sé, solo un ratito más.

—¡Mamá! ¡Papá! —oyó un segundo después de que la puerta se abriera con un golpe seco y sonrió.

—Ahí viene tu despertador.

—Madre de Dios —susurró Tom tapándose con las sábanas y los niños, Hope y Thomas, saltaron encima de la cama para saludarlos.

—Hola, pequeñajos, ¿qué tal habéis dormido?
—¡Mami! —los dos la abrazaron y ella se los comió a besos.
—¿Vamos a desayunar? ¿Tenéis hambre?
—Elizabeth está desayunando con la abuela.
—¿Tan pronto?
—Sí.
—Muy bien, nosotros bajamos enseguida, dejad que me vista.

Virginia dejó a los niños con su padre y se fue al cuarto de baño para arreglarse y bajar al comedor de diario. Sus padres llevaban de visita en Dublín dos meses y tenían un poco revolucionado el horario de todo el mundo, especialmente el de los más pequeños, que estaban como locos de contentos con los abuelitos americanos, que eran incansables y no paraban de llevarlos de paseo, de excursiones y de compras, a todas horas.

Volvió al dormitorio, recogió a los niños, besó a su marido, recordándole que tenía que levantarse, y salió al pasillo donde una de las niñeras, Molly, la esperaba un poco compungida por la irrupción descontrolada de Hope y Thomas en su habitación.

—Les dije que había que llamar primero, señora Kavanagh, pero ellos ni caso.
—No te preocupes, Molly, me encanta que entren a saludar. ¿Qué pasa con Jack?
—Sigue durmiendo.
—Sube a su cuarto y despiértalo, por favor. El profesor Burke viene más pronto hoy.
—Claro, señora.
—Gracias.

Cogió al pequeño en brazos, a Hope de la mano y bajaron los tres canturreando a la primera planta donde a esas horas el personal de la casa empezaba con sus innumerables tareas.

A Thomas le encantaba esa propiedad, un confortable edificio de estilo georgiano de cuatro plantas, ubicado en el corazón de Dublín, frente a St Stephen's Green. Era muy bonito, sí, pero ella estaba pensando en ampliarlo o en buscar otro más grande porque se les estaba haciendo pequeño. Con cuatro hijos, un generoso personal de servicio y las constantes visitas de su familia, aquello se quedaba estrecho, y no había ninguna necesidad de pasar estrecheces, así que le gustara o no la idea a él, empezaría a buscar soluciones. Llevaban cinco años viviendo la mayor parte del tiempo en Dublín y hasta ese momento no se había quejado de nada, pero ya había llegado el momento de tomar algunas decisiones por el bien de toda la familia.

Tras su reconciliación aquella noche de septiembre en Londres, regresaron juntos a Aylesbury para celebrar el cumpleaños de Jack, el suyo, y anunciar a todo el mundo que se casaban. Ninguno de los dos tuvo dudas o quiso esperar más tiempo y decidieron casarse cuanto antes, lo que pareció alegrar sinceramente a la gente de Aylesbury House, a sus respectivas familias, a sus amigos e incluso al tío de Henry, el duque de Somerset, que les dio su bendición asegurándoles que le tranquilizaba muchísimo saber que el heredero de Aylesbury se iba a criar junto a un hombre como Thomas, un chico al que había visto crecer, apreciaba y sabía, fehacientemente, cuidaría de él y de sus intereses mejor que ninguna otra persona en el mundo.

Hecho el anuncio oficial a su gente, y también en la prensa, Thomas le explicó que no pensaba vivir del ducado de Aylesbury o de su mujer, que sus planes seguían pasando por Dublín, donde ya había alquilado un despacho, contaba con un socio para poner en marcha un bufete de abogados y donde el ambiente político estaba en plena ebullición. Él no quería perderse los vientos de cambio que se cernían sobre Irlanda, pensaba trabajar por su país y quería criar a sus hijos allí, le dijo con su serenidad y convicción habitual, y ella aceptó la propuesta sin dudarlo y sintiéndose muy orgullosa de él.

De ese modo se mudaron a Dublín, se casaron en una íntima y emotiva ceremonia religiosa en la Iglesia de Santa Teresa, ubicada en pleno centro de la ciudad, y siete meses después nacía su hija Hope, su primera niña, a la que bautizó con los tres nombres de su querida abuela materna: Hope Mary Anne.

Hope vino al mundo nueve meses después de la primera noche que pasó con Tom en su pisito de Londres, y tan solo seis meses después de su nacimiento volvió a quedarse encinta y llegó Thomas, y trece meses después de él vino Elizabeth, la pequeña, que acababa de hacer los seis meses. Una amplia familia que la mantenía muy ocupada y que la hacía sentir muy dichosa.

Ser madre de una gran prole siempre había sido su sueño, y si a eso se sumaba la fortuna de tener unos embarazos tranquilos y unos partos rápidos y venturosos, la experiencia no podía resultar más milagrosa y feliz. Se recuperaba enseguida, volvía de inmediato a su talla y a su actividad habitual y se manejaba tan bien con los niños que incluso ella se sorprendía de la buena mano que tenía con ellos. No en vano, se había criado con cuatro hermanos y cientos de primos en Nueva York, y aquello debía servir para algo.

Nueva York.

Hacía cuatro años y medio que no volvía a su país. En agosto de 1908, cuando Hope tenía dos meses, decidieron viajar a los Estados Unidos para que su familia conociera a la niña y para celebrar con ellos su boda, y ese fue el momento perfecto para abordar con sus hermanos y con sus padres el delicado asunto de la paternidad de Jack.

Sabía que para Thomas aquello era muy importante, pero lo era incluso más para ella, así que pidió una reunión familiar privada en el despacho de su padre y sin muchos preámbulos les contó la verdad. Tom era el verdadero padre de Jack, Henry lo sabía, les había dado su bendición y solo le había pedido que, a todos los efectos, Jack figurara oficialmente como su hijo para que el ducado de Aylesbury no se extinguiera con su muerte. Esa era la verdad y no pretendía revelarla a nadie más. Había hecho una promesa a Harry, y Jack seguiría siendo legalmente su heredero, su hijo póstumo, para mantener el ducado a salvo. Tom estaba de acuerdo y no había nada más que hablar.

Su padre y sus cuatro hermanos se tomaron la noticia con bastante calma. Incluso su padre, después del primer impacto, le aseguró sentirse tremendamente orgulloso de que por las venas de su nieto corriera una sangre irlandesa tan pura y tan fuerte, y sus hermanos, que apreciaban a Thomas, se limitaron a asentir y a apoyarla sin más. Inclusive Robert, el principal responsable de la gestión financiera de la familia, concluyó que tras la enorme inversión que había hecho para salvar Aylesbury de las deudas y el abandono, el ducado le pertenecía por derecho propio, de sobra, así que era más que justo que Jack figurara legalmente como el heredero. Esa era la opción más óptima y cabal, y no que, por renunciar a los apellidos de Henry, todo el patrimonio se perdiera y acabara en manos de cualquier pariente irresponsable de los Chetwode-Talbot.

Con esto claro y resuelto, el problema sobrevino con

su madre, que entró en un estado de *shock* bastante severo que desembocó en llantos y más llantos. Hasta que su padre la llamó al orden y entonces no tuvo más remedio que recomponerse y aceptar la novedad con la mejor disposición. Al fin y al cabo, ocurriera lo que ocurriera en el pasado, ya estaba casada por la iglesia con Thomas Kavanagh y eso parecía solucionar para ella cualquier pecadillo anterior.

La reunión la celebraron los cinco hermanos y sus padres y de ahí no salió ni una sílaba, lo sabía, podía poner las manos en el fuego por que ninguno de sus hermanos comentaría jamás nada al respecto, ni siquiera con sus respectivas esposas, y nunca volvieron a mentar el tema. Nunca, jamás, ni siquiera en la intimidad o en Irlanda, lejos de Nueva York, donde nadie los conocía y donde se habían empeñado en ir a visitarlos constantemente.

Tracy los había dejado tras la boda para mudarse a París con Celine, asegurando que los matrimonios necesitaban intimidad, pero a cambio los O'Callaghan, entusiasmados por sus orígenes irlandeses y por su preciosa propiedad en Dublín, aparecían de cuando en cuando por allí, decididos a disfrutar de la bella isla esmeralda donde, decían, se sentían como en casa.

Y le encantaba ver a su familia, por supuesto, y a Thomas parecían no molestarle las visitas, pero, estaba claro, necesitaban una casa más grande.

—Mamá —Jack le habló por la espalda y ella se giró para prestarle atención.

—Buenos días, mi vida.

—Buenos días. ¿Es verdad que el profesor Burke viene antes?

—Sí, cariño, tiene no sé qué compromiso en el Trinity College antes de la comida, así que vístete deprisa, ¿quieres?

—Vaya por Dios —respondió con el mismo tono y acento de su padre y ella sonrió.

Jack, a sus nueve años, era exactamente igual que Thomas. De sus cuatro hijos era el más parecido a él, y no solo físicamente, también lo era en sus gestos, su forma de andar, de hablar, de comportarse y en su carácter. Los dos estaban muy unidos, compartían una complicidad muy especial y, aunque para el resto del mundo Jack seguía siendo el hijo de Henry Chetwode-Talbot y nadie se atrevía a cuestionarlo, era tan evidente que compartía con Tom la misma sangre, que suponía que los extraños lo veían y lo aceptaban como un hecho manifiesto.... Aunque en realidad no le importaba lo más mínimo lo que pensaran los demás, no tenía que dar explicaciones a nadie y le encantaba comprobar día tras día lo idénticos que eran, tanto que a veces se entretenía observándolos de lejos, los dos tan iguales andando por el campo o charlando seriamente sobre cualquier asunto.

En Irlanda vivían con mucha más libertad y autonomía que en Inglaterra. En Dublín solo eran una familia burguesa acomodada, y nadie conocía sus orígenes, su fortuna, sus títulos o su pasado. No existían el milord ni el milady, y aquello era una verdadera bendición de Dios. Le encantaba ser solo la señora Kavanagh y que Jack solo fuera Jack y no el duque de Aylesbury. Aquello lo convertía en un niño mucho más libre e independiente, y eso no tenía precio.

A Inglaterra solo iban en verano, aunque ella seguía administrando y llevando con pulso firme el ducado de Aylesbury. Una tarea que, once años después de su boda con Harry, lo había transformado en uno de los más fuertes y prósperos del Reino Unido. El futuro de Jack como duque estaba sobradamente garantizado y eso la llenaba de satisfacción, entre otras cosas, porque él jamás tendría que acudir a una «princesa del millón de dólares» para cuidar de su gente y de las propiedades que le había tocado en suerte heredar.

—¡Vaya por Dios, si ahí vienen mis pequeñines! —exclamó su madre al verla entrar con los niños en el comedor, y ella le sonrió antes de acercarse a saludar a su padre—. ¿Cómo eres tan guapa, Hope? ¿Sabes que eres igualita a tu mamá?, mira qué ojazos negros. ¿Y mi Tommy? Hola, amor mío.

—Buenos días a los dos, y decidme, ¿por qué madrugáis tanto?

—Son las siete y media, en Nueva York también madrugamos.

—No sé yo...

—Mira, abuelo, no me dirás que tu nieta no es igual que Gini. Cada día se parecen más.

—Es una preciosidad, igual que su madre.

—¿Ves, cariño? Si es que eres igualita a tu mamá.

—Tu suegra está haciendo el desayuno.

—¿Bridget aquí?

—Claro, luego nos vamos todos juntos a la costa.

—No paráis. Hola, mi amor —Virginia se acercó a Elizabeth y la niña le sonrió con sus enormes ojos celestes—. Ven con mamá, bebé.

—Nos vamos a Dalkey a firmar las escrituras de la finca y mañana cerraremos la compra de Dublín —explicó su padre leyendo el periódico—, así que Bridget nos va a acompañar con los niños.

—Bueno, pero con calma. ¿Has dormido bien?

—Perfectamente.

—Me alegro, pero deberías tomarte las cosas con tranquilidad, lo prometiste.

—No empieces como la pesada de tu madre.

—Mira, Patrick O'Callaghan, si estamos aquí, y no

todos juntos rumbo a los Estados Unidos en el mejor y más caro trasatlántico de la historia, es porque tú te pusiste malo, así que no me llames pesada.

—Estoy bien... —miró a su mujer por encima de las gafas y Virginia movió la cabeza. Era cierto, hacía siete días tenían que haber embarcado en Southampton rumbo a Nueva York, pero un grave cólico nefrítico había dejado a su padre en tierra y, por lo tanto, a todos los demás, así que su madre no paraba de torturarlo con sus cuidados y sus protestas–. Ya nos iremos en el próximo, Caroline, no te agobies y, lo más importante, no me agobies a mí.

—Con las ganas que tenía yo de subirme a ese barco —se quejó Caroline–. Y los niños también.

—La próxima vez. Hija —cambió de tema–, me han dicho que la casa de aquí al lado puede ser susceptible de compra, ¿por qué no hacemos una oferta?

—Primero tengo que negociarlo con Tom.

—Regálasela, que sea una sorpresa —opinó su madre–, luego tiráis el muro y te puedes construir una gran casa. Seguro que seguiréis teniendo niños y os va a hacer falta mucho más espacio.

—¿Regalársela? ¿No conoces a tu yerno?

—Bah, bobadas, tienes dinero de sobra para...

—Antes muerto que aceptar mi dinero. En esta familia se vive solo de sus ingresos, ya lo sabes.

—Y hace bien, así es como procede un hombre cabal —sentenció Patrick O'Callaghan mirando como entraba Jack con cara de sueño en el comedor–. Hola, campeón, buenos días.

—Hola, abuelo.

—Estaba pensando en cruzar a Escocia para jugar al golf en Saint Andrews, ¿te vienes conmigo?

—¿A Escocia?

—Yo hablo con tu padre y consigo que te dé permiso. ¿Tú qué dices, hija?

—No lo sé...

—Buenos días. Un café y nada más, por favor —Thomas entró con el maletín en la mano y saludó en general antes de mirar a su mujer—. No creo que pueda venir a comer.

—Muy bien, no te preocupes. Pero siéntate y pica algo, aún tienes tiempo.

—Papá... —Hope se le acercó mimosa y a él se le cayeron las defensas en medio segundo. Virginia sonrió observando como cogía a la niña en brazos y le sirvió una taza de café.

—¿Qué quieres, princesita?

—Te quiero mucho.

—Yo te quiero mucho más, cariño.

—¿Me llevas a tu oficina?

—No puede ser, allí estoy muy ocupado. Venga, dame un abrazo que me tengo que marchar. ¿Te vas a portar bien y vas a ayudar a mamá con tus hermanitos?

—Sí.

—Estupendo, perfecto.

—Papá, ¿puedo ir a jugar al golf con el abuelo?

—Claro.

—A Escocia.

—Esta tarde lo hablamos, Jack. Habrá que ver tu programa de clases con Burke antes de decidir nada, ¿de acuerdo? Ahora tengo prisa, hasta luego a todos.

—Adiós.

—Hope, un beso —la besó en la frente, se la dejó a su abuela, hizo lo mismo con el pequeño Thomas y miró a Virginia para que lo acompañara a la puerta. Ella lo siguió con Elizabeth en brazos y, al llegar a la entrada, se volvió para mirarla a los ojos.

—¿Qué tal tienes el día?

—Tu madre y mis padres se llevan a los pequeños a Dalkey, Jack tiene sus clases y Elizabeth y yo tenemos muchas cosas que hacer, incluido revisar los libros de gastos que me mandó Williams y recibir al pasante de arte amigo de Tracy.

—Muy bien —se acercó a la niña y le besó la mejilla. Virginia observó con calma su estampa impecable, sus pestañas largas y su perfil tan varonil, y suspiró—. ¿Así que vas a ayudar a mamá, cariño?

—Sí, estaremos muy ocupadas.

—Intentaré estar de vuelta a las cinco.

—De acuerdo —le sonrió con los ojos brillantes y Thomas entornó los suyos.

—¿Qué pasa?

—Es que eres tan guapo, mi amor. Estoy loca por ti.

—Vaya por Dios —sonrió iluminando la mañana y se acercó para sujetarla por la cintura y besarla en la boca—. Tú sí que eres preciosa y me tienes loco, completamente loco...

—¡EXTRA! ¡EXTRA! —oyeron gritar a uno de los vendedores de periódicos que pululaban por el parque y los dos bajaron las escaleras hacia la calle para oírlo mejor—. Extra, señor. El Titanic se ha hundido, el barco más grande del mundo se ha hundido en altamar.

—¿Qué diantres...? —compró un ejemplar y Virginia empezó a sentir como se le congelaba la sangre en las venas a la par que él leía en voz alta la noticia del día: «La compañía White Star Line reconoce que es inmenso el número de víctimas, al menos seiscientos setenta y cinco muertos calculados de momento, en un choque del trasatlántico más grande del mundo, el RMS Titanic, contra un iceberg en pleno océano Atlántico, frente a las costas de Terranova. El buque insignia de la White Star

Line, con varias grandes fortunas a bordo, había partido el diez de abril desde Southampton con rumbo a Nueva York...».

—¡Santa madre de Dios! —exclamó Virginia echándose a llorar—. Nosotros teníamos que ir a bordo.

—Oh, Dios —Thomas se quedó quieto un segundo, intentando asimilar la suerte que habían tenido al no embarcar hacía siete días en Southampton, y respiró hondo. Miró a Virginia y a Elizabeth, estiró la mano y las abrazó contra su pecho—. Tranquila, volvamos dentro, hay que contárselo a tus padres.

—Sus amigos, Benjamin Guggenheim o Harry Widener... Ellos sí zarparon...

—Lo sé, mi vida, lo sé. Venga, vamos dentro.

—Ha sido un milagro, un milagro que anuláramos el viaje.

—Parece que nuestra vida está llena de milagros, Gini.

—Eso parece.

Abrazó más fuerte a su bebé y le besó la cabecita mirando al cielo.

Dio gracias a Dios por todo, por la vida de sus hijos, por la de Thomas, por la de sus padres, por la suya propia... Rogó por el alma de todas aquellas desafortunadas personas que sí habían tenido la desgracia de subir a ese trasatlántico y pensó en su abuela Hope, protegiéndolos desde el cielo. Y en Henry, sonriente y lleno de vida, velando por ellos estuviera donde estuviera, tal como le había prometido.

Cerró los ojos y le sonrió agradecida.

ÚLTIMOS TÍTULOS PUBLICADOS EN HQN

Secretos por descubrir de Sherryl Woods

Pasó accidentalmente de Jill Shalvis

El juego del ahorcado de Lis Haley

El indómito escocés de Julia London

Demasiado bueno para ser verdad de Susan Mallery

Contigo lo quiero todo de Olga Salar

Atardecer en central Park de Sarah Morgan

Lo mejor de mi amor de Susan Mallery

Nada más verte de Isabel Keats

La máscara del traidor de Amber Lake

Mapa del corazón de Susan Wiggs

Nada más que tú de Brenda Novak

Corazones de plata de Josephine Lys

Acércate más de Megan Hart

El camino del amor de Sherryl Woods

Antes beso a un hobbit de Carla Crespo

www.ingramcontent.com/pod-product-compliance
Lightning Source LLC
LaVergne TN
LVHW091619070526
838199LV00044B/853